**Die Autorin**

Anina Gilgen wuchs in einem kleinen Dorf im Kanton Aargau auf. An der ETH Zürich studierte sie Umweltnaturwissenschaften, bevor sie am Institut für Atmosphäre und Klima promovierte. Schreiben zählt neben Lesen, Joggen, Agility und Klavierspielen zu ihren liebsten Freizeitbeschäftigungen.

Anina Gilgen

# Mitternachtstanz

Roman

© 2019 Anina Gilgen
Herstellung und Verlag:
BoD- Books on Demand,
Norderstedt
ISBN: 978-3-7504-0242-3

# Kapitel 1

*Samstag*

Melante besaß eine pittoreske, von den Reichen bewohnte Altstadt. Mit zunehmendem Radius um deren Kern wurden die Bauten immer verfallener, die Straßen enger und die Gerüche unangenehmer. In einer Gasse, zu nahe beim Zentrum, als dass dort zwielichtiges Volk seinen Tagesgeschäften nachging, und gleichzeitig zu weit weg, als dass die Mieten horrende Preise kosteten, lag im dritten und obersten Stockwerk eines alten Backsteinhauses das Büro von Alena Kurkuma. Auf einem unscheinbaren Schild neben der Haustür stand:

*Alena Kurkuma*
*Privatdetektei*
*Öffnungszeiten: Sa, 8:00–11:00 Uhr*

Ein Schreibtisch, zwei Stühle, ein schmales Bücherregal sowie ein geräumiger Wandschrank waren die einzigen Möbelstücke in dem kleinen Zimmer.

Wenn es Nacht wurde, stellte Alena die Stühle auf den Schreibtisch, holte ihre alte, mit Stroh gefüllte Matratze aus dem Schrank und quetschte diese in den Raum; das Kopfende unter dem Tisch, die Beine direkt vor der Tür. Die zusätzliche Miete für eine Wohnung konnte sie schlichtweg nicht aufbringen, obwohl das Geschäft langsam besser lief. Wenn Alena auf die Toilette musste, konnte sie eine im zweiten Stockwerk benutzen.

Als sie vor einem Jahr voller Optimismus die Detektei gegründet hatte, hatte sie zwei geschlagene Wochen lang keinen einzigen Auftrag bekommen. Sie hatte schon aufgeben wollen, als endlich eine etwa vierzigjährige Frau in ihr Büro gekommen war, die wissen wollte, ob ihr Ehemann eine Geliebte hatte. Alena fand schnell heraus, dass dem tatsächlich so war. Bis sie einen Beweis hatte,

5

dauerte es allerdings eine gewisse Zeit. Schließlich gelang es ihr, einen Liebesbrief des Mannes in die Finger zu bekommen.

Nach diesem ersten Erfolg mehrten sich die Aufträge langsam, aber beständig; wahrscheinlich hatte sie sich erst einen guten Ruf erarbeiten müssen. Meistens bestanden ihre Aufträge darin, untreue Gatten und Gattinnen, korrupte Angestellte oder Ladendiebe zu überführen. Manchmal zog sogar die Polizei sie bei großen Aktionen hinzu, bei denen sie um jede zusätzliche Person froh waren; die Polizei in Melante verfügte über zu wenig Mittel, um all den Dieben, Traumhändlern und Schlägern genügend entgegenzuwirken. Vor allem die Quartiere an den Stadtgrenzen waren gefährliches Pflaster, wo täglich Streite zu Messerstechereien ausarteten und erdolchte Händler in dunklen Gassen gefunden wurden.

Trotz der vielen Morde, die in Melante geschahen, musste Alena noch nie einen solchen aufklären. Bis zu dem Samstagmorgen, an dem eine Frau nach kurzem Klopfen ihr Büro betrat. Die Fremde war noch jung. Eine pechschwarze Mähne umspielte ihr Gesicht mit den fast ebenso dunklen Mandelaugen. Sie trug ein kostbares Gewand aus Seide, das mit bunten Blumen bestickt war. Parfumduft wehte in Alenas Nase, als die Dame die Tür hinter sich schloss. Jasminblüten. Auf Schmuck hatte die kleine Frau klugerweise verzichtet, obwohl sie zweifellos viel davon besaß; es war klüger, die Straßendiebe nicht zu provozieren. Die Frau setzte sich auf den Stuhl, der vor dem Schreibtisch stand, bevor sie ohne Begrüßung zu sprechen begann.

„Mein Name ist Plinia Belcante. Eine Bekannte von mir hat Sie mir empfohlen." Haltung und Gesicht waren selbstsicher und ruhig, nur die Finger ihrer rechten Hand, die krampfhaft diejenigen der linken umschlossen, wirkten diesem Eindruck entgegen.

„Wie kann ich Ihnen behilflich sein?", erkundigte sich Alena.

„Es hat einen Todesfall … Meine Schwester ist kürzlich gestorben." Das Gesicht war noch immer unbewegt, doch glaubte Alena, einen

Schimmer in Plinias Augen zu erkennen.

„Das tut mir sehr leid."

„Danke. Die Polizei glaubt, dass sie an irgendeinem Lungen- oder Herzproblem gestorben ist. Jedenfalls gab es keine äußeren Verletzungen, die auf einen Mord hindeuten. Aber Sarilla war erst fünfundvierzig! Und ihre …", sie holte kurz Luft, „… Leiche wurde in einem alten Haus in der Kreuzgasse gefunden. Sarilla würde sich nie freiwillig an einen solchen Ort begeben!" Plinia rümpfte die Nase. Alena wusste warum. Sie kannte die Kreuzgasse, und es war wirklich kein Ort, an dem sich eine gut situierte Dame aufhielt.

„Sie vermuten also einen … Mord?", fragte Alena.

„Es wäre doch möglich, oder?" Plinia sah sie eindringlich an. „Man kann einen Menschen doch auch umbringen, ohne dass er äußere Verletzungen davonträgt."

Alena nickte. „Natürlich. Mit Gift. Oder mit Magie."

„Das habe ich gemeint. Ich möchte, dass Sie herausfinden, ob Sarilla ermordet wurde oder ob sie tatsächlich auf natürliche Weise zu Tode gekommen ist. Sie ist vorgestern gestorben, in zwei Tagen ist die Bestattung. Bis dahin haben Sie Zeit, sie zu untersuchen. Sie liegt im westlichen Tempel." In Melante lagen die Toten bis zu ihrer Verbrennung in einem der zwei Tempel der Stadt; die Männer im östlichen, die Frauen im westlichen.

Plinia erhob sich und wollte schon wieder gehen, als Alena sie zurückhielt.

„Warten Sie! Haben Sie mit der Polizei darüber geredet?"

Plinia schnaubte. „Ich habe den Polizisten von meinem Verdacht erzählt, aber sie haben mich nicht ernst genommen."

Das wunderte Alena nicht. Die Polizei Melantes war chronisch überbelastet. Wenn es keine konkreten Hinweise gab, dass jemand ermordet worden war, legte sie den Fall gewöhnlich zu den Akten.

„Dann wird die Polizei von sich aus keinen Pathologen konsultieren.

In diesem Fall müssen Sie selbst eine Obduktion beantragen, die Sie dann auch bezahlen müssen. Am praktischsten wäre es, wenn gleich ich die Lei… Ihre Schwester obduzieren kann", erklärte Alena.

Plinias Augen weiteten sich. „Obduzieren? Ist das wirklich notwendig?"

„Ich fürchte schon. Gewisse Gifte lassen sich nicht anders nachweisen."

„Nun gut." Plinia war eine Spur bleicher geworden. „Und wie beantrage ich das? Kann ich das überhaupt?"

„Normalerweise kann der Ehemann oder ein nahe verwandtes Familienmitglied einen solchen Antrag stellen. Als Schwester gelten Sie sicher als nahe Verwandte. Mit dem Formular geben Sie mir die offizielle Befugnis, Ihre Schwester zu untersuchen. Sie können das Formular beim Spital holen, es ausfüllen und mir dann vorbeibringen. Falls ich nicht da bin, schieben Sie es einfach unter der Tür durch. Je eher, desto besser."

Plinia nickte kurz, bevor sie ihre Adresse auf einem Stück Papier notierte, das sie Alena reichte. Dann hob sie zum Abschied die Hand und verließ das Büro. Erst als die Tür ins Schloss fiel, merkte Alena, dass sie es versäumt hatte, über die Bezahlung zu sprechen. „Auch egal", murmelte sie, „eine Belcante wird es sich schon leisten können."

Gegen Mittag packte Alena Badetuch, Seife und ihre hölzernen Sandalen in ihre Leinentasche und machte sich auf zum nächsten öffentlichen Bad, das nur zwei Straßen entfernt lag. Das Badehaus war ein kreisrunder, weißer Bau mit einer kleinen Kuppel. Vor dem Eingang stand ein Wächter, der überprüfte, dass sich kein Unbefugter Eintritt verschaffte; zwar waren die Badehäuser kostenlos, aber nach Geschlechtern getrennt.

Nachdem Alena sich im Umkleideraum ihrer Kleider entledigt hatte, schlang sie das Tuch um ihren Körper, nahm Schuhe und Seife und begab sich in den Baderaum. Den größten Teil des Raumes nahm ein etwa zehn mal zehn Meter großes, anderthalb Meter tiefes Becken ein. Das Wasser darin wurde durch eine Fußbodenheizung auf fast vierzig Grad erwärmt. Der Boden bestand aus weißen, blassrosa und türkisen Kacheln, die verschlungene Muster bildeten. An den Wänden waren auf Fresken badende Mädchen dargestellt. Rund um das Becken waren vier Marmorbänke verteilt, um Badetücher und sonstige Utensilien darauf zu deponieren, und auch im Becken selbst waren auf drei Seiten Sitzbänke angelegt worden. Seitenfenster gab es keine, aber dank einem Deckenlicht war das Bad hell erleuchtet. Rechts neben der Tür zum Umkleideraum führte eine Treppe in den Erdboden. Alena legte Tuch und Schuhe auf eine der Bänke, die das Becken säumten, stieg die Treppe hinab und gelangte so zu einem kleinen, unterirdischen Fluss, der aus einer Felsöffnung in den Raum trat und in einer solchen wieder verschwand. Wie es Vorschrift war, wusch sie sich nun mit der Seife in dem kalten, fließenden Wasser. So sollte sichergestellt werden, dass das geheizte Wasserbecken im oberen Stock sauber blieb. Nach der Reinigung stieg Alena die Treppe wieder hoch, zog sich schnell die hölzernen Sandalen an und ließ sich seufzend ins warme Wasser gleiten. Die Schuhe waren notwendig, wenn sie sich am heißen Boden des Beckens nicht die Füße verbrennen wollte. Da viele um diese Zeit mit dem Mittagessen beschäftigt waren, badeten außer Alena erst vier andere Frauen. Aus Erfahrung wusste Alena jedoch, dass das Bad in spätestens einer Stunde überfüllt sein würde.

Sie setzte sich auf eine Marmorbank im Wasser, schloss die Augen und wartete. Wie jeden Samstag um diese Zeit traf sie sich mit ihrer Cousine und besten Freundin Melissa. Sie musste nicht lange warten; schon zwei Minuten später küsste jemand sie auf die Stirn. Alena öffnete die Augen und blickte lächelnd in das herzförmige Gesicht ihrer Cousine. Der schmale Mund, dessen Oberlippe fast so breit wie die Unterlippe war, ließ sie immer aussehen, als schmollte sie – außer wenn sie lächelte. Unter ihren dunklen, funkelnden, alles andere als schmollenden Augen zeigte sich dann eine kleine Zahnlücke zwischen den oberen Schneidezähnen. Zusammen mit ihrer Stupsnase ließ diese Melissa jünger wirken ließ als Alena, auch wenn Melissa mit ihren dreiundzwanzig Jahren ein Jahr älter war. Obwohl die beiden verwandt waren und ihre Mütter, die Schwestern waren, einander sehr glichen, sah man Melissa und Alena die Verwandtschaft wie so oft bei Cousinen nicht an. Alena hatte die braunen Korkenzieherlocken und das längliche Gesicht mit der leicht gebogenen Nase von ihrem Vater geerbt. Nur hatte sie zu ihrem Leidwesen statt seinen grünblauen Augen die haselnussbraunen ihrer Mutter erhalten. Wenigstens hatte sie an ihrer Figur nichts auszusetzen. Mit ihrem schlanken, aber nicht dünnen Körper entsprach sie dem Schönheitsideal Melantes.

Melissa setzte sich neben Alena ins Wasser und begann sofort von einem Essen bei ihren Eltern zu erzählen. Melissas Vater war früher jahrelang Mitglied im Stadtrat gewesen und veranstaltete einmal jährlich ein Dinner, zu dem er Politiker, bekannte Musiker und Künstler einlud. Als Melissa zehn Minuten später noch immer detailliert die Gänge des Abendessens beschrieb, hörte Alena nur noch mit halbem Ohr zu.

„Und er sieht so gut aus! Eigentlich kann ich mit älteren Männern ja überhaupt nichts anfangen, aber er sieht gar nicht aus wie vierzig, höchstens wie dreißig …"

„Was? Von wem redest du?" Alena fuhr aus ihren Gedanken hoch.

„Domengo Belcante, hab ich doch gesagt. Hörst du nicht zu? Er ist im Stadtrat. Aber ich muss dich enttäuschen, er ist schon verheiratet."

„Belcante?" Alena dachte an ihre Besucherin von heute Morgen; sie

trug denselben Namen. „Ist er vielleicht mit einer Sarilla verwandt?"
Auf einen Schlag verdüsterte sich Melissas Gesicht. „Ja.
Schreckliche Geschichte, ich habe es gehört. Sie war auch beim
Essen, und am nächsten Tag – mausetot. Dabei war sie noch gar
nicht alt."
„Hast du mit ihr gesprochen? Kanntest du sie?", fragte Alena. Durch
ihren Vater und ihr kommunikatives, offenes Wesen kannte Melissa
fast alle Leute der Oberschicht.
„Ja, aber nicht so gut. Ich mochte sie nicht besonders, ehrlich gesagt.
Sie war fast immer schlecht gelaunt. Eigentlich kann ich es ihr aber
nicht verübeln. Ihr Mann …" Melissa senkte die Stimme; inzwischen
waren bereits mehr Frauen anwesend, darunter eine Klatschbase
erster Güte, an deren Namen Alena sich nicht erinnern konnte.
„… soll eine Geliebte haben. Eine deutlich jüngere."
Interessant. „Und über die andere Schwester? Plinia? Was weißt du
über die?"
Melissa runzelte die Stirn. „Warum interessierst du dich so für diese
Familie?"
„Kann ich dir nicht sagen."
„Ach so!" Melissas Augen begannen zu funkeln. „Es hat mit
irgendeinem Fall zu tun." Es war eine Feststellung, keine Frage;
Melissa wusste, dass Alena ihr nichts verschwieg, außer es hatte mit
ihrem Beruf zu tun. „Lass mich überlegen … Über Plinia weiß ich
leider auch nicht viel. Sie ist das Nesthäkchen der Familie. Ihre
Geschwister sind viel älter als sie, mindestens zehn Jahre. Sie war
einige Zeit mit Jenn Danae verlobt, dem jüngsten Sohn dieses
stinkreichen Händlers. Aber die Verlobung wurde wieder gelöst. Bis
sie irgendwann heiratet, wohnt sie im Haus ihres Bruders." Diese
Informationen waren nicht sehr hilfreich, trotzdem bedankte Alena
sich bei ihrer Cousine.
„Hast du eigentlich etwas von Jonas gehört?", wollte Melissa wissen.

„Nein", antwortete Alena. Nach kurzem Schweigen fügte sie hinzu: „Ich denke, wir beide sind mittlerweile darüber hinweg."

Die beiden verließen das Badehaus und blieben vor dem Eingang stehen.

„Ich gehe jetzt Mittag essen. Kommst du mit?", fragte Melissa.

„Nein, tut mir leid. Ich muss noch etwas erledigen."

„Hast du heute schon was gegessen?"

„Nein."

Melissas seufzte. „Mädchen, du arbeitest zu viel! Das ist nicht gesund." Alena verdrehte die Augen. „Ja ja. Ich ess nachher was." Die beiden küssten sich zum Abschied auf die Wange, bevor sie entgegengesetzte Richtungen einschlugen. Alena ging in ihre Wohnung zurück, um dort ihr Badezeug zu deponieren, und machte sich dann auf den Weg in die Altstadt. Die Sonne brannte vom Himmel und ließ Alena sogar unter ihren dünnen, schwarzen Stoffhosen und dem kurzärmligen Leibchen schwitzen. Je näher sie dem Stadtkern kam, desto mehr Bäume säumten die Hauptstraße. Die Geschäfte, vor denen Händler mit lauter Stimme ihre Ware feilboten, wichen großen Anwesen mit gepflegten Gärten. Schließlich erhob sich vor Alena ein eindrückliches, massives Gebäude, das mitten auf einem sandigen Platz stand. Ungewöhnlich große Fenster erlaubten Alena, ins Innere der Räume zu blicken. In einem Raum auf der rechten Seite saßen junge Männer und Frauen auf schmalen Sitzbänken und lauschten mehr oder weniger interessiert einem Dozenten. Alena seufzte und dachte an die Zeit, als sie ebenfalls an der Universität studiert hatte. Mit siebzehn hatte sie ein Medizinstudium begonnen, nach dem kleinen Abschluss nach drei Jahren aber aufgehört, obwohl dieser nur zur Arztgehilfin reichte. Sie war von zu Hause ausgezogen und hatte ihr Büro gegründet, weil sie das Bedürfnis verspürt hatte, einmal auf eigenen Füßen zu stehen und etwas ohne die Hilfe ihrer Eltern zu schaffen.

Alena trat durch die offene Eingangstür, ging die Treppe hinauf und betrat nach kurzem Anklopfen das Büro der Sekretärin des Rektors. Dessen Büro lag gleich dahinter und konnte nur durch dieses Vorzimmer betreten werden.

„Ich würde gerne den Rektor sprechen."

„Haben Sie einen Ter..." Die Sekretärin verstummte in dem Augenblick, als sie von ihrer Arbeit hochsah und Alena erkannte. Ihre Augen wurden eine Spur schmaler, sie kniff die Lippen leicht zusammen. „Ach, Sie sind es. Sie können hineingehen." Der erste Satz klang herablassend, der zweite widerstrebend. Die Sekretärin war nie warm mit ihr geworden; warum wusste Alena nicht. Sie vermutete aber, dass die Sekretärin auf eine schräge Art eifersüchtig darauf war, dass Alena den Rektor als Einzige sehen konnte, wann immer sie wollte. Damit entzog sie sich gewissermaßen der Macht und Kontrolle, die die Terminplanung für den Rektor der Sekretärin verliehen.

„Danke." Alena durchschritt das Zimmer und klopfte an. Sobald sie das „Herein" hörte, trat sie ein. Glorians breites, runzliges Gesicht hellte sich auf, als er sie erkannte.

„Was für eine Überraschung! Schön, dich zu sehen." Er bot ihr mit einer Handbewegung an, sich auf den Stuhl gegenüber seines Schreibtischs zu setzen. Alena nahm lächelnd Platz.

„Auch schön, dich wieder mal zu sehen." Glorian war ihr Patenonkel und ein alter Freund ihres Vaters. Die beiden Männer hatten im gleichen Jahr mit ihrem Studium begonnen. Während Alenas Vater aber Wirtschaft studiert und danach ein Textilunternehmen gegründet hatte, hatte Glorian zum ersten Studiengang gehört, der sich mit der Wissenschaft der Magie befasst hatte. Dabei ging es nicht darum, Magie zu bewirken; dazu waren gewöhnliche Menschen gar nicht fähig. Magiewissenschaftler setzten sich mit den unterschiedlichen Arten der Magie auseinander und lernten zum Beispiel, wie diese wirkten und wie man sich gegebenenfalls vor ihnen schützen konnte.

„Warum bist du gekommen?" Glorian klang neugierig; er wusste, dass es sich um etwas Dringendes handeln musste, wenn sie ihn bei der Arbeit störte. Alena kam direkt zur Sache.

„Ich muss wissen, ob an einer Leiche Magie gewirkt wurde." Glorian runzelte die Stirn und strich sich mit der rechten Hand über seinen kurzen Bart.

„Warum? Glaubst du, die Person wurde durch Magie getötet?"

„Ich weiß es nicht. Vielleicht nicht", gestand Alena. „Ich werde die Leiche erst auf Gifte hin untersuchen. Aber falls ich nichts finde, will ich noch abklären, ob vielleicht Magie im Spiel war."

„Und dazu brauchst du einen Sachkundigen", stellte Glorian fest. Alena nickte.

„Es tut mir leid, aber momentan habe ich sehr wenig Zeit. Die Prüfungen stehen bald an, ich habe einen riesigen Berg Arbeit zu erledigen." Neben seinem Amt als Rektor hielt Glorian noch immer einige Vorlesungen. „Aber ich kenne jemanden, an den du dich wenden kannst. Er studiert Magiewissenschaften im letzten Jahr. Er ist etwas … schwierig. Aber er ist der Begabteste seines Jahrgangs." Glorian schrieb mit seiner Feder etwas auf ein Stück Papier und reichte es ihr.

„Hier hast du den Namen und die Adresse. Sag ihm, dass ich dich schicke. Er schuldet mir einen Gefallen." Der Name auf dem Zettel lautete Merin, die Adresse befand sich zu Alenas Überraschung in einem ziemlich zwielichtigen Viertel im Südosten der Stadt.

Alena dankte Glorian, verabschiedete sich und verließ die Universität. Zurück in ihrer Wohnung stellte sie zu ihrer Freude fest, dass Plinia ihrer Bitte bereits nachgekommen war und ihr das Bewilligungsformular hatte zukommen lassen; es war unter der Tür hindurchgeschoben worden.

Mit einer großen Stofftasche bewaffnet, in der sich alle nötigen

Utensilien befanden, machte Alena sich auf zum westlichen Tempel. Zwei korinthische, weiße Säulenreihen stützten das flache Dach des vorderen, offenen Teils des Tempels, hinter den sich ein geschlossener Teil aus dunklerem Stein anschloss. Alena schritt durch den ebenfalls von Säulen flankierten Eingang und trat auf den Tempelaufseher zu, der gerade Kerzen anzündete; während man draußen wegen der Sonne nur mit zusammengekniffenen Augen etwas sah, war es im Innern des Tempels deutlich dunkler und kühler. Der Aufseher musterte sie überrascht, als sie die Bewilligung zur Obduktion aus ihrer Tasche zog und sie ihm reichte. Er unterzog das Formular einer gründlichen Prüfung und führte sie anschließend eine Wendeltreppe hinunter in die Katakomben, wo die Toten bis zu ihrer Bestattung aufbewahrt wurden. Fluoreszierende Riesenschnecken, eingesperrt in Glasgefäße, erhellten die dunklen Gänge notdürftig mit ihrem grünen, diffusen Licht. Alena war froh, dass der Aufseher zusätzlich eine Öllampe mitgenommen hatte. Er lief zügig, als fühlte er sich hier unten ebenfalls nicht ganz wohl, und Alena hatte Mühe, mit ihm Schritt zu halten. Endlich hielt er vor einer der zahlreichen Türen, die in regelmäßigen Abständen links von ihnen den Gang säumten, öffnete sie mit einem Schlüssel und trat hindurch. Alena folgte ihm in den engen, steinernen Raum, wo in jeder Wand gleich breite wie hohe Nischen eingelassen waren, in denen die Toten lagen. „Hier." Der Aufseher deutete auf die rechte Nische, stellte die Öllampe auf den Boden und verließ den Raum. Als die Tür ins Schloss fiel, lief Alena ein Schauer über den Rücken. Unwillkürlich stellte sie sich vor, wie es wäre, hier lebendig begraben zu sein. Wenigstens hatte der Aufseher das Licht dagelassen.

Alena nahm das weiße Leichentuch weg, das den ganzen Leichnam bedeckte. Sarilla war laut ihrer Schwester fünfundvierzig Jahre alt geworden, doch nach dem Tod war ihr Alter nur schwer zu schätzen. Ihre Gestalt wirkte füllig und plump. Das Gesicht war aufgedunsen und bläulich angelaufen, zudem von ein paar kleinflächigen Blutaustritten überzogen. Alena runzelte die Stirn. Diese Anzeichen waren typisch für einen Tod durch äußere Erstickung, doch Sarillas Hals war völlig unversehrt.

Obwohl Alena im Medizinstudium ständig Leichen hatte sezieren müssen, war ihr deren Anblick nie zur Gewohnheit geworden; mit ein Grund, weswegen sie das Studium nicht weitergeführt hatte. Angst vor den Toten hatte sie eigentlich nie gehabt, doch in dieser finsteren Gruft kam ihr der Gedanke, dass die Leichen hier plötzlich zum Leben erwachen könnten, gar nicht so abwegig vor.

Alena zwang sich, tief durch den Mund auszuatmen, nahm die Utensilien aus ihrer Tasche und begann mit der Arbeit. Sie roch an den Lippen der Toten, besah sich Zunge und Rachen, öffnete den Brustkorb mit einem Skalpell, um die Organe zu untersuchen. Nicht die Spur eines ihr bekannten Giftes. Was merkwürdig war, waren die geschwollene Rachenwand, die Blutaustritte am Brustfell und die überblähte Lunge. Diese Anzeichen legten nahe, dass Sarilla erstickt war. Nur wie?

Sobald Alena fertig war, packte sie alles wieder in ihre Tasche, deckte die Leiche zu, nahm die Lampe und machte sich auf den Weg nach oben. Das Skalpell und die anderen Werkzeuge würde sie zu Hause reinigen müssen. Als sie durch den dunklen Gang ging, wurde sie sich der schweren, steinernen Decke über sich auf einmal sehr deutlich bewusst. Die Wände des schmalen Flurs schienen näher zusammenzurücken, wie die Blätter einer fleischfressenden Pflanze, die sie verschlingen wollten. Alena hatte plötzlich das Gefühl, nicht mehr genügend Luft zu bekommen. Sie beschleunigte ihre Schritte mehr und mehr, auf der Wendeltreppe nahm sie immer zwei Stufen auf einmal. Oben im Tempel angekommen, war sie außer Atem.

Der Aufseher, der einige Meter von ihr entfernt wohlriechende Kräuter auf dem Boden verstreute, blickte sie besorgt an.

16

„Alles in Ordnung?", fragte er.

„Ich ... Ja, ja. Alles bestens." Seit wann litt sie an Platzangst? Oder hatte ihr die Dunkelheit zu schaffen gemacht? Alena versuchte zu lächeln, als sie dem Aufseher die Lampe zurückgab. Dann verließ sie den Tempel. Draußen setzte bereits die Dämmerung ein. Alena atmete ein paarmal tief ein und aus. Die frische Luft tat ihr gut, auch wenn es noch immer heiß war.

Alena blickte auf ihre Taschenuhr und stellte erstaunt fest, dass es bereits acht Uhr abends war. Sie überlegte, ob sie für heute Feierabend machen sollte, entschied sich dann aber dagegen. Sarilla würde schon in zwei Tagen bestattet werden, dieser Merin musste ihre Leiche also auf alle Fälle morgen untersuchen.

Also ging Alena nach Hause, säuberte rasch ihre Utensilien mit einem Desinfektionsmittel, zog sich ein Stofftuch über die Schultern – sobald die Sonne ihr Antlitz hinter der Erdscheibe versteckte, wurde es merklich kühler in Melante – und machte sich auf zur Adresse, die Glorian ihr gegeben hatte. Auf den Straßen hielten sich nun deutlich weniger Menschen auf. Je näher sie dem heruntergekommenen Viertel kam, desto dunkler wurde es, als wolle sich die Dämmerung dem Milieu anpassen. Einmal kam sie an einer Gruppe von Männern vorbei, die ihr nachpfiffen und anzügliche Sprüche hinterherriefen, sie aber ansonsten in Ruhe ließen. Trotzdem fühlte Alena sich erst wieder sicher, als sie außer Hör- und Sichtweite war.

Es dauerte eine Weile, bis sie das Haus fand, in dem Merin wohnte. Es passte perfekt zu dem Viertel: eng an die Nachbarhäuser gedrängt, schmutzige Wände, kleine, mit leicht schrägen Läden verschlossene Fenster. Da sie nirgends eine Klingel finden konnte, klopfte Alena an die Tür. Sie hörte Schritte, die sich näherten, und sah, wie jemand durch den Spion spähte.

„Wer bist du? Was willst du?", knurrte eine misstrauische Stimme.

„Ich möchte zu Merin." Alena hörte, wie der Riegel zur Seite geschoben wurde. Die Tür öffnete sich. Eine alte Frau mit gebückter Haltung stand vor ihr und deutete mit dem Zeigefinger nach oben. „Der wohnt im obersten Stock." Alena verkniff sich ein Lächeln; das Haus hatte nur zwei Geschoße. Sie stieg eine Leiter rechts neben der Eingangstür hoch und klopfte an die Falltür, die in den Boden eingelassen war. Die Falltür wurde geöffnet, Alena betrat die Wohnung. Von einer durch eine dünne Holzwand abgetrennten Ecke abgesehen, in der sich wahrscheinlich die Toilette befand, bestand die Wohnung aus einem einzigen, nicht gerade großen Raum, der von zwei Petroleumlampen erhellt wurde. Unter einem Fenster stand eine kleine Kochnische, zwei breite Betten säumten je eine Wand. Andere Möbel gab es nicht, dafür war der ganze Boden mit Kleidungsstücken, aufgeschlagenen Büchern und Schreibzeug bedeckt.

„Na, wenigstens keine vergammelten Essensreste", murmelte Alena. Der Mann, der die Falltür geöffnet hatte, blinzelte verwirrt.

„Was?", fragte er.

„Ach, nichts." Erst jetzt betrachtete Alena den Mann eingehender – eigentlich eher den Jungen. Er sah wie etwa sechzehn aus, war dünn und nur wenig größer als Alena. Er hatte weiche Gesichtszüge und sorgfältig gekämmtes, dunkles Haar.

„Du bist nicht Merin, oder?", fragte Alena zweifelnd. Der Junge schüttelte den Kopf.

„Nein. Ich bin sein Bruder, Leh. Merin ist nicht da."

„Ach so." Das hatte Alena nicht erwartet. Warum hatte ihr die Frau unten das nicht erzählt? Wahrscheinlich hatte sie nicht gewusst, dass Merin außer Haus war, dachte Alena.

„Wenn das so ist, komme ich morgen wieder. Wann ist er zu Hause?"

Lehs Kehle entsprang ein Lachen, das sehr nach Stimmbruch klang.

„Keine Ahnung. Gut möglich, dass er sich überhaupt nicht blicken lässt." Als Alena ihn bloß irritiert anschaute, fügte er hinzu: „Mein Bruder ist ja nicht gerade der konsequente Typ. Manchmal geht er an die Uni, manchmal nicht. Es kommt vor, dass er sich tagelang irgendwo herumtreibt, bis er dann endlich wieder aufkreuzt." Für einen kurzen Moment stieg Panik in Alena hoch. Wenn Merin nicht auftauchte, wie sollte sie dann Plinias Auftrag erfüllen? Sie atmete tief durch und zwang sich zur Ruhe. Es war nur ein Auftrag. Nichts weiter.

„Es geht um etwas Geschäftliches, er kann dabei Geld verdienen. Und es ist wirklich wichtig für mich. Kannst du ihm das bitte ausrichten, falls er wieder auftaucht?", bat Alena. Leh wollte etwas sagen, zögerte dann aber. „Oder weißt du, wo er sich heute Abend aufhält?", hakte Alena nach, wobei sie neue Hoffnung schöpfte.

„Eigentlich schon", gab Leh zu. „Aber ich glaube nicht, dass du dort hinwillst."

„Lass mich das entscheiden." Solange es kein Bordell war, dachte sie.

„Er wollte zum Mitternachtstanz gehen", sagte Leh, wobei sich seine Wangen leicht röteten. Das war nicht viel besser als ein Bordell. Der Mitternachtstanz fand samstags auf einem kleinen Hügel statt, der direkt vor der Stadt lag und den Melantes Einwohner – in Ermangelung einer größeren Erhebung in der Nähe der Stadt – als *Heimberg* bezeichneten. Zwölf weibliche Elfen, mit spärlichen, dünnen Stofftüchern bekleidet, begannen um elf Uhr zu tanzen. Um Punkt Mitternacht entledigten sie sich ihrer Kleider, sodass sie für Sekundenbruchteile nackt waren – bevor die Elfen sich in Luft auflösten.

Natürlich lösten sie sich nicht wirklich in Luft auf, zumindest glaubte Alena das nicht. Sie vermutete eine Art Zaubertrick dahinter. Jedenfalls war der Mitternachtstanz eine Attraktion Melantes, die ausschließlich von Männern besucht wurde. Als Frau würde sie dort mehr auffallen als ein Mann in einem der Frauenbadehäuser. Nichtsdestotrotz blieb Alena keine andere Wahl: Sie musste Merin finden, damit er für sie den Leichnam untersuchen konnte.

„Vielen Dank, Leh." Sie lächelte ihm zu.

„Du gehst jetzt nicht dorthin, oder?", fragte er.

„Mach dir keine Sorgen", sagte Alena mit beruhigender Stimme, winkte ihm zum Abschied zu und verließ das Haus, ohne seine Frage beantwortet zu haben. Sie ging eine Straße weiter zum Platz der tausend Lichter, weil dort auch noch um diese Zeit Droschken fuhren. Zwar kostete eine Droschkenfahrt ziemlich viel, aber der Heimberg lag ein rechtes Stück entfernt. Alena war müde und sie war heute bereits so viel zu Fuß gegangen, dass ihre Beine weh taten.

Als sie den Platz erreichte, standen dort tatsächlich zwei Droschken. Der ganze Platz war mit weißen Steinen bedeckt, sodass an hellen Tagen wirklich „tausend Lichter" einem die Sicht nahmen; selbst mit zusammengekniffenen Augen war es dann schwierig, etwas zu erkennen. Auch am Abend, wenn der Platz von wenigen Gaslaternen erhellt wurde, strahlte er alle Besucher an.

Alena entschied sich für diejenige Kutsche, die von einem weißen Kamel gezogen wurde, nannte dem Fahrer ihren Zielort und lehnte sich entspannt zurück. Die Fahrt dauerte eine Viertelstunde und führte durch spärlich beleuchtete Gassen hinaus aus der Stadt. Kleine, knorrige Bäume und Dornsträucher verdrängten die Häuser, statt Kopfsteinpflaster bedeckte nun sandige Erde den Boden.

Als sie beim Heimberg ankamen, bezahlte Alena den Kutscher und stieg auf einem Pfad den Hügel hinauf. Der Weg selbst war zwar nicht beleuchtet, auf der Plattform strahlten die Lichter aber so hell, dass Alena genügend sehen konnte. Mit jedem Schritt nahm der Lärm zu, der von oben herab an ihr Ohr drang; Männer, die diskutierten, lachten, stritten, prahlten. Als Alena auf der Plattform ankam, hatte sie das Gefühl, auf ein Fest gestoßen zu sein: Mehrere

Stände boten Speisen und vorwiegend alkoholische Getränke an, zahlreiche Männer standen in Gruppen herum, tranken und unterhielten sich. Von knapp Zwanzigjährigen bis hin zu zahnlosen Greisen waren alle Altersklassen vertreten. Bei den meisten machte sich der Alkohol an den geröteten Wangen, den glänzenden Augen und den fahrigen Bewegungen bemerkbar. Beherzt trat Alena auf drei junge Männer in ihrer Nähe zu und sprach sie an.

„Entschuldigung, aber wisst ihr vielleicht, wo ich Merin finden kann?"

Die drei glotzten sie an, als wäre sie von einem anderen Stern, bis der kleinste von ihnen sagte: „Was machst du hier? Frauen haben hier nichts verloren!"

„Genau", pflichteten die beiden anderen ihm bei.

„Dann seid ihr hier, um *Männern* dabei zuzusehen, wie sie tanzen und ihre Kleider ausziehen?", fragte Alena scheinheilig. Der Kleine blickte sie einen Moment lang mit glasigen Augen an, bevor sein vom Alkohol benebeltes Gehirn den Worten einen Sinn verlieh und er verspätet laut auflachte.

„Du gefällst mir", prustete er. Er hob seine Augenbrauen. „Das mit dem Ausziehen und Tanzen, würdest du das auch machen?"

Langsam ließ er seinen Blick an ihrem Körper hinuntergleiten. Alena zog automatisch ihr Tuch enger um die Schultern, lächelte die Männer aber weiterhin an.

„Nein, eher nicht."

Die Typen lachten wieder. Warum war Alena schleierhaft. Plötzlich hörte sie aus dem Lärm einen Ruf heraus: „Merin! He, Merin, bleib mal stehen!" Alena wirbelte herum und lokalisierte den Mann, der nach Merin gerufen hatte; er war jung, fast zwei Meter groß und eilte durch die Menge. Ohne zu zögern, heftete Alena sich an seine Fersen. Der Kleine rief ihr irgendetwas hinterher, doch Alena konnte es wegen des Lärms nicht verstehen. Wahrscheinlich wollte sie das auch gar nicht.

Während ihrer Verfolgung musterten sie immer wieder feindselige oder verwirrte Blicke. Ein paar Männer wollten sie sogar am Arm festhalten, doch sie schaffte es, ihnen rechtzeitig auszuweichen.

Der Bursche lief schnell, doch dank seiner Größe überragte er alle anderen, sodass Alena ihn nicht aus den Augen verlor. Endlich blieb er vor fünf Männern stehen, die in einem Kreis standen und sich unterhielten.

Aus ihrem Alter und der qualitativ guten, aber schmucklosen Kleidung schloss Alena, dass es sich bei ihnen wahrscheinlich um Studenten handelte. Der Große tippte einem von ihnen auf die Schultern. Der junge Mann – allem Anschein nach Merin – drehte sich zu ihm um. Die beiden Männer schienen über etwas zu verhandeln. Schließlich steckte der Große dem anderen Mann blitzschnell ein Päckchen in die Tasche, wofür er im Gegenzug ein paar Münzen erhielt.

Sobald der Große weg war, trat Alena auf den Mann zu, den sie für Merin hielt. Er sah aus, als hätte er tagelang nicht geschlafen: Sein braunes Haar war struppig, das Gesicht bleich, abgesehen von dunklen Ringen unter den Augen.

„Bist du Merin?", fragte sie.

Er musterte sie misstrauisch. „Warum willst du das wissen?"

Zwei seiner Kumpel hoben grinsend die Augenbrauen.

„Hast du wieder mal ein Mädchenherz gebrochen?", neckte ihn der eine, während der andere Merin zur Seite schob und dicht vor Alena trat.

„Glaub mir, Kleines, er ist es nicht wert. Er zieht diese Masche mit jeder ab. Nimm stattdessen mich!" Bevor Alena zu einer Antwort genötigt wurde, schob Merin den anderen Mann weg.

„Quatsch!", sagte er. „Ich hatte nichts mit der, ich kenne sie gar nicht."

„Vielleicht hattest du zu viel getrunken und erinnerst dich nicht mehr", mutmaßte ein weiterer aus der Runde. Merin setzte bereits zu einer Antwort an, doch Alena kam ihm zuvor.

„Merin hat recht, er kennt mich gar nicht. Ich bin wegen etwas Geschäftlichem hier." Es folgte verdutztes Schweigen, was Alena sofort ausnutzte. „Kann ich dich kurz sprechen?", fragte sie Merin. Dieser warf ihr einen finsteren Blick zu.

„Kein Interesse", meinte er lapidar. Sein barsches Benehmen machte Alena wütend.

„Du weißt doch gar nicht, worum es geht!", entrüstete sie sich.

„Brauch ich auch nicht! Es ist fast zwölf Uhr abends, da hab ich keinen Bock auf Geschäftliches, verdammt noch mal. Also lass mich in Ruhe!"

Am liebsten hätte Alena genau das getan, doch es hatte sie zu viel Mühe gekostet, Merin überhaupt zu finden, als dass sie so schnell aufgeben würde.

„Ich hätte dich ja morgen aufgesucht, wenn ich mir sicher gewesen wäre, dass ich dich dann an der Uni oder zu Hause angetroffen hätte", verteidigte sie sich. „Also halt bitte den Mund und hör zu. Glorian schickt mich. Er sagt, du sollst mir helfen." Merin wirkte unschlüssig und antwortete nicht, deshalb fügte sie hinzu: „Du schuldest ihm einen Gefallen."

Merin seufzte. „Das stimmt leider. Also gut, vielleicht helfe ich dir. Um was geht's?"

Alena zog ihn am Arm zum Rand der Menge, wo der Lärmpegel wesentlich niedriger war und weniger potenzielle Lauscher herumstanden. Sie beugte sich zu seinem Ohr und flüsterte: „Eine Frau ist gestorben. Sie war noch nicht alt, soll aber eines natürlichen Todes gestorben sein. Ich muss herausfinden, ob das stimmt oder ob vielleicht doch jemand nachgeholfen hat. Ich habe die Leiche bereits untersucht, bin aber zu keinem eindeutigen Ergebnis gekommen.

Nun brauche ich jemanden, der mir sagen kann, ob Magie dabei im Spiel war." In Merins Augen blitzten Neugier wie auch Misstrauen auf.

„Bist du von der Polizei?", fragte er.

Alena schüttelte den Kopf. „Ich bin private Ermittlerin."

Er musterte sie einen Moment schweigend. „Das ist kein Witz, oder?"

Alenas Blut begann zu kochen. „Glaubst du, ich bin für einen Witz extra hierhergekommen? Die Sache ist ziemlich dringend. Übermorgen wird die Leiche bestattet, das heißt, du müsstest sie morgen …"

Weiter kam sie nicht. Alles um sie herum begann sich zu drehen, plötzlich spürte sie keine Kraft mehr in den Beinen. Bevor ihr schwarz vor Augen wurde, legte sie sich auf den Boden.

„Hey! Was hast du?" Merin kniete sich hin und beugte sich über sie.

Alena schloss die Augen. Ihr war schwindlig, es fiel ihr schwer, zu denken.

„Ich habe vergessen zu essen", brachte sie mühsam hervor.

„Was?", rief Merin ungläubig. „Weil du mal nichts zu Abend gegessen morgen hast, kippst du gleich um?"

„Nein. Ich … das letzte Mal war gestern, glaube ich …"

„Warte hier. Ich hol dir was", sagte er.

Alena wollte erwidern, dass sie sowieso nicht weggehen könne, doch sie musste jedes überflüssige Wort vermeiden. Wenn sie redete, fühlte sie sich noch mieser.

Sie hörte Merin davoneilen. Als sie nach einer Weile wieder Schritte hörte, die sich ihr näherten, zwang sich Alena, aufzuschauen. Doch nicht Merin, sondern ein ihr unbekannter, älterer Mann mit einem gigantischen Schnauzer schaute auf sie herab.

„He, du! Frauen sind hier verboten, also verschwinde."

„Wie bitte soll ich gehen, wenn ich nicht mal sitzen kann?", murmelte Alena verärgert; der Kerl beugte sich über sie.

„Was hast du gesagt? Sprich lauter!" Als Alena ihm den Gefallen nicht tat und ihn bloß böse anfunkelte, stieß er ihr seinen Stiefel in den Bauch. „Ich weiß nicht, was du genommen hast, und es ist mir auch egal. Wenn du nicht sofort verschwindest, lass ich dich hinauswerfen."

„Was ist hier los?"

Alena stellte erleichtert fest, dass Merin endlich zurückgekommen war. In der Hand hatte er eine Flasche mit grüner Flüssigkeit sowie etwas, das dampfte und in Papier eingewickelt war. Der Mann mit dem Schnauzer drehte sich zu Merin um. Seine Gesichtszüge entspannten sich ein bisschen; offensichtlich kannten sich die beiden.

„Gehört die zu dir?", fragte er.

Merin zögerte kurz, dann nickte er.

„Hätte ich mir ja denken können", brummte der Alte. „Frauen gehören hier nicht hin, das weißt du. Schaff sie hier weg."

„Klar, mach ich", versprach Merin und hob beschwichtigend die Hände. Der Alte drehte sich um und ging davon, wobei er leise vor sich hin fluchte.

„Vor dem muss man sich in Acht nehmen", sagte Merin zu Alena. „Das ist Gregorio. Er ist sehr aufbrausend und scheut sich nicht davor, gewalttätig zu werden."

„Da hast du wohl recht", bestätigte Alena. Dort, wo Gregorio sie getreten hatte, spürte sie einen dumpfen Schmerz; wahrscheinlich würde sie einen blauen Flecken davontragen.

„Ich habe immer recht", sagte Merin. „Und jetzt verschwinden wir besser von hier, bevor Gregorio Tronkas Leute holt und uns rausschmeißt."

„Wer ist Tronka?"

„Der Typ, der das Ganze hier veranstaltet. Gregorio ist praktisch sein Leibeigener, der gern die Drecksarbeit für ihn erledigt. Kannst du gehen, wenn ich dich stütze?"

Wirklich besser fühlte Alena sich nicht, aber sie wollte vor Merin nicht schwach wirken und nickte. Doch schon beim Versuch, sich aufzusetzen, wurde ihr so schwindlig, dass sie nach hinten kippte.

„Na, das klappt wohl doch nicht."

Merin verstaute die Flasche und das Essen in seiner Umhängetasche und beugte sich zu ihr hinunter. Alenas Magen zog sich schmerzhaft zusammen. Wie hatte sie ihren Hunger so lange nicht bemerken können? Merin legte den linken Arm unter ihre Kniekehlen, den rechten um ihren Rücken und hob sie mit einem Ruck hoch.

„Wenigstens bist du nicht schwer", sagte er, während er sie von der Ebene hinuntertrug. Sobald sie etwas abseits der Menschen und Lichter waren, setzte Merin sie ab und rieb sich die Oberarme. Danach nahm er direkt hinter ihr Platz, um ihren Oberkörper stützen zu können. Alena kam sich vor wie ein Kleinkind, unterdrückte aber ihre Scham. Merin griff in seine Tasche und holte das Essen hervor, das er für sie gekauft hatte: Gedünstetes Gemüse und Pilze, eingewickelt in Fladenbrot.

„Vielen Dank", sagte Alena und biss herzhaft in das noch warme Essen.

„Wie kann man vergessen zu essen?", fragte Merin ungläubig. Alena antwortete nicht: Sie war mit Essen beschäftigt. Es dauerte kaum eine Minute, bis sie alles verputzt hatte.

„Besser?", wollte Merin wissen. Alena nickte. Zwar hatte sie noch immer ziemlich schlimme Bauchkrämpfe, doch der Schwindel hatte nachgelassen. Merin reichte ihr die Flasche mit der grünen Flüssigkeit, Alena beäugte sie misstrauisch.

„Das ist doch kein Kräuterschnaps, oder?", fragte sie.

Merin lachte. „Wofür hältst du mich? Das ist kalter Pfefferminztee."

Alena schraubte den Deckel ab, roch kurz daran und trank dann in gierigen Schlucken die halbe Flasche leer.

„Was schulde ich dir?", fragte sie, nachdem sie die Flasche abgesetzt hatte. Merin winkte ab.

„Lass mal. Aber im Ernst: Warum hast du solange nichts gegessen, bis du umgefallen bist?"

Alena zuckte die Schultern. „Ich habe es wirklich vergessen. Das passiert mir manchmal, wenn ich arbeite."

Merin stand auf, wobei er sie an den Schultern festhielt. Langsam ließ er sie los, und zu ihrer Erleichterung war Alena nun im Stande, selbst zu sitzen.

„Deine Arbeitsmoral hätte ich gern. Obwohl, nein, lieber doch nicht."

„Stimmt, sonst hättest du ja keine Zeit mehr, dich tagelang irgendwo herumzutreiben, zu trinken und Feen beim Tanzen zuzusehen", spottete Alena.

„Genau. Das wäre doch schade", grinste Merin unbeeindruckt. „Du hast vorhin etwas von morgen gesagt?"

„Ach ja. Wir treffen uns morgen um acht vor dem Westtempel. Wenn das in Ordnung für dich ist."

„Geht klar." Zum Abschied hob er kurz die Hand. „Dann bis morgen Abend." Er drehte sich um und wollte gehen.

„Warte! Warum Abend? Acht Uhr morgens natürlich!", rief Alena.

„Was, so früh? Vergiss es."

„Dann um neun?", fragte Alena. Merin warf ihr einen bösen Blick zu.

„Na gut, dann halt um zehn", gab Alena nach. Merin nickte kurz, bevor er wieder zurück zum Spektakel ging.

Alena hievte sich mit Mühe auf die Beine und ging mit wackeligen Schritten bis zum Fuß des Hügels, wo sie in eine der dort stehenden Droschken stieg und sich nach Hause fahren ließ.

*Sonntag*

Pünktlich um zehn Uhr stand Alena vor dem Westtempel bereit. In der Hand hielt sie eine Tüte getrockneter Stachelbeeren; nach dem gestrigen Vorfall hatte sie beschlossen, entgegen ihrer Gewohnheit nicht auf das Frühstück zu verzichten. Nach zehn Minuten hatte Alena alle Beeren aufgegessen, doch Merin war noch nicht da. Alena wartete weiter bis um halb elf. Da Merin sich noch immer nicht blicken ließ, wollte Alena gerade zu ihm nach Hause gehen, als er endlich doch auftauchte.

„Guten Morgen", grüßte er gut gelaunt. Sein Gesicht wirkte frisch, was es vermutlich einerseits einer Rasur, andererseits ein paar Stunden ordentlichen Schlafes zu verdanken hatte. Alena war überrascht, wie sehr die Veränderungen zu seiner Attraktivität beitrugen.

„Ich habe über eine halbe Stunde gewartet!" Alena hasste es, zu warten. Sie war es gewohnt, immer in Bewegung zu sein, sich immer mit etwas zu beschäftigen.

„Ist es schon so spät?", fragte Merin überrascht.

Alena seufzte. „Hast du keine Uhr?"

Merin zuckte die Schultern. „Nein. Brauch ich nicht."

„Ist das dein Ernst?" Alena konnte sich nicht vorstellen, wie man ohne Uhr leben konnte. „Und wie weißt du zum Beispiel, wann deine Vorlesungen anfangen?"

„Na ja, ich schau einfach, wie die Sonne etwa steht."

„Scheint ja wunderbar zu klappen", meinte Alena schnippisch.

„Sei nicht so zickig. Eine halbe Stunde früher oder später spielt doch keine Rolle."

Alena wollte erwidern, dass sie überhaupt nicht zickig sei, da sich das aber wahrscheinlich zickig angehört hätte, schluckte sie ihren Ärger hinunter. Am meisten störte sie, dass Merin sich nicht entschuldigt hatte. Die beiden gingen in den Tempel, wo Alena dem Aufseher von Neuem die Bewilligung zeigte, die Leiche untersuchen zu dürfen. Falls er überrascht war, dass Alena schon wieder hier auftauchte, ließ er sich nichts anmerken. Wortlos führte er sie hinunter in die Gewölbe, obwohl Alena den Weg ja eigentlich schon kannte.

Sobald Merin und sie allein waren, packte Merin verschiedene Pulver, ein mit Flüssigkeit gefülltes Fläschchen, eine kleine Waage und einen hauchdünnen Lappen aus seiner Tasche und machte sich ans Werk. Er wirkte nicht im Mindesten davon beeindruckt, dass er bei schummrigem Licht unter der Erde eine Leiche untersuchen musste – im Gegenteil. Er sah ungemein konzentriert aus.

Magie hatte Alena schon immer fasziniert, weshalb sie Merin interessiert zusah. Zuerst stellte er die Waage auf den Boden und hantierte eine Weile daran herum, bevor er den Lappen darauf legte. Danach nahm er den Lappen, breitete ihn vorsichtig über das Gesicht der Toten und drückte ihn möglichst dicht auf die Haut. Nach ein paar Minuten, in denen sie schweigend warteten, nahm er den Lappen wieder vom Gesicht und wog ihn erneut. Er murmelte etwas, das Alena nicht verstehen konnte, entnahm einem der Gefäße zwei Prisen eines feinen, rötlichen Pulvers und rieb es zwischen den Fingern, während er es körnchenweise über die Leiche streute. Dann beobachtete er die Leiche ein paar Minuten lang. Alena glaubte, ab und zu blaue Funken zu sehen. Schließlich machte Merin dasselbe mit sechs anderen Pulvern, immer mit einer Wartezeit dazwischen. Bei einem blauen Pulver sah Alena deutlich einen kleinen Lichtblitz, bei anderen sah sie schwache, aber andersfarbige Funken, bei wieder anderen konnte sie gar keine Reaktion erkennen.

„Magie besteht aus so etwas wie … energiereichen Teilchen. Die Moleküle des Pulvers werden durch diese Energie angeregt, aber nicht alle. Nur wenn die Energie ausreicht, um das Elektron in das nächsthöhere Orbital zu bringen. Deshalb habe ich geschaut, welche Pulver wie oft und wie stark reagiert haben. Dadurch kann ich etwas über die Zusammensetzung der Magie sagen."

Es dauerte einen Moment, bis Alena begriff, dass Merin mit ihr redete; er blickte unverwandt die Leiche an, über die er gerade das letzte Pulver gestreut hatte, und er sprach leise und monoton.

„Das Problem ist, dass es schon ein paar Tage her ist, als die Magie angewendet wurde. Der größte Teil der Teilchen hat natürlich schon mit Molekülen aus der Umgebung reagiert."

„Warum hat es denn überhaupt noch Magieteilchen? Wenn sie nicht nur mit den Pulvern, sondern auch mit anderem reagieren?", wollte Alena wissen.

„In der Luft sind ja nicht die gleichen Moleküle wie in den Pulvern. Die Moleküle in der Luft reagieren deutlich langsamer."

Nun nahm Merin die Flasche mit der grünen Flüssigkeit, entkorkte sie und goss den Inhalt über das Gesicht der Toten. Alena schrie erschrocken auf. Die wegen ihrer Untersuchungen zugenähte Brust und ein bisschen feines Pulver auf Sarillas Leichnam konnte sie deren Schwester Plinia ja noch erklären; eine grüne Flüssigkeit, die auf Sarillas Gesicht klebte, war da schon etwas anderes. Doch kaum hatte die Flüssigkeit die Haut berührt, als sie auch schon verdampfte und in dichten, noch immer grünlichen Schwaden zur Decke stieg. Merin, der Alenas Aufschrei noch nicht einmal wahrgenommen hatte, sog die Luft mehrmals intensiv durch die Nase ein, bis sich der ganze Dampf verflüchtigt hatte. Alena drehte sich der Magen um, während sie an den penetranten Leichengeruch dachte, den Merin gerade zur Genüge eingeatmet haben musste.

„Was war das denn?", fragte sie Merin, der gerade alles wieder in seine Tasche packte.

„Jede Magie hat einen anderen Geruch. Und damit meine ich die Magie von jeder einzelnen Person, die magische Kräfte hat. Wenn jemand Magie bewirkt und man direkt daneben steht, kann man die individuelle Note riechen. Man muss sich aber sehr konzentrieren.

Wenn die Anwendung der Magie wie hier schon länger her ist, kann man mit dem hier", er schüttelte das Fläschchen, bevor er es in der Tasche verstaute, „den Geruch der Magie verstärken. Allzu viel habe ich leider nicht mehr riechen können."

Alena wunderte es, dass Merin nebst der Leiche überhaupt etwas hatte riechen können. Sobald er fertig gepackt hatte, nahmen sie den Weg nach oben. Jetzt wo sie nicht allein war, kam Alena der Gang mit den fluoreszierenden Schnecken nicht halb so unheimlich vor. Trotzdem war sie froh, als sie aus dem Tempel an die frische Luft traten. Da es Mittagszeit war, brannte die Sonne erbarmungslos vom Himmel. Alena verfluchte sich im Stillen dafür, ein schwarzes Kleid mit Ärmeln angezogen zu haben. Obwohl der Stoff sehr dünn war, spürte sie die Sonnenstrahlen wie brennende Finger auf ihrer Haut. Merin, der heute eine kurze, khakifarbene Stoffhose und ein weißes Hemd trug, war diesbezüglich deutlich besser dran.

„Was hast du jetzt eigentlich herausgefunden?", fragte Alena.

„Ich schlage vor, dass erzähl ich dir irgendwo im Schatten – nachdem wir etwas zu Essen gekauft haben. Nicht, dass du wieder umkippst."

Alena errötete. In der Tat hatte sie keine Sekunde ans Essen gedacht und hätte es wahrscheinlich wieder vergessen. Merin bemerkte ihre Verlegenheit und grinste.

„Na gut", stimmte Alena zu. Also begaben sie sich in Melantes Gassengewirr und bestellten an einem der Stände, die den Straßenrand säumten, zwei gebratene Maiskolben und eine Schüssel Reis mit gedünsteten Algen. Alena bestand darauf, zu bezahlen, immerhin hatte Merin sie gestern eingeladen. Sie trugen das Essen in den nächstgelegenen Park, der eigentlich bloß aus einer kleinen Gruppe Pappeln bestand, und setzten sich in deren Schatten. Es waren fast keine anderen Leute hier, die meisten nahmen die Mahlzeiten bei dieser Hitze im kühlen Schatten der Häuser ein.

Merin reichte Alena einen Kolben und die beiden begannen zu essen. „Um auf deine Frage zurückzukommen: Die Frau wurde definitiv mit Magie getötet." Das hatte Alena schon geahnt, weswegen sie nickte. „Die Zusammensetzung der Magie lässt darauf schließen, dass es sich um Luftmagie handelte. Der Frau wurde die Atemluft entzogen – sogar aus der Lunge wurde Luft gezogen. Das bedeutet, dass der Täter über ziemlich viel Magie verfügt."

„Sie ist also erstickt", stellte Alena fest und schüttelte traurig den Kopf. „Das habe ich bereits vermutet. Was für ein schrecklicher Tod."

„Ja", stimmte Merin ihr zu und schwieg dann einen Moment; vielleicht stellte er sich wie sie gerade einen solchen Tod vor. „Außerdem schätze ich, dass der Täter mit einer Wahrscheinlichkeit von etwa sechzig, siebzig Prozent weiblich ist."

Alena runzelte die Stirn. „Warum? Weil Frauen eher jemanden so töten würden?", fragte sie.

„Nein, nein. Wie bereits gesagt, hat jede Magie einen persönlichen Geruch. Ich führe zurzeit an der Uni Versuche durch. Ich will wissen, ob es möglich ist, anhand von Gerüchen unterscheiden zu können, ob der Magiebegabte männlich oder weiblich ist. Ich glaube, dass gewisse Aromen geschlechtstypisch sind, aber ich habe erst gerade mit der Studie begonnen, deshalb möchte ich mich da nicht zu sehr festlegen."

„Hat das bis jetzt noch nie jemand untersucht?", fragte Alena. Merin verdrehte die Augen.

„Wenn ja, würde ich wohl kaum eine Studie dazu machen."

„Aber wenn das stimmt, ist das ein ziemlicher Durchbruch, um kriminelle Magier ausfindig zu machen", meinte Alena.

„Übertreibe mal nicht", sagte Merin und lachte, „es bleiben immer noch mehrere hundert, wenn nicht gar tausend Magiebegabte des anderen Geschlechts übrig. Aber was ich noch sagen wollte: Es gibt einige Wesen, die Luftmagie bewirken können. Leider ist das eine der häufigsten Magiearten. Allerdings können wir Höhlenwichtel und Blumenfeen schon mal ausschließen. Sie haben dazu viel zu wenig Macht, und wenn ich einen Höhlenwichtel in einer Stadt antreffe, fresse ich einen Besen. Bleiben also noch Wetterkobolde und gewöhnliche Elfen."

Alena verzog das Gesicht. „Und von denen gibt es leider ziemlich viele, richtig?"

Sie kannte die eine oder andere Elfe, und der Reinigungsservice, der gegenüber ihrer Wohnung lag, hatte fast ausschließlich Wetterkobolde angestellt.

„Es gibt wahrscheinlich sogar deutlich mehr, als du denkst. Vor allem Elfen. Sie sehen ja aus wie wir, und viele ziehen es immer noch vor, sich nicht zu bekennen und unerkannt zu bleiben."

Vor sechzig Jahren waren Elfen von den Menschen verfolgt und getötet worden, was ihre Zahl stark dezimiert hatte. Vor zehn Jahren hatte der Stadtrat ihnen nach hitzigen Diskussionen die gleichen Rechte wie den Menschen zugestanden, doch die Abstimmung war äußerst knapp gewesen. Noch heute handelte es sich um eine umstrittene Angelegenheit.

„Das erschwert die Sache natürlich." Alena kaute nachdenklich auf ihrer Unterlippe herum. Im Geist stellte sie bereits das Vorgehen für die Mordermittlungen zusammen, obwohl sie von Plinia dazu gar nicht beauftragt worden war.

„Hast du Geschwister?" Merins Frage riss sie aus ihren Gedanken.

„Nein. Aber meine Cousine ist fast wie eine Schwester für mich."

Alena erzählte ihm von ihrer Familie und auf seine Fragen hin von ihrem abgebrochenen Studium. Danach drehte sich das Gespräch um verschiedenste Dinge: Musik, Politik, Melantes heißes Klima, fliegende Teppiche, Glorian … Es überraschte Alena, wie oft sie mit Merin einer Meinung war. Nur in einer Sache konnten sie sich überhaupt nicht einigen.

„Der beste Komponist ist Propowitsch", meinte Alena.

„Nein", widersprach Merin sofort. „Zugegeben, Propowitsch ist nicht schlecht. Aber der beste Komponist ist und bleibt Molini", sagte Merin.

Alena schüttelte den Kopf. „Kennst du Propowitschs Oper *Ophelia?*", fragte sie.

„Nein", sagte Merin.

„Na, das erklärt alles", sagte Alena scherzhaft. „Sobald du diese Oper gehört hast, wirst du bekehrt sein."

„Blödsinn."

Einen Moment grinsten sie sich an.

„Na dann, vielen Dank für deine Hilfe", meinte Alena schließlich und erhob sich. Merins blaue Augen blickten sie erstaunt an.

„Das war's?", fragte er.

Alena begriff nicht, wovon er sprach. „Was meinst du?", fragte sie.

Merin zuckte die Achseln. „Na ja, wir haben nun herausgefunden, dass es Mord war, oder? Du wirst sicher bald Ermittlungen dazu anstellen." Seine Augen leuchteten wie die eines kleinen Jungen. „So etwas Spannendes werde ich wahrscheinlich nicht oft erleben. Ich würde gern bei den Ermittlungen dabei sein."

Alena war überrascht von seinem Enthusiasmus; gestern war ihr Merin eher faul und träge erschienen. Andererseits schien er sich durchaus in etwas verbeißen zu können. Bei der Untersuchung der Leiche war er sehr konzentriert gewesen. Außerdem hatte Glorian ihn als seinen begabtesten Studenten bezeichnet. Auch wenn es ihr ein bisschen leidtat, schüttelte Alena den Kopf. „Das geht nicht. Plinia hat mich gar nicht dazu beauftragt, den Mord aufzuklären. Wahrscheinlich geht sie damit zur Polizei."

So schnell ließ Merin nicht locker. „Angenommen, du kriegst den Auftrag. Arbeiten wir dann zusammen?"

Alena warf ihm einen zweifelnden Blick zu. „Musst du nicht an die Uni?"

Merin winkte ab. „Ich gehe nur, wenn ich Lust habe. Das meiste kann ich sowieso in meinen Büchern nachlesen."

Alena war wider Willen beeindruckt. Sie selbst hatte ganz andere Erfahrungen an der Universität gemacht und wie die meisten anderen Studenten genauso viele Stunden pro Woche arbeiten müssen wie jeder Berufstätige. Sie war hin- und hergerissen; einerseits konnte sie sich nicht vorstellen, mit jemandem zusammenzuarbeiten, andererseits wollte sie Merin nicht enttäuschen. Sie fand seinen Eifer irgendwie süß.

„Warum willst du mir denn unbedingt helfen?", wollte sie wissen.

Darüber musste Merin eine Weile nachdenken. „Ich lese manchmal Bücher, in denen Morde aufgeklärt werden. Die sind immer sehr spannend. Und ich würde gern mal wieder etwas Neues ausprobieren. Im Moment langweile ich mich oft."

„Ich glaube nicht, dass es so spannend wäre wie in deinen Büchern", gab Alena zu bedenken. „Wahrscheinlich müsste ich Sachen recherchieren und viele Gespräche führen."

„Trotzdem will ich dabei sein", beharrte Merin. „Für dich ist es vielleicht Routinearbeit, aber für mich ist es neu."

„Na gut", stimmte Alena schließlich zu. „*Falls* ich den Auftrag kriege, bist du dabei."

Über Merins Gesicht zog sich ein breites Lächeln. Dann kniete er sich plötzlich hin und warf sich vor Alena nieder, sodass seine Nasenspitze den Boden berührte. „Ich bin Euch zu tiefstem Dank verpflichtet!", deklamierte er und tat, als wolle er Alenas Füße küssen. Alena wich lachend zurück. Zwei Frauen, die soeben an der Baumgruppe vorbei gingen, musterten sie befremdet, die eine schüttelte den Kopf.

Alena errötete. „Komm, steh auf", sagte sie mit gedämpfter Stimme, doch Merin hörte nicht auf sie und versuchte weiterhin, auf dem Boden kriechend ihre Füße in die Hände zu bekommen, denen Alena geschickt auswich. Sie räusperte sich. „Ihre Majestät verlangt von dir, dass du dich erhebst", befahl sie mit tiefer, verstellter Stimme; sie musste sich auf die Lippen beißen, um nicht loszulachen.

Sofort hielt Merin inne. „Wenn das der Wunsch Eurer Gnaden ist, so werde ich diesem natürlich unverzüglich nachkommen", versicherte er unterwürfig, bevor er aufstand.

„Und jetzt: Hinfort mit dir!", rief Alena und streckte bestimmt den Arm vor. Merin verbeugte sich, drehte sich um und schlurfte langsam davon. Nach einigen Metern drehte er sich um, winkte ihr – wieder als „richtiger" Merin – fröhlich zu, bevor er in der nächsten Gasse verschwand.

**Kapitel 2**

Plinia wirkte nicht allzu begeistert, als sie Alena im Wohnzimmer empfing, wohin diese von der Zofe geführt worden war.

„Sie hätten nicht extra herkommen müssen. Ich wäre ohnehin bald bei Ihnen vorbeigekommen." Ihre Stimme klang gelassen, doch ihr Blick verriet, dass ihr Alenas Besuch unangenehm war. „Wie Sie wahrscheinlich wissen, wohne ich hier im Haus meines Bruders, bis ich verheiratet bin. Er weiß nicht, dass ich Sie beauftragt habe, und das soll auch so bleiben", fügte sie gedämpft hinzu.

„Tut mir leid. Ich wollte Ihnen das Ergebnis bloß möglichst schnell mitteilen", sagte Alena. „Ich glaube aber nicht, dass Sie sich Sorgen machen müssen. Ihr Bruder kennt mich ja nicht und weiß nicht, was ich tue. Sagen Sie ihm doch einfach, ich sei eine Schneiderin oder so."

Plinia seufzte. „Sie haben ja recht. Ich fürchte die ganze Zeit, dass mein Bruder oder mein Schwager es herausfinden und es Streit gibt. Aber jetzt zum Ergebnis: Haben Sie die Todesursache herausfinden können?"

„Ja. Sie hatten recht. Sarilla ist wirklich ermordet worden."

Plinias Gesicht wurde merklich blasser. Sie schloss die Augen, atmete tief aus und setzte sich auf den nächsten Stuhl. Trotzdem wirkte sie beinahe erleichtert; wahrscheinlich war sie froh, die Obduktion und Untersuchungen nicht umsonst veranlasst zu haben.

„Wie ist es passiert?", fragte sie leise.

„Mit Magie. Luftmagie, um genau zu sein."

„Dann hatte ich also recht." Sie klang erstaunt.

„Ja, das hatten Sie."

„Ich muss zur Polizei gehen", stellte sie fest.

Alena nickte ernst. „Das ist unumgänglich. Und zwar noch vor der Bestattung. Ich nehme an, die Polizei will selbst auch noch Untersuchungen anstellen, bevor sie den Tod ihrer Schwester als

Mord anerkennt."

Plinia nickte gedankenverloren. Plötzlich fuhr sie hoch; Alenas Worte schienen zu ihr durchgedrungen zu sein. „Ach! Wenn das so ist, muss ich die Bestattung ja sofort absagen!", rief sie aufgeregt und sprang auf. Sie eilte zur Tür, drehte sich im Rahmen aber nochmals um.

„Entschuldigen Sie bitte meine Manieren. Ich bin etwas durcheinander. Vielen Dank für Ihre ausgezeichnete Arbeit. Ich werde Ihnen das Geld zukommen lassen. Oder ...", sie runzelte die Stirn und dachte eine Weile nach. „Ich glaube, ich beauftrage Sie damit, den Mörder meiner Schwester zu finden. Natürlich wird sich die Polizei jetzt auch endlich um den Fall kümmern. Aber vier Augen sehen mehr als zwei."

Alena jubelte innerlich. „Na ja, in diesem Fall sehen wohl eher zehn Augen mehr als acht", meinte sie. „Aber ich danke Ihnen für Ihr Vertrauen. Ich nehme den Fall gerne an."

Plinia nickte ihr zu, bevor sie davon hastete.

Alena verließ das Haus. Vor sich hin pfeifend schlenderte sie durch die Altstadt, ohne darauf zu achten, wohin ihre Füße sie führten, und ließ ihre Gedanken schweifen. Sie würde Plinia möglichst bald wieder aufsuchen. Noch wusste sie so gut wie nichts über Sarilla und deren Tod.

In Melante war es üblich, genau vier Tage nach dem Tod eines Verwandten ihm zu Ehren ein Dinner zu veranstalten. Da die Zahl Vier die höchsten Götter Elem, Aloh, Ilia und Solem repräsentierte, würde auch die verschobene Bestattung an dem Datum des Festessens nichts ändern. Der Anlass schien Alena die ideale Gelegenheit zu sein, um sich ein Bild über das Umfeld der Toten zu machen. In höheren Gesellschaftsschichten – zu denen Sarilla eindeutig gehört hatte – wurde zu diesen Dinnerveranstaltungen alles eingeladen, was Rang und Namen hatte. Bei dieser Vielzahl von

Menschen würde es also nicht weiter auffallen, wenn Plinia mit Alena eine Person mehr auf die Einladungsliste setzte. Oder auch zwei – Merin gab es ja auch noch.

Als Alena um sich blickte, fand sie sich in einem der düstereren Viertel Melantes wieder, wo ihr selbst bei strahlendem Wetter ein unbehaglicher Schauer über den Rücken lief. Die kleinen Fenster der Häuser starrten sie trostlos aus gallengelben Wandgesichtern an. Alena fiel ein, dass sich ganz in der Nähe die Kreuzgasse befand – der Ort, an dem Sarilla ums Leben gekommen war. Nach kurzem Zögern beschloss Alena, sich den Schauplatz des Verbrechens näher zu betrachten.

Die Kreuzgasse war schmal, und obwohl viele Häuser nicht hoch waren, drang wegen der die Mauern überragenden Dächer kein direktes Sonnenlicht hinein. Die Gebäude waren nicht alle gleich nahe an den Straßenrand und nicht immer direkt aneinandergebaut worden, wie es sonst in Melante üblich war, sodass es hier viele Nischen und kurze Sackgassen gab. In einer davon sah Alena, wie zwei Männer etwas austauschten. Sie schaute hastig weg.

Alena hatte keine Ahnung, in welchem der Häuser Sarilla gefunden worden war. Jedenfalls sah keines von ihnen einladend aus, und Alena fragte sich wieder, was Sarilla nur hier verloren gehabt hatte.

Alenas Blick fiel auf ein schiefes Schild, auf dem in roten Buchstaben „Zum tanzenden Dolch" prangte. Trotz des wenig heimeligen Namens betrat Alena die Spelunke, deren Halbdunkel nur von einer weißen, krummen Kerze auf der Bar erhellt wurde. Hinter der Bar stand eine etwa fünfzigjährige Frau mit straff zusammengebundenen Haaren und auffallenden, rot glitzernden Ohrenringen. Als sie hörte, dass die Tür geöffnet wurde, hob sie ihren Blick von dem Block, auf den sie soeben etwas gekritzelt hatte, und musterte Alena von oben bis unten. Obwohl Alena mit Sicherheit nicht zur typischen Kundschaft gehörte – in einer dunklen Ecke saßen drei schwarzgekleidete Gestalten, die sich gedämpft unterhielten, und an der Bar hockte ein alter, rotbäckiger Mann mit glasigen Augen – zeigte das Gesicht der Wirtin keine Regung. Alena trat auf sie zu und sagte leise, aber ohne zu flüstern: „Guten Tag. Ich habe gehört, hier soll vor ein paar Tagen jemand gestorben sein."

Die Mundwinkel der Frau zuckten nach oben. „Schätzchen", sagte sie mit überraschend weicher Stimme und sah Alena mitleidig an. „So etwas ist hier an der Tagesordnung. Du musst schon etwas genauer werden."

„Ich spreche von einem … sagen wir, ungewöhnlichen Todesfall. Man hat die Leiche einer Frau gefunden. Sie war aus sehr gutem Hause. Eine Belcante."

„Ach ja, ich erinnere mich", sagte die Wirtin träge. „So feine Fräuleins verirren sich sehr selten an so dunkle Orte." Alena war unsicher, ob die Wirtin sie ebenfalls zu den „feinen Fräuleins" zählte.

„Was willst du wissen?" Der Blick der Wirtin glitt langsam zu Alenas Hüfte und wieder zurück zu ihrem Gesicht. Ruhig steckte Alena die rechte Hand in ihren Geldbeutel und zog eine kleine, silberne Münze hervor. In dem Beutel befand sich nur wenig Geld; die wertvolleren Münzen, die sie bei sich trug, hatte Alena in einem ihrer kleinen, breiten Schuhabsätze versteckt, in den sie einen verschließbaren Hohlraum hatte einbauen lassen. Alenas Meinung nach war es nicht ratsam, in Melante mit prall gefülltem Geldsack durch die Straßen zu gehen; ebenso unklug schien ihr ein völlig leerer: Das machte Diebe, die einen bewaffneten Überfall verübten, misstrauisch oder wütend. Das Problem war nur, dass Alena oft auch andere Schuhe tragen wollte, die kein solches Versteck hatten. So hatten sich ihre speziellen Schuhe im Nachhinein doch nicht als eine so glänzende Idee erwiesen.

„In welchem Haus wurde die Tote gefunden?", fragte Alena. Die Wirtin erklärte es ihr und erhielt die Münze.

„Weißt du sonst noch etwas über ihren Tod?"

„Nicht viel. Aber ich kenne jemanden, der dir mehr darüber erzählen könnte ..." Wieder glitt ihr Blick zu Alenas Geldbeutel, wieder holte Alena eine Silbermünze hervor.

„In dem Haus direkt gegenüber von dem, wo die Frau gefunden wurde, wohnt der alte Karrott. Der ist praktisch den ganzen Tag zu Hause. Er ist zwar alt, hört und sieht aber alles. Hat wohl nichts anderes zu tun, als andere Leute auszuspionieren", meinte die Wirtin mit einem Schulterzucken, während Alena ihr die Münze über die Theke zuschob.

Alena verließ den *Tanzenden Dolch* und ging zum Haus, in dem Sarilla gefunden worden war. Es war sogar noch hässlicher und verlotterter als die meisten anderen Häuser hier. Wahrscheinlich war es schon seit einiger Zeit unbewohnt.

Alena suchte nach einer Klingel oder einem Türklopfer, fand aber weder das eine noch das andere, also klopfte sie mit der Faust gegen die Holztür. Keine Antwort. Sie versuchte es nochmals, mit demselben Ergebnis. Vorsichtig drückte Alena die Klinke nach unten; die Tür war offen. Auch wenn ihr nicht ganz wohl dabei war, schob sie die Tür auf und huschte ins Innere des Hauses. Ihr Verdacht, dass das Haus unbewohnt sei, verhärtete sich beim Anblick des Raums, in den sie getreten war. Möbel gab es keine. Über den Boden und die wenigen Gegenstände, die herumlagen, zog sich eine dünne, wenn auch von Fußabdrücken durchbrochene Staubschicht. Die Fenster waren so schmutzig, dass kaum Licht hindurch drang.

Der Raum war der einzige des Untergeschoßes, eine gefährlich aussehende Treppe führte in das zweite und oberste Stockwerk. Als Alena die Stufen hinaufstieg, begann die Treppe leicht unter ihrem Gewicht zu schwingen, sodass Alena erleichtert aufatmete, als sie heil oben ankam. Auch hier gab es eine Tür, Alena zog sie auf. Das Obergeschoß unterschied sich kaum vom Untergeschoß, außer dass zwei Holzstühle in der Mitte des Raumes standen, neben den Fenstern dunkle Vorhänge hingen und auf dem Boden eine relativ große, staubfreie Fläche war; dort musste Sarilla gelegen haben.

Alena begann, den Raum zu untersuchen. Zuerst wandte sie sich den Fußabdrücken zu, die auch hier zahlreich vorhanden waren. Leider erwies es sich als sehr schwierig, etwas zu erkennen, weil viele verschiedene Abdrücke übereinander lagen. Die meisten davon stammten vermutlich von den Sanitätern und Ärzten, die Sarillas Leiche abgeholt hatten. Zwei Abdrücke fielen Alena aber auf.

Der erste gehörte zu einem schmalen, eher kleinen Fuß, wahrscheinlich demjenigen einer Frau. Ungewöhnlich war, dass der Abdruck einen nackten Fuß zeigte. In Melante liefen nur Kinder oder sehr arme Menschen ohne Schuhe durch die Straßen, auch weil der Boden einem an heißen Tagen, die in Melante keine Seltenheit waren, die Fußsohlen verbrennen konnte.

Der andere Abdruck stammte nicht von einem Menschen, sondern von einem Tier. Alena tippte auf einen ziemlich großen Hund. Sie sah sich weiter um, doch viel fand sie nicht mehr: Im Staub lagen einige kurze, braune Haare, die vermutlich zu dem Tier gehörten. Enttäuscht wollte Alena schon gehen, als ihr Blick auf etwas Kleines, Grünes direkt neben einem der Stühle fiel. Vorsichtig hob sie es auf und betrachtete es. Es war ein kleines Stück eines Zweigleins. Alena erkannte die Pflanze an den winzigen, sternförmigen Blättern: Es handelte sich um Sunmoskraut.

Alena steckte das Pflänzchen ein, verließ den Tatort, überquerte die Straße und klopfte an der Tür des Hauses gegenüber. Die Tür wurde einen Spalt breit geöffnet. Eine Stimme fragte misstrauisch: „Was willst du?"

Alena war zunächst überrascht von der harschen Begrüßung. Dann fiel ihr ein, dass der Alte, wenn er wirklich alles in der Nähe seines Hauses beobachtete, wohl auch gesehen hatte, wie sie gerade unbefugt das Gebäude gegenüber betreten hatte. Sie konnte sein Misstrauen verstehen.

„Ich wüsste gern mehr über den Tod der Frau, die in diesem Haus da drüben gefunden wurde." Alena senkte die Stimme. „Ich bin auch bereit, dafür zu bezahlen."

Nun öffnete sich die Tür ein Stück mehr und ein runzliges Gesicht erschien im Türrahmen. „Komm rein", flüsterte Karrott und verschwand im Innern des Hauses.

Alena folgte dem alten Mann, der mehr als einen Kopf kleiner war als sie; vielleicht war er im Alter stark geschrumpft, vielleicht floss auch Koboldblut in seinen Adern. Karrott führte sie in ein kleines, sehr sauberes Wohnzimmer und deutete ihr, neben ihm auf dem Sofa Platz zu nehmen. Alena setzte sich. Noch bevor sie irgendeine Frage stellen konnte, hatte Karrott sich bereits vorgebeugt und begonnen, mit hastiger, leiser Stimme auf sie einzureden. Er hatte einen starken nordischen Akzent, weshalb Alena sich konzentrieren musste, um alles zu verstehen.

„Ich bin Karrott", stellte er sich vor und reichte ihr kurz die Hand. „Du sagst, du willst etwas wissen über das Haus und die Tote, die da gefunden wurde. Ich kann dir alles sagen, ja, ja. Ich sehe nämlich alles, alles! Es kann niemand hier vorbeigehen, ohne dass ich ihn sehe, auch das flinke, junge Gesindel nicht. Ich bin vielleicht alt, aber ich sehe alles, ja, ja." In seiner Stimme schwang Stolz mit. „Aber", er sprach noch leiser, Alena musste sich noch weiter vorbeugen und konnte so die kleinsten Runzeln in seinem Gesicht erkennen, „es ist gefährlich, viel zu wissen. Ich darf nicht darüber sprechen, was ich alles sehe." Zum ersten Mal hielt er in seinem Redeschwall inne und blickte Alena angsterfüllt an.

„Ich werde niemandem erzählen, dass ich die Informationen von dir habe", versicherte sie ihm mit ernster Miene. Karrotts Züge entspannten sich etwas.

„Gut, gut. Ich würde ja gar nicht darüber reden, aber … ich brauche Geld. Sonst hat's immer knapp über die Runden gereicht, aber jetzt habe ich nicht einmal mehr genug Geld, um mir etwas zu essen zu kaufen." Seine Stimme hatte keinen um Mitleid heischenden Ton angenommen, doch seine Augen glitten unwillkürlich zu Alenas Geldbeutel.

„Ich kann dir zwei Silbermünzen für deine Dienste geben", bot Alena ihm an. Mehr konnte sie ihm nicht geben, wenn sie die Miete rechtzeitig bezahlen wollte. Sie sah, wie Karrott hin und her schwankte, bis er sich mit einem Nicken einverstanden erklärte.

„Also gut. Die Frau, die gestorben ist, ist am Donnerstag gegen Mittag hier aufgetaucht. Sie hat sich zwar Mühe gegeben, nicht zu teure Kleider anzuziehen, aber mir war auf den ersten Blick klar, dass sie nicht hierhergehörte. Viel zu fein und schick! Sie hat sich ständig umgesehen, hatte sicher Angst, gesehen zu werden. Dann ist sie schnell in dem Haus verschwunden. Ein paar Minuten nach ihr ist noch jemand ins Haus gegangen. Es war ein Mädchen, eins von diesen verwahrlosten Dingern." Karrott machte eine Bewegung mit der rechten Hand, als wolle er eine Fliege verscheuchen.

„Wie sah sie denn aus?" *Verwahrlost* war für Alena keine allzu hilfreiche Beschreibung.

„Na, wie Mädchen halt so aussehen. Lange Haare, glaube ich. Ja, jetzt erinnere ich mich, sie war blond. Zierlich, klein."

„Hatte sie Schuhe an?"

„Keine Ahnung. Aber sie hatte einen Hund dabei."

„Ach!", entfuhr es Alena.

„Ja, ja, wenn ich es doch sage", versicherte Karrott, als habe Alena ihm widersprochen, „ein großer Schäferhund war es. Das Mädchen und der Hund und die Frau sind dann eine Weile im Haus geblieben. Dann ist das Mädchen mit dem Hund wieder herausgekommen und verschwunden. Die Frau ist aber nicht mehr herausgekommen. Am

Abend sind dann die kleine Oruscha und ihr Liebster im Haus verschwunden. Das machen sie, wenn sie ungestört sein wollen." Er zwinkerte Alena zu. „Na, jedenfalls kam dann die kleine Oruscha plötzlich herausgestürmt und ist davongelaufen. Da dachte ich, sie haben sich wahrscheinlich gestritten, wie das so passiert bei den jungen Leuten. Aber dann ist Oruscha wieder zurückgekommen mit zwei Polizisten, und sie sind zusammen ins Haus gegangen. Später sind dann noch mehr Leute gekommen. Irgendwann, als es schon dämmerte, haben sie dann die Leiche herausgetragen. Ich habe nicht viel gesehen, habe aber an den Kleidern die reiche Frau erkannt. Und sonst ist ja auch niemand ins Haus gegangen."

„Bist du ganz sicher, dass von dem Zeitpunkt an, als das blonde Mädchen das Haus betreten hatte, bis zu dem Abend, als das Paar kam, niemand das Haus betreten hatte?", hakte Alena nach.

Karrott setzte eine beleidigte Miene auf. „Da erzählt man bereitwillig alles, was man weiß, und es wird einem nicht einmal geglaubt. So ist die Jugend von heute, verdorben und –"

Bevor er sich weiter auslassen konnte, schnitt Alena ihm das Wort ab. „Ich wollte dich nicht beleidigen. Ich frage nur nach. Das müssen immerhin fünf, sechs Stunden gewesen sein. Bist du denn die ganze Zeit über am Fenster gewesen?"

Karrotts empörter Gesichtsausdruck wich einem fast schon verlegenen. „Nun ja. Also, eigentlich nicht", gab er zu. „Ich bin ganz sicher, dass bis etwa eine Stunde, nachdem das Mädchen wieder herausgekommen ist, niemand das Haus betreten hat. Da hab ich nämlich vor dem Fenster gesessen und vor mich hin gegrübelt. Danach hab ich ein bisschen das Haus aufgeräumt, gelesen, solche Sachen. Aber immer, wenn jemand vorbeigekommen ist, bin ich ans Fenster gegangen und hab geschaut, wer es ist. Ich hab nämlich ein sehr gutes Gehör. Ich höre jeden, der vorbeikommt. Meine Mutter war nämlich eine Koboldin."

Also doch, dachte Alena. Kobolde waren bekannt für ihr ausgezeichnetes Gehör.

„Und vor der eleganten Frau ist auch niemand ins Haus gegangen?", fragte Alena.

Karrott schüttelte den Kopf. „Niemand, niemand", sagte er.

„Ist dir irgendetwas Außergewöhnliches aufgefallen?"

Karrotts Stirn legte sich in Falten, er schwieg eine Weile. „Ja, da war wirklich was. Als ich am Fenster gesessen hab, kurz nachdem das Mädchen gegangen ist, da hab ich was gehört, direkt vor dem Haus. Ich dachte erst, es hätte jemand die Tür auf- und zugemacht, aber das kann ich von diesem Winkel aus nicht sehen. Aber dann habe ich auch noch Schritte gehört. Aber gesehen habe ich niemanden! Das hat mich neugierig gemacht, deshalb bin ich auf die Straße gegangen und bin einmal nach links, einmal nach rechts gegangen, um zu schauen, ob da jemand war, aber auch da war niemand. Dann bin ich ins Haus zurückgekehrt."

Alena wusste nicht, was sie davon halten sollte. Irgendwie tat ihr der arme, alte Karrott leid, der hier jeden Tag allein in seinem Haus herumsaß. Sie konnte sich vorstellen, dass seine Sinne ihm dann und wann einen Streich spielten und sein Gehirn sich Dinge einbildete, die nicht existierten, um sein eintöniges Leben etwas bunter zu gestalten. Allerdings waren seine sonstigen Schilderungen glaubwürdig gewesen. Auch der Hund, den er gesehen hatte, deckte sich mit Alenas Funden im Haus.

„Hast du gehört, was in dem Haus gesprochen wurde?", fragte sie. Wenn er wirklich so gut hörte, wie er es vorhin beschrieben hatte, sollte dies eigentlich kein Problem für ihn darstellen. Zu Alenas Überraschung schüttelte Karrott jedoch den Kopf.

„Nein, das geht nicht, um das Haus sind Schutzzau..." Mitten im Satz hielt er inne und schlug sich erschrocken die Hand vor den Mund.

„Schutzzauber?", flüsterte Alena so leise sie konnte, doch Karrott starrte sie nur verängstigt an. Alena war sich sicher, dass in dem Haus niemand wohnte. Warum sollte jemand Schutzzauber um eine halbe Ruine anbringen? Und wieso hatte sie das Haus trotzdem betreten können?

„Wem gehört das Haus eigentlich?", fragte sie, als Karrott sich wieder etwas beruhigt hatte. Doch mit dieser Frage machte sie alles noch schlimmer; Karrott fuhr hoch und fragte mit zitternder Stimme: „Woher soll ich das wissen? Das geht mich nichts an. Und dich auch nicht."

Alena versuchte, ihn zu beschwichtigen, doch vergebens. Er wollte, dass sie jetzt ging.

„Na schön", gab Alena nach. „Vielen Dank für deine Hilfe. Ich hoffe, das reicht für einige Brote." Sie legte die zwei versprochenen Silbermünzen auf den Tisch neben dem Sofa und ging.

In der Zwischenzeit war die Nacht hereingebrochen. Alena konnte die Umrisse der Häuser und Straßen nur noch schemenhaft dank des Lichts erkennen, das aus dem Gasthaus und einigen Wohnhäusern drang.

Nachdem sie eine Weile gegangen war, war ihr, als hörte sie in einiger Entfernung leise Schritte. Unruhig drehte sie sich immer wieder um, konnte wegen der Dunkelheit aber nichts erkennen. Es war noch ein rechtes Stück Weg, dass sie von ihrer Wohnung trennte. Je weiter sie ging, desto mehr verstärkte sich das Gefühl, verfolgt zu werden. Die Schritte ließen nicht nach, und als sie an einer kleinen Straßenlaterne vorbeikam, glaubte sie, hinter sich einen Schatten in eine Ecke huschen zu sehen.

Panik stieg in ihr auf. Sie beschleunigte ihre Schritte und bemerkte entsetzt, wenn auch nicht überrascht, dass ihr Verfolger dasselbe tat. Ohne nachzudenken, rannte sie so schnell sie konnte durch die dunklen Gassen. Ihr kam der Gedanke, sich irgendwo zu verstecken, doch sie traute sich nicht – aus Angst, dann in der Falle zu sitzen.

Der Unbekannte war bereits nähergekommen, sie konnte seinen keuchenden Atem hören, was ihre Panik noch verstärkte. Obwohl Alena ein Stechen in der Seite spürte, beschleunigte sie ihre Schritte. Sie war sich nicht mehr sicher, ob sie wirklich auf dem richtigen Weg zu ihrer Wohnung war; schließlich war es dunkel und es gab in diesem Quartier viele Kreuzungen. Sie hoffte inständig, dass sie nicht versehentlich in eine Sackgasse einbog.

Der Verfolger war ihr immer noch dicht auf den Fersen, doch wenigstens war er nicht noch nähergekommen. Als Alena an eine hell erleuchtete Kreuzung kam, durchströmte sie Erleichterung und Hoffnung. Die Kreuzung lang in einem Quartier, in dem sie sich bestens auskannte. Außerdem war es nicht mehr allzu weit bis zu ihrer Wohnung. Der Gedanke spornte sie nochmals an. Es gelang ihr, den Verfolger ein bisschen weiter zurückfallen zu lassen.

Als sie bei zwei schnell aufeinander folgenden Abzweigungen zweimal links abgebogen war, konnte sie ihren Verfolger nicht mehr hören. Offensichtlich hatte sie ihn abgehängt. Trotzdem erlaubte Alena es sich nicht, langsamer zu werden, bis sie endlich bei ihrem Haus angekommen und die drei Treppen nach oben gestürzt war. Hastig schloss sie ihre Wohnungstür auf, um sie dann schnellstmöglich wieder hinter sich abzuschließen.

Noch bei der Tür ließ sie sich schwer atmend zu Boden sinken. Ihr Hals und Brustkorb schienen zu brennen. Sie merkte erst jetzt, wie heiß Gesicht, Hände und Beine waren und dass ihre Füße, die in ihren geschnürten Sandalen so schnell hatten rennen müssen, Blasen hatten und sogar bluteten.

Es dauerte einige Minuten, bis Alenas Atem und Puls sich wieder normalisiert hatten und sie einigermaßen klar denken konnte. Vorsichtig zog sie ihre Schuhe aus, holte aus einer der Schubladen eine Salbe und trug sie auf die Wunden auf. Es brannte wie verrückt.

Dann griff sie nach einer Wasserflasche und trank sie leer, ohne einmal abzusetzen.

Sie holte ihre Matratze hervor, zog sich aus und legte sich hin. Trotz der körperlichen Erschöpfung gelang es ihr nicht, einzuschlafen. Zu viele Gedanken kreisten in ihrem Kopf herum und ließen ihr keine Ruhe. Wer hatte sie verfolgt? Und warum? Hatte es etwas mit dem Mord zu tun? Doch nebst diesen Fragen quälte sie auch die Furcht, dass ihr Verfolger sie plötzlich doch finden und in ihre Wohnung eindringen könnte. Nach einigen Stunden, in denen ihre Gedanken immer unzusammenhängender wurden, fiel Alena endlich in einen unruhigen Schlaf.

# Kapitel 3

*Montag*

Am nächsten Tag machte Alena sich gegen zehn Uhr auf den Weg zum Haus ihrer Eltern, mit denen sie sich zu einem späten Frühstück verabredet hatte. Nach dem Aufstehen waren ihr die Ereignisse der gestrigen Nacht wie ein böser Traum vorgekommen. Sie bemühte sich, jegliche Gedanken daran zu verdrängen, und nur ihre wunden Füße, die bei jedem Schritt schmerzten, erinnerten sie manchmal an die Panik von gestern. Sie hatte bequeme Stoffschuhe und dazu lange, braune Hosen und ein weißes, luftiges Oberteil angezogen. Sie wusste, dass ihre Eltern sie gerne in eleganteren Kleidern sahen und meist tat sie ihnen den Gefallen auch, wenn sie sie besuchte. Heute hatte sie sich aber nicht dazu durchringen können.

Das Haus ihrer Eltern lag nahe bei der Universität und wurde von einem Garten umschlossen, dessen Größe verglichen mit den Gärten der Nachbarn eher bescheiden war, dafür aber einen sehr gepflegten Eindruck machte. Das, obwohl Alenas Eltern keinen Gärtner engagiert hatten, wie es für reiche Familien üblich war. Auch war der Garten im Gegensatz zu den anderen Gärten nicht größtenteils von jungem, hellgrünen Rasen bedeckt; stattdessen hatte Alenas Mutter, die eine leidenschaftliche Gärtnerin war, auf dem trockenen Erdboden verschiedenste Steine, in deren Ritzen sie Blumen gepflanzt hatte, zu einem Gesamtkunstwerk arrangiert. Momentan blühten kleine, zartrosa Pflanzen, die Alena nicht kannte.

Da Wasser in Melante knapp und teuer war, zeigten die Leute ihren Reichtum gern durch bewässerte, grüne Flächen; dass Alenas Familiensitz trotz des unbewässerten Gartens nicht ärmer wirkte als die übrigen, hatte er dem riesigen Wohnhaus zu verdanken. Die hellbeigen Steinmauern waren aus Sandstein erbaut worden. Rechts und links des Gebäudes erhoben sich zwei runde Türme, auf denen rote Dächer wie Zwergmützen saßen. Der Eingangsbereich wurde von vier Säulen gesäumt, an denen gelb blühende Ranken emporkletterten.

Kaum hatte Alena an der Klingel gezogen, als Holundra ihr schon die Tür öffnete. Holundra gehörte bereits seit vielen Jahren zum Hauspersonal und hatte Alena schon als Kind gekannt. Sie schien sich immer zu freuen, wenn Alena mal wieder zu Besuch kam. Auch jetzt strahlte sie über ihr ganzes rundes, braungebranntes Gesicht, als sie Alena hineinließ.

Alena ging zum Speisesaal, wo ihre Eltern und Melissa, die ebenfalls eingeladen worden war, bereits am üppig gedeckten Tisch saßen. An ihm hätten auch zehn Personen bequem Platz gefunden. Ihre Mutter wollte aufstehen, um sie zu begrüßen, doch Alena sagte lächelnd, sie solle nur sitzen bleiben. Nachdem sie alle am Tisch begrüßt hatte, setzte sie sich neben Melissa, die gegenüber von Alenas Eltern saß. Sie bewunderte die verschiedenen Speisen, die der Koch gezaubert hatte: frisches Olivenbrot, süßer Bananenreis, Orangen-Dattel-Nuss-Salat ... Holundra kam, fragte, was sie wollten, und tat ihnen auf. Eine Weile genossen sie schweigend die kulinarischen Kreationen, bis Alenas Vater sich an Alena wandte.

„Nun, Alena, wie läuft das Geschäft?"

„Im Moment ziemlich gut. In letzter Zeit hatte ich eigentlich immer etwas zu tun."

„Ist das die Schuld des Sommers? Wer weiß, vielleicht vernebelt die Hitze den Leuten den Kopf und sie kommen auf dumme, verbrecherische Gedanken", meinte ihre Mutter.

Alena lachte. „Oder das Gegenteil ist der Fall und die Verbrecher sind bei diesen Temperaturen zu faul, um einen Finger zu krümmen", sagte sie.

„Das wäre doch ein interessantes Thema für eine Arbeit, Melissa, oder nicht?", fragte Alenas Vater. Melissa, die im vierten Semester Soziologie studierte, schüttelte lachend den Kopf.

„Nein, nein. Die Verbrecher überlasse ich lieber Alena."

„Geht ihr heute auch zu dieser Trauerfeier der Belcantes?", fragte Alena unvermittelt. Die anderen hielten beim Essen inne und schauten sie erstaunt an. Alena wusste, dass es nicht am abrupten Themenwechsel lag.

„*Du* gehst zu einer Trauerfeier?", fragte ihr Vater ungläubig. „Warum?"

„Du kanntest diese Sarilla doch gar nicht, oder?", hakte ihre Mutter nach.

Alena lachte auf. Sie hörte selbst, wie künstlich es klang. „Kommt schon! Ist es so ungewöhnlich, dass ich zu einem gesellschaftlichen Ereignis gehe?"

„Ja!", riefen alle wie aus einem Munde.

„Sogar verdammt ungewöhnlich", fügte Melissa hinzu, wofür sie von Alenas Vater einen tadelnden Blick wegen ihrer Wortwahl erntete.

„Na gut. Ihr habt ja recht", räumte Alena ein. In der höheren Gesellschaft erforderte der gute Ton es, sich öfter auf Dinnerveranstaltungen, Tanzveranstaltungen, Bällen oder eben Trauerfeiern blicken zu lassen. Als Jugendliche hatte Alena ihre Eltern auch immer begleitet. Später hatte sie sich davon immer mehr zurückgezogen, was ziemlich ungewöhnlich war. Alena hatte mehrere Gründe dafür. Zum einen fand sie solche Veranstaltungen eher anstrengend als unterhaltsam: Ständig hatte sie gute Manieren zeigen und sich in oberflächliche oder lästernde Gespräche verwickeln lassen müssen.

Noch anstrengender waren die jungen Verehrer gewesen. Alena war nicht naiv; ihr war klar, dass diese mehr am Reichtum ihrer Eltern denn an ihrem Charakter interessiert gewesen waren.

Als sie ihre Detektei gegründet hatte, war sie ihren gesellschaftlichen Verpflichtungen – zum Leidwesen ihrer Eltern – gar nicht mehr nachgekommen, und schon bald war sie in der guten Gesellschaft in

Vergessenheit geraten.

„Also ich bin auf jeden Fall dabei!" Melissa grinste und offenbarte dabei ihre Zahnlücke. „Du kommst heute zu mir. Dann können wir uns ein wenig herausputzen."

Alena stöhnte auf. „Ein wenig? Dass ich nicht lache. Ich kenne dich doch! Unter drei Stunden geht bei dir gar nichts."

Melissas Grinsen wurde breiter. „Sei froh, dass ich mich darum kümmere. Du würdest wahrscheinlich ungeschminkt und mit schlabbrigen Hosen dort aufkreuzen."

Die vier diskutierten noch eine Weile über Frauenhosen, Alenas Kleiderstil und Mode im Allgemeinen, bis Alena genug hatte und sich verabschiedete. Sie musste noch bei Plinia vorbeischauen. Von ihrem Elternhaus aus war es zum Glück nicht allzu weit.

Bei Plinia musste sie eine Weile warten, bis diese Zeit für sie hatte; die Vorbereitungen für die Feier liefen auf Hochtouren. Als Plinia sie sah, erblasste sie, fing sich jedoch schnell wieder. „Ich habe Ihnen doch gesagt, sie sollen mich nicht hier besuchen!", flüsterte sie aufgebracht; offenbar befand sich jemand in einem der Nebenräume.

Alena verdrehte die Augen. „Es steht mir doch nicht auf die Stirn geschrieben, dass ich Detektivin bin", sagte sie in möglichst sachlichem Ton. „Außerdem werden sie es ihrer Familie ohnehin bald sagen müssen."

Plinia ließ sich in einen Sessel sinken; alle Kraft schien sie auf einmal verlassen zu haben. „Ich weiß. Mein Bruder und mein Schwager wissen sowieso schon, dass die Polizei jetzt Ermittlungen über Sarillas Tod führt. Aber ich habe einfach nicht die Kraft … ich kann ihnen nicht sagen …" Plötzlich schluchzte sie auf, fing sich aber sofort wieder. Sie zog ein Taschentuch hervor, um sich die Tränen aus den Augen zu wischen. Sobald sie damit fertig war, erzählte Alena ihr von ihrem Vorhaben, heute Abend an der Feier anwesend zu sein. Plinia runzelte die Stirn. „Entschuldigen Sie, aber ich glaube, Sie würden an der Feier ... nun ja, auffallen." Alena wusste genau, worauf Plinia hinauswollte.

„Sie glauben, ich passe nicht dahin, weil ich nicht zur höheren Gesellschaft gehöre, nicht wahr?" Sie gab sich Mühe, nicht beleidigt zu klingen. Plinia schaute sie verlegen an, nickte aber. Daraufhin erklärte Alena Plinia, wer ihre Eltern waren. Plinia starrte sie an. „Nein", rief sie fassungslos. „Das kann nicht sein! Sie sind wirklich eine Kurkuma?" Alena nickte. „Aber warum habe ich Sie dann noch nie gesehen?" Plinia konnte es noch immer kaum glauben.

„Ich habe mich schon vor einiger Zeit von der Gesellschaft zurückgezogen", erklärte Alena lapidar.

Im Stillen amüsierte sie sich über Plinias Bestürzung.

„Moment mal." Langsam schien es Plinia zu dämmern. „Jetzt erinnere ich mich. Sie sind vor einiger Zeit plötzlich abgetaucht, und alle haben sich gefragt wohin. Aber damals sahen Sie ... nun ja, anders aus." Sie wurde rot vor Verlegenheit. Alena wusste genau warum; um den Heiratsanträgen zu entkommen, die ihr wegen des Gelds ihrer Eltern ab und an gemacht wurden, hatte sie versucht, möglichst unattraktiv zu wirken. Sie hatte ihr Gesicht mit Absicht viel zu stark gepudert, sich die Haare ins Gesicht gekämmt und unförmige Kleider angezogen.

„Ich weiß, ich sah schrecklich aus." Plinia wollte protestieren, doch Alena hob abwinkend die Hand. „Schon gut. Es war Absicht. Sagen wir einfach, die Heiratsanträge sind mit der Zeit lästig geworden." Alena vermutete, dass es Plinia in dieser Hinsicht kaum besser erging. Ihre Familie war nicht so reich wie Alenas, aber doch vermögend und angesehen. Außerdem war Plinia unbestreitbar attraktiv.

„Um auf das Thema zurückzukommen: Ich glaube, es wäre sehr hilfreich, mich heute einmal umzuhören. Viele der Gäste kannten Ihre Schwester. Außerdem will ich die Gelegenheit nutzen und mit

Ihrer Familie sprechen. Ohne dass sie wissen, wer ich bin."

„Warum?", fragte Plinia stirnrunzelnd. Die Tränen hatten ihre Schminke verschmiert; um die Augen und über die Wangen zogen sich schwarze Spuren.

„Vielleicht reden sie unbefangener mit mir, wenn sie nicht wissen, wer ich bin", erklärte Alena. Dass die meisten Mordfälle in der Familie geschahen und sie vor allem deswegen die Angehörigen aushorchen wollte, verschwieg sie.

„Na gut", willigte Plinia ein. „Ehrlich gesagt bin ich froh darüber. So habe ich noch etwas Zeit, bis ich meinem Schwager und meinem Bruder gestehen muss, dass ich die Obduktion ohne ihr Wissen beantragt habe."

„Aber Sie hatten recht! Ohne die Obduktion wäre nie ans Licht gekommen, dass Sarilla ermordet wurde", versuchte Alena Plinia zu trösten. Ein winziges Lächeln erhellte Plinias Gesicht, als sie Alena zustimmte. Schließlich erhoben sie sich und reichten sich zum Abschied die Hand.


Alena hatte Glück: Gerade als sie das Haus erreicht hatte, in dem Merin mit seinem kleinen Bruder wohnte, trat dieser aus der Tür. Er grüßte sie nicht, als er sie sah, sondern grinste nur.

„Aha. Das heißt dann wohl, dass du den Mörder offiziell suchen darfst."

„Ja. Plinia hat eingewilligt." Alena konnte es sich nicht verkneifen, ebenfalls zu grinsen.

Merin stand unschlüssig in der Tür und wusste nicht, ob er sie schließen sollte.

„Eigentlich wollte ich gerade gehen", erklärte er, „aber jetzt wo du hier bist … Möchtest du lieber hier reden oder woanders?"

Alena zuckte die Schultern. „Spielt keine Rolle."

„Ihr Frauen! Ihr überlasst die Entscheidung immer uns Männern, und wenn es dann die falsche war, ist es unsere Schuld."

Alena musste lachen. „Na gut, dann lass uns hierbleiben." Sie folgte Merin die Leiter hoch in die Wohnung. Die alte Frau, die bei ihrem letzten Besuch hier gewesen war, war nirgends zu sehen; auch Merins Bruder war nicht da.

„Was zu trinken?", fragte Merin, nachdem Alena mangels anderer Sitzgelegenheiten auf einem der Betten Platz genommen hatte.

„Was hast du im Angebot?" Alena schaute sich um. Seit gestern hatte sich nichts verändert, noch immer herrschte ein ziemliches Chaos. Nur die beiden Lampen waren heute nicht angezündet, da genug Nachmittagslicht durch die Fenster drang.

„Na ja, es gibt Rotwein, Schwarztee und ... was ist das, Maracujasirup?" Er nahm eine Flasche vom Regal, öffnete sie, schnupperte daran und verzog das Gesicht. „Maracujasirup steht leider nicht mehr auf der Speisekarte. Es sei denn, du willst die Nacht in einem Krankenhaus verbringen."

„Dann nehme ich Schwarztee", sagte Alena und fragte sich, wie viele Jahre es wohl dauerte, bis Sirup nicht mehr genießbar war. Nachdem Merin Wasser aufgesetzt hatte, setzte er sich auf das andere Bett ihr gegenüber. Der Raum war so schmal, dass sie höchstens einen Meter voneinander entfernt waren.

„Also los, erzähl", forderte Merin sie auf. Erwartungsvoll klatschte er in die Hände, seine Augen, die im Schatten eher grau als blau wirkten, glänzten.

„Na ja, also, was genau willst du wissen?", fragte Alena, etwas aus dem Konzept gebracht.

„Alles, natürlich! Wie genau lautet unser Auftrag? Was weißt du schon über den Fall, was ich noch nicht weiß? Wie wollen wir vorgehen?"

„Moment mal." Alena hob die rechte Hand. „*Unser* Auftrag? *Unser* Vorgehen? Findest du nicht, du übertreibst ein bisschen?"

„Nein." Merin schüttelte vehement den Kopf. „Du hast versprochen, dass wir zusammen ermitteln, wenn du den Auftrag kriegst. Außerdem könnten meine Magiekenntnisse hilfreich sein. Immerhin wurde Sarilla mithilfe von Magie ermordet."

„Schon", gab Alena zu. „Aber *versprochen* habe ich schon mal gar nichts. Du kannst mir helfen, wenn du willst, aber deshalb ist das noch lange nicht *unser* Auftrag."

„Oh Mann." Merin verdrehte die Augen. „Die Dame hat wohl ein Autoritätsproblem."

„Nein! Es ist …" Alena hielt einen Moment inne, schloss die Augen und fuhr sich mit der Hand über die Stirn. „Tut mir leid", sagte sie. „Ich bin es nicht gewohnt, mit jemandem zusammenzuarbeiten. Und schon gar nicht, meine Berufsgeheimnisse anderen Leuten anzuvertrauen. Das fällt mir echt schwer."

„Schon in Ordnung. Ich kann dich verstehen. Du kennst mich ja kaum. Aber ich schwöre dir, dass ich nichts von dem, was du mir erzählst, weitersagen werde", versicherte Merin. Alena spürte, dass dies sein voller Ernst war, und so begann sie erst zaghaft, dann immer flüssiger von ihren wenigen Kenntnissen über Sarillas Familie, von ihrem Besuch beim Tatort und ihren Funden – die Haare, die Fußabdrücke und das Sumnoskraut – und von dem Gespräch mit Karrott zu erzählen. Nur auf die Verfolgung kam sie nicht zu sprechen; noch immer saß eine dumpfe Angst in ihr, die wie ein Nebel langsam hochkroch und sich verdichtete, wenn ihre Gedanken nicht beschäftigt waren. Sie wollte diese Furcht jetzt nicht wieder heraufbeschwören.

„Jetzt gibt es mehrere Dinge, die ich tun möchte. Ich denke, es ist wichtig, Sarillas Familie kennenzulernen. Bis jetzt weiß ich so gut wie nichts über Sarilla. Wer könnte ein Motiv gehabt haben, sie zu töten? Dann möchte ich auch herausfinden, wem das Haus gehört, in dem Sarilla gefunden wurde. Karrott hat total komisch reagiert, als ich ihn danach gefragt habe. Und natürlich muss ich das Mädchen finden, von dem Karrott mir erzählt hat."

Merin öffnete den Mund, um etwas zu sagen, zögerte dann aber und nickte bloß.

„Was wolltest du sagen? Würdest du anders vorgehen?", hakte Alena nach.

„Nein, eigentlich nicht. Ich frage mich nur, ob der erste Teil sinnvoll ist. Reicht es nicht, wenn wir das Mädchen finden? So wie du es mir erzählt hast, war sie die Einzige, die das Haus außer Sarilla betreten hat. Also kann nur sie die Mörderin sein." Alena dachte eine Weile über Merins Einwand nach, bevor sie antwortete.

„Vielleicht hast du recht. Aber ich würde mich trotzdem gern mit der Familie unterhalten. Wenn die junge Frau die Mörderin ist, weiß vielleicht jemand, wo wir sie finden können und was Sarilla mit ihr zu schaffen hatte."

Danach erläuterte sie Merin ihren Plan, sich noch an diesem Abend auf der Trauerfeier umzuhören. Da sie eine Begleitung mitbringen konnte, bot sie Merin an, ebenfalls zu kommen. Merin sagte zu, und sie machten aus, dass beide unabhängig voneinander bei den Belcantes eintreffen sollten. Nachdem er und Alena sich verabschiedet hatten, stellte sie nach einem Blick auf ihre Uhr erschrocken fest, dass sie, die sonst immer pünktlich war, heute zu spät bei ihrer Cousine eintreffen würde.

## Kapitel 4

Als Alena nach Melissa aus der Droschke stieg, blieb sie stehen und schaute dem Fahrzeug sehnsüchtig hinterher, bis es bei der nächsten Ecke aus ihrem Blickfeld verschwand. Melissa zupfte sie ungeduldig am Ärmel.

„Jetzt komm schon! Ich will nicht ewig hier draußen herumstehen."

Bei ihren vorherigen Besuchen war Alena das Anwesen der Belcantes zwar hübsch erschienen, hatte aber keinen starken Eindruck hinterlassen. Nun wirkte das Haus auf Alena wie ein großes Tier, das sich wegen der Dunkelheit zusammengekauert hatte und mit seinen hellen Fensteraugen die Umgebung argwöhnisch beobachtete.

„Ich will da nicht rein." Alena hatte das eigentlich nicht sagen wollen, es aus einem Impuls heraus aber doch getan. Es war Jahre her, seit sie das letzte Mal an einem solchen Anlass gewesen war, und sie fürchtete sich davor, über was die Leute hinter ihrem Rücken tuscheln würden, wenn sie auf einmal wieder auf der Bildfläche erschien.

Als sie aus dem Elternhaus ausgezogen war und ihre Detektei gegründet hatte, war wild spekuliert worden, weshalb Alena das Studium abgebrochen hatte und wohin sie verschwunden war. Ihre Familie hatte die Gerüchte zwar nicht direkt zu hören gekriegt, aber von Melissa hatte Alena zumindest eine haarsträubende These in Erfahrung gebracht: Der Sohn eines Bäckers sollte sie geschwängert haben. Um ihren dicker werdenden Bauch zu verbergen, habe man sie weggeschickt, solange, bis das Kind zur Welt gekommen und aus dem Blickfeld geschafft worden sei.

Nicht ein Körnchen Wahrheit verbarg sich in dieser Geschichte, und Alena war sich ziemlich sicher, dass heute die wenigsten daran glaubten. Trotzdem wurde Alena schlecht bei dem Gedanken, sich gleich unter die Gäste mischen zu müssen; es kam ihr vor, als würde sie sich der Meute zum Fraß vorwerfen. Obwohl sie sich ständig einzureden versuchte, dass es ihr völlig egal war, was andere Leute von ihr dachten, entsprach dies nicht der Wahrheit.

Aber es half nichts. Melissa hatte aufgehört an Alenas Ärmel zu zerren und ihr stattdessen sanft einen Arm um die Schulter gelegt. Alena kapitulierte und ließ sich widerstandslos von ihr Richtung Haus führen.

Die Tür wurde nach Melissas Klopfen sofort von einer Dienerin geöffnet. Auf der rechten Seite des Eingangs befand sich eine Garderobe, an der man dünne Jacken und Mäntel sowie fliegende Teppiche deponieren konnte. Nachdem sie ihre Jacken aufgehängt hatte, geleitete die Dienerin sie in einen großen, lärmigen Saal.

Der Raum war fast überfüllt. Die meisten Gäste standen in dichten Gruppen beisammen und aßen kleine Häppchen, die auf mehreren hohen Tischchen bereitgestellt worden waren. Nur wenige drehten sich um, als Alena und Melissa den Raum betraten, doch diejenigen ließen ihre Blicke lange auf den beiden ruhen. Melissa trug ein rotes, ärmelloses Kleid mit einem gewagten Rückenausschnitt. Ihr offenes, glänzendes Haar umschmeichelte ihr perfekt geschminktes Gesicht. Auch bei Alena hatte sich Melissa ins Zeug gelegt; sie hatte ihre widerspenstigen Locken zu einer kunstvollen Hochsteckfrisur gebändigt und vor allem ihre dunklen Augen mit schwarzem Kohlenstift hervorgehoben.

Melissa war Alena bei der Vorbereitung vorgekommen wie ein Mädchen, das mit glänzenden Augen seine Puppe verschönerte. Wenigstens das Kleid hatte Alena selbst wählen dürfen – oder eher auswählen: Melissa hatte zwei ihrer eigenen Kleider vorgeschlagen. Zum Glück hatten die beiden etwa die gleiche Größe, denn Alena besaß keine eleganten Kleider mehr. Nun trug sie also ein schwarzes, enganliegendes Kleid mit Puffärmeln, das knapp oberhalb der Knie endete, dazu passende hohe Schuhe.

„Das da drüben ist Jogar – Sarillas Ehemann. Und der Mann dort, der gerade mit dem dünnen Mann redet, das ist Domengo Belcante. Der Bruder", raunte Melissa Alena ins Ohr, obwohl sie bei dem Lärmpegel auch in normaler Lautstärke hätte sprechen können. Alena hatte ihr auf der Fahrt hierhin gebeichtet, was der wirkliche Grund für ihren Besuch war. Details des Falls hatte sie ihr aber nicht erzählt.

Jogar, ganz in Schwarz gekleidet, war ein kleiner, unscheinbarer Mann. Obwohl er abgesehen von einem Bauchansatz nicht dick war, besaß er ein ausgeprägtes Doppelkinn. Er stand in einer kleinen Gruppe abseits der Menge, in der alle eine traurige oder zumindest ernste Miene zur Schau trugen.

Ein Mann redete eifrig auf ihn ein. Seiner Tracht nach war er ein Priester Alohs, des Totengottes. Jogar nickte immer wieder, doch er schien nicht richtig zuzuhören, wirkte abwesend.

Domengo Belcante war das pure Gegenteil von Jogar: Viele Gäste hatten sich um ihn geschart und verfolgten gespannt, wie er mit einem hageren, bebrillten Mann disputierte. Immer wenn Domengo sprach, unterstrich er das Gesagte mit Armen und Händen. Seine melodiöse Tenorstimme konnte Alena trotz des Lärms quer durch den Raum vernehmen. Alena entging nicht, dass unter den Zuhörern auffallend viele Frauen waren. Melissa hatte recht gehabt: Domengo war ein schöner Mann. Hochgewachsen, breitschultrig, bronzefarbene Haut. Alena trat näher, bis sie deutlich verstehen konnte, was gesprochen wurde.

„… und deshalb bleibe ich dabei: Dafür besteht kein Bedarf", kam Domengo soeben zum Schluss. Sein Gegner schüttelte den Kopf und schnaubte ungläubig.

„Kein Bedarf! Natürlich besteht für *Sie* kein Bedarf! Aber es geht hier nicht um Sie, sondern um die andere Hälfte unseres Volkes."
Obwohl Alena nach dem letzten Satz zu wissen glaubte, worum es

ging, klopfte sie der Frau vor ihr auf die Schulter und fragte nach.

„Sie streiten über das Frauenstimmrecht", flüsterte die Frau und drehte sich sogleich wieder um. Der Stadtrat Melantes war das Staatsorgan mit der meisten Macht. Mindestens die Hälfte der Stadträte sowie der Präsident, der bei einem Unentschieden den Stichentscheid fällte, mussten adlig sein. Doch seit einigen Jahren durften zumindest alle Klassen und auch menschenähnliche, magiebegabte Wesen – sofern sie männlich waren – die vierundvierzig Stadträte wählen. Es war nur eine Frage der Zeit gewesen, bis die Debatte über das Frauenstimmrecht ausbrach.

„Es geht nicht darum, dass ich den Frauen etwas verwehren will. Ich verehre sie." Domengo lächelte mehreren Frauen strahlend zu. „Aber Politik ist einfach Männersache. Unsere zarten Frauen sind dafür nicht geeignet. Und ich sage Ihnen, dass sie sich gar nicht für Politik interessieren. Wenn wir das Frauenstimmrecht einführen würden, würde sich bei den Abstimmungen nichts ändern, weil die Frauen sowieso immer gleich wählen wie ihre Männer." Diese Aussage sorgte für einiges Gemurmel, sowohl zustimmendes als auch ablehnendes. Alena schüttelte bloß leicht den Kopf und fragte sich, in welcher Scheinwelt Domengo lebte, um wirklich zu glauben, keine Frau interessiere sich für Politik.

„Ach! Wenn es sowieso keinen Unterschied macht, warum fürchten Sie sich dann so vor dem Frauenstimmrecht?", fragte der dünne Mann leicht schnippisch.

„Ich fürchte mich nicht davor", entgegnete Domengo mit ruhiger Stimme. „Ich halte es bloß für völlig unnötig. Ehrlich gesagt, würde ich mich im Stadtrat lieber mit wichtigen Dingen auseinandersetzen, statt meine Zeit mit etwas zu verschwenden, das niemand braucht. Zum Beispiel damit, Melante endlich von Prostitution und diesem Mitternachtstanz zu säubern, bei dem sich Frauen entblößen."

Bei der Erwähnung des Mitternachtstanzes fiel Alena Merin ein, mit dem sie heute Abend verabredet war. Suchend schaute sie sich im Saal um. Vielleicht stand er bereits irgendwo. Genau in diesem Augenblick kam Merin zur Tür herein und blickte sich ebenfalls suchend um, bis er Alena entdeckte. Lächelnd kam er auf sie zu.

„Und? Schon etwas herausgefunden?", fragte er gedämpft.

„Nicht viel. Im Moment schwänzeln zu viele Leute um Domengo herum. Ich versuche mal, mit dem Ehemann zu reden." Sie hatte gesehen, dass der Priester endlich von Jogar abgelassen hatte. „Ich schlage vor, wir teilen uns auf. Ist es in Ordnung, wenn du dich allgemein umhörst? Wichtig ist vor allem, was über Sarilla und ihre Familie erzählt wird."

„Ist gut. Weißt du, wer hier am meisten tratscht?"

„Wenn sie sich in den letzten Jahren nicht komplett verändert hat, dann ist Larka, die Alte da im gelben Kleid ...", Alena machte mit ihrem Kopf eine Bewegung in die Richtung, wo Larka stand, „... eine der größten Klatschbasen. Außerdem stimmt vieles von dem, was sie erzählt."

Merin runzelte die Stirn. „Glaubst du, sie redet auch mit einem fremden Mann?"

Alena lachte. „Mit denen am liebsten! Also los, pack deinen ganzen Charme aus."

Während Merin lässig zu Larka schlenderte, trat Alena mit ernster Miene an Jogar heran.

„Ich möchte Ihnen mein herzlichstes Beileid aussprechen." Als würde er aus einem Traum erwachen, ergriff Jogar ihre Hand und schaute ihr in die Augen.

„Sie kannten meine Frau?" Er wirkte nicht misstrauisch, nur interessiert.

„Ja, aber erst seit Kurzem. Ich wünschte, ich hätte mehr Zeit gehabt, um sie näher kennenzulernen", log Alena.

„Ich wünschte, ich hätte mir die Zeit genommen", sagte Jogar so leise, dass Alena Mühe hatte, ihn zu verstehen. Solch offene Worte einer Fremden gegenüber überraschten Alena. Jogar war durch den Tod seiner Frau sichtlich aus der Bahn geworfen worden.

„Ich weiß, dass viele Leute sie nicht mochten, aber Sarilla war eine gute Frau." Sein Adamsapfel zitterte leicht. Alena stimmte ihm zu.

„Sie hat sich manchmal in Dinge eingemischt, die sie nichts angingen", fuhr Jogar fort, „Das nahmen die Leute ihr übel. Dabei versuchte sie doch nur, ihnen zu helfen." Jogar richtete den Blick zu Boden und schwieg. Nach einer Weile räusperte sich Alena.

„Aber so haben nicht alle von ihr gedacht. Ihre Schwester Plinia zum Beispiel hatte sie geliebt", sagte sie.

Jogar schaute sie an, als hätte er ihre Anwesenheit vergessen.

„Hm, ja", nuschelte er. „Die Familie war Sarilla immer wichtig. Vor allem Domengo wurde von ihr vergöttert." Er lachte kurz. „Ich glaube, er ist der einzige Mensch, zu dem Sarilla aufgesehen hatte. Sie war so stolz auf ihn."

„Er ist wirklich sehr erfolgreich in der Politik", meinte Alena.

„Ja, das stimmt. Auch wenn ich meistens nicht seiner Meinung bin. Sarilla hat deswegen oft mit mir geschimpft."

Weil Jogar wieder schwieg und in seine Gedanken versank, wollte Alena gerade zu Domengo gehen – die Debatte war endlich beendet –, als sie fast mit Plinia zusammenstieß, die sie sprechen wollte. Sie sah hinreißend aus in ihrer beigen Seidenrobe. Die Schuhe, die sie trug, waren so hoch, dass sie beinahe so groß wie Alena war. Ihre schönen Beine sahen darin ellenlang aus.

„Ich habe meiner Familie mittlerweile gebeichtet, dass ich dafür gesorgt habe, dass Sarilla obduziert wurde", sagte Plinia.

„Wie haben sie es aufgenommen?", fragte Alena.

Plinia zuckte die Schultern. „Es war ihnen eigentlich egal. Was sie nicht glauben konnten, war, dass Sarilla tatsächlich getötet wurde."

„Es wäre gut, wenn ich bald alle Familienmitglieder offiziell befragen könnte", schlug Alena. „Vielleicht bei Ihnen zu Hause?"

Plinia versprach, dass sie mit allen reden und sich dann bei Alena melden würde. Dann fragte sie betont beiläufig, wer denn der junge Mann sei, den Alena mitgebracht hatte. Alena antwortete vage, dass er ihr nur bei den Ermittlungen helfe.

„Ist er vergeben?", fragte Plinia.

„Soweit ich weiß nicht."

„Bestens." Plinia zwinkerte Alena zu, setzte ein strahlendes Lächeln auf und ging auf Merin zu, der gerade in ein Gespräch mit Larka verwickelt war.

Wie gelähmt blickte Alena ihr hinterher, bevor sie sich fasste, abrupt abwandte und entschlossen auf Domengo zuschritt. Noch immer stand ein Grüppchen um ihn herum, das nun mehrheitlich aus Männern bestand. Als Alena näherkam, sah sie den Grund für das Verschwinden der weiblichen Bewunderer: An Domengos rechten Arm klammerte sich eine kleine, eher zierliche Frau. Ihr Gesicht war wie der Mond, blass und rund. Das dunkle Haar war kurz geschnitten, die Augen tief liegend, die Lippen voll. Die Wölbung ihres Bauches verriet, dass bald Familienzuwachs zu erwarten war. Alena lächelte der Frau zu. Diese wirkte zuerst überrascht, lächelte dann aber scheu zurück.

Trotz des fehlenden Publikums war das Gespräch, in dem es nun um eine Erhöhung der Zölle ging, nicht weniger angeregt. Augenscheinlich hatte Domengos Frau kein Interesse an Politik. Sie ließ ihren Blick umherschweifen und unterdrückte hin und wieder ein Gähnen.

Bald sah Alena ein, dass sie wohl noch lange würde warten müssen, um mit Domengo sprechen zu können. Sie suchte Melissa in der Menge, wobei ihr Blick Merin streifte, der nun mit Plinia statt mit Larka redete. Kein Wunder, so schön wie sie an diesem Abend aussah. Selbst durch den Lärm der Menge drang Plinias Lachen an ihr Ohr und versetzte ihr einen Stich.

Sie wunderte sich selbst darüber. Sie kannte Merin praktisch gar nicht. Trotzdem hatte er augenscheinlich ihr Interesse geweckt.

„Bei Elem! Bist du nicht die Tochter von Silbet Kurkuma?" Die dröhnende Stimme gehörte einer etwa fünfunddreißigjährigen Frau, deren mit Puder bedecktes Gesicht an eine Pantomimenmaske erinnerte. Melkarine war Larkas älteste Tochter und genauso interessiert an Klatsch wie diese, mit dem Unterschied, dass sie selbst gern Gerüchte in die Welt setzte und dies auch bei Alena getan hatte. Außerdem mochte es Alena nicht, von ihr geduzt zu werden.

„Guten Abend", grüßte Alena mit kühler, herablassender Stimme. „Kenne ich dich?" Selbst durch die Puderschicht konnte man die roten Flecken erkennen, die sich vor Verärgerung Melkarines Gesicht und Hals abzeichneten. Offensichtlich gab es für sie nichts Schlimmeres, als nicht erkannt zu werden.

Ohne auf Alenas Frage zu antworten, setzte sie zur Rache an, diesmal mit noch lauterer Stimme, sodass sich einige Leute in der Nähe umdrehten. „Wir haben uns damals solche Sorgen gemacht!", rief sie scheinheilig. „Wir haben schon befürchtet, dass du einen Mann aus dem Volk geheiratet hast. Dabei hast du *gearbeitet*! Noch dazu als Detektivin." Beim letzten Wort lachte sie kurz auf. Mittlerweile hatten sich alle in der Nähe zu ihnen umgedreht und hörten ihr zu.

Alena war wie gelähmt. Obwohl sie gewusst hatte, dass früher oder später herauskommen würde, als was sie arbeitete, hatte sie nicht damit gerechnet, dass es bereits jetzt bekannt war. In ihrem Beruf war es manchmal wichtig, unerkannt zu bleiben; es missfiel ihr zutiefst, dass nun so viele Leute Bescheid wussten. „Aber jetzt hast du endlich eingesehen, was für eine Schnapsidee das war, oder? Eine Frau, die arbeitet! Also wirklich! Wohnst du wieder bei deinen Eltern?", fuhr Melkarine fort.

„Warum sollte sie? Sie verdient genug, um sich eine eigene Wohnung leisten zu können." Ohne dass Alena es bemerkt hatte, war Melissa von hinten neben sie getreten, um ihr beizustehen. Dankbar drückte sie ihre Hand.

„Tatsächlich?" Melkarine klang skeptisch. „Trotzdem – kein Mann aus guter Gesellschaft will eine Frau, die arbeitet."

„Warum nicht? Viele unserer Frauen besuchen die Universität. Mittlerweile sind dreißig Prozent aller Studierenden weiblich. Und keine dieser Frauen nutzt ihr Wissen, um danach zu arbeiten. Was für ein Verlust für die Gesellschaft!" Der Mann mit der Brille, der vorhin mit Domengo über das Frauenstimmrecht gestritten hatte, war aus der Menge hervorgetreten, um Melkarine zu widersprechen. Die beiden begannen, über die Rolle der Frau zu streiten.

Alena fand es skurril, dass ein Mann einer Frau gegenüber die Emanzipation verteidigte. Vor allem aber war sie erleichtert, dass sie nicht mehr der Mittelpunkt des Geschehens darstellte. Langsam ging sie Richtung Tür; sie wollte nur noch nach Hause. Doch bevor sie aus dem Saal verschwinden konnte, hielt Melissa sie zurück.

„Nein, nein, du bleibst schön hier. Sonst sieht es aus, als würdest du fliehen."

„Will ich ja auch", murmelte Alena.

„Ach was! Dann hätte diese dämliche Vogelscheuche ihr Ziel erreicht." Bestimmt zog sie Alena zu einem der Tische und nahm sich ein paar Walnüsse.

„So, und jetzt sprechen wir über etwas anderes."

„Na gut." Alena nahm sich ein paar rote Oliven.

„Also, wer ist dieser Typ, mit dem du vorhin gesprochen hast?" Melissas Versuch, Alena aufzuheitern, misslang kläglich. Sofort kam ihr wieder Plinias lautes Lachen in den Sinn.

„Ach. Das ist niemand. Ich arbeite nur mit ihm zusammen." Alena versuchte, möglichst gleichgültig zu klingen.

„Echt? Jedenfalls ein schöner Anblick. Ist er schon vergeben?" Die Frage gab Alena den Rest.

„Was weiß ich! Wahrscheinlich turtelt er noch mit Plinia herum. Aber falls nicht, kannst du ja dein Glück versuchen", fauchte sie und stapfte wütend aus dem Saal.

Da sie sich nicht erinnern konnte, wohin die Dienerin ihre graue Leinenjacke gehängt hatte, musste sie eine Weile suchen. Als sie sie endlich gefunden hatte, stieß sie an der Haustür fast mit jemandem zusammen, der hereinkommen wollte. Als sie aufblickte, sah sie, dass es sich um Domengos Frau handelte.

„Entschuldigen Sie bitte." Das Gesicht der Frau hatte eine ungesunde Farbe.

„Es war meine Schuld." Alena rang sich ein Lächeln ab. Der Anblick der Frau lenkte sie von ihren eigenen Problemen ab. „Alles in Ordnung mit Ihnen?", fragte sie besorgt.

„Ach, es ist nichts. Es liegt an der Schwangerschaft. Manchmal wird mir plötzlich übel und ich muss nach draußen. Aber es geht schon wieder." Höflich streckte sie ihr die Hand hin. „Wir haben uns noch nicht vorgestellt. Ich bin Kim Belcante."

„Angenehm. Alena Kurkuma." Alena, deren Gedanken sich wieder dem Fall widmeten, schüttelte Kims etwas raue Hand. Aus der Nähe konnte sie sehen, dass Kim keine Schminke trug.

„Ach? Eine Kurkuma?", fragte Kim überrascht. Augenscheinlich hatte sie ihr Zusammentreffen mit Melkarine nicht mitbekommen. Zum Glück.

„Ja. Wann ist es denn soweit?" Alena deutete auf Kims Bauch.

„Erst in einem halben Jahr, sagt der Arzt. Ich weiß ehrlich gesagt nicht, ob ich schon bereit dafür bin." Sie verzog das Gesicht.

„Ach, Sie brauchen nicht nervös zu sein. Sie werden bestimmt eine tolle Mutter."

Kims Miene hellte sich auf. „Auf jeden Fall wird Domengo ein toller

Vater. Er freut sich wahnsinnig auf das Kind." Sie lächelte versonnen.

„Wenn er als Vater mit dem gleichen Eifer dabei ist wie in der Politik, brauchen Sie sich wirklich keine Sorgen zu machen", sagte Alena und schmunzelte.

„Ja, er ist Politiker mit Leib und Seele. Aber ich interessiere mich nicht so für Politik, ehrlich gesagt. Ich weiß nicht mal, worum es in der nächsten Abstimmung geht." Sie lachte verlegen.

„Um ein Verbot von Prostitution und darum, den Feen und Kobolden ihr Stimmrecht wieder zu entziehen. Beides von der Partei ihres Mannes lanciert, übrigens", sagte Alena.

„Tatsächlich?", fragte Kim erschrocken. „Reden zurzeit nicht alle über das Frauenstimmrecht?"

„Ja, schon. Aber wenn sie jetzt darüber reden, kommt es vielleicht in ein paar Jahren zu einer Abstimmung. Die Politik in Melante läuft langsam."

„Ach so." Für einen Moment schwiegen beide. Schließlich räusperte sich Kim. „Ich muss mal wieder rein. Sonst macht Domengo sich noch Sorgen."

„Na dann, einen schönen Abend", wünschte Alena und verließ das Haus. Seit ihrer Ankunft hatte sich die Luft merklich abgekühlt. Eine Gänsehaut zog sich über ihre nackten Arme. Wie tausend kleine Nadelspitzen unter ihrer Haut, die nach oben stachen.

Die Kutsche von Melissas Familie, die Melissa und Alena hergebracht hatte, würde erst in zwei Stunden wiederkommen. Alena seufzte. Wieder einmal würde sie zu Fuß gehen müssen. Ein Kamel konnte sie sich nicht leisten. Außerdem hatte sie nirgends Platz, es unterzubringen. Fliegende Teppiche waren diesbezüglich freilich praktischer, kosteten aber doppelt so viel wie ein Kamel.

Während Alena über die Zufahrt des Hauses ging und sich immer weiter von den Lichtern des Hauses entfernte, beschlich sie ein unbehagliches Gefühl. Schlagartig fiel ihr die Verfolgung von Sonntagnacht ein.

Angestrengt horchte sie auf Schritte, Atemzüge, Rascheln oder sonstige Geräusche. Obwohl sie außer ihren eigenen, leisen Schritten nichts hören konnte, beschleunigte sich ihr Atem. Bis zu ihr nach Hause war es ein rechtes Stück und ein Teil des Weges führte durch nur spärlich beleuchtete Gassen. Ihr Elternhaus dagegen lag nicht weit entfernt. Zwar würden ihre Eltern sich wundern, wenn sie mitten in der Nacht bei ihnen auftauchte, doch das war Alena im Moment gleichgültig.

Als sie keine Viertelstunde später das Haus ohne Zwischenfälle erreichte, fiel ihr ein Stein vom Herzen. Sie bat den Bediensteten, der in dieser Nacht für die Nachtwache zuständig war und vor dem Haus Posten bezogen hatte, ihre Eltern nicht zu wecken. Nein, er brauchte sie nicht hinein zu begleiten. Nein, sie benötigte kein Licht. Und nein, die Magd brauchte er auch nicht zu wecken. Sie würde den Weg in ihr früheres Schlafzimmer auch im Dunkeln finden, und entkleiden konnte sie sich auch selbst.

Im Bett wälzte sie sich lange von einer Seite auf die andere. Schuldgefühle und die zu warme Decke plagten sie und brachten sie um ihren Schlaf. Es tat ihr leid, dass sie Melissa grundlos angefahren hatte. Sie hatten bisher nur einmal vor ein paar Jahren einen schlimmeren Streit gehabt. Den Grund dafür wusste Alena gar nicht mehr. Damals hatten sie ein paar Tage kein Wort miteinander gewechselt, und es war schrecklich gewesen für Alena. Zwischen diese unerfreulichen Erinnerungen drängte sich immer wieder Plinias lautes Lachen, als sie sich mit Merin unterhielt. Als Alena doch noch in einen unruhigen Schlaf versank, verfolgte sie dieses Lachen bis in ihre Träume.

**Kapitel 5**

*Dienstag*

Wie Alena von ihrem Vater erfahren hatte, befand sich das Grundbuchamt in demselben Verwaltungsgebäude wie das Raumplanungsbüro Melantes. Da nirgends eine Klingel hing, ging Alena einfach hinein. Der Angestellte, der im Eingangsbereich an seinem Schreibtisch saß und irgendwelche Dokumente las, blickte auf, als sie eintrat.

„Guten Tag. Was kann ich für Sie tun?", fragte er mit einem freundlichen Lächeln.

„Guten Tag. Ich interessiere mich für ein Grundstück, das ich gesehen habe. Allem Anschein nach ist es nicht bewohnt. Könnten Sie mir den Namen des Eigentümers heraussuchen, damit ich mich mit ihm in Verbindung setzen kann?"

„Kein Problem. Wo liegt das Grundstück?"

„In der Kreuzgasse. Haus Nummer 13."

„Die Kreuzgasse?" Der Mann zog die Augenbrauen in die Höhe. „Da wollen Sie wirklich wohnen? Glauben Sie mir, das ist keine schöne Gegend. Vor allem nicht für eine junge Dame wie Sie."

„Ach, wissen Sie, ich kann schon auf mich aufpassen."

„Wie Sie meinen." Der Mann runzelte die Stirn, kam ihrer Bitte aber nach und ging in einen anderen Raum, um die Information für Sie zu beschaffen. Nach einigen Minuten kehrte er zurück.

„Haus Nummer 13, sagten Sie, nicht wahr?" Der Mann sprach hastiger als vorhin; er wirkte nervös.

„Ja, genau", sagte Alena.

„Tut mir leid, dieses Haus steht nicht zum Verkauf."

„Woher wollen Sie das wissen?", fragte Alena verblüfft.

„Na, das stand im Grundbuch", behauptete der Angestellte. Alena war sich sicher, dass solche Dinge im Grundbuch nicht vermerkt wurden.

„Können Sie mir trotzdem den Namen des Eigentümers nennen? Vielleicht kann ich ihn umstimmen."

„Nein, das geht wirklich nicht." Der Mann kratzte sich an der Oberlippe.

„Würde es etwas bringen, wenn ich mit einem Notar wiederkäme?" Alena ließ nicht locker.

„Hören Sie, junge Frau!", rief der Mann genervt, „Lassen Sie es gut sein! Ich kann Ihnen nicht ..." Mitten im Satz brach er ab, ihm schien ein Einfall gekommen zu sein. „Wissen Sie was, wir machen das so", meinte er beschwichtigend, „Ich frage den Eigentümer, ob er sich für Ihr Angebot interessiert. Wie bereits gesagt, glaube ich das nicht. Aber falls doch, werde ich für Sie ein Gespräch mit ihm arrangieren."

Das war es eigentlich nicht, was Alena gewollt hatte, doch ihr blieb fast nichts anderes übrig, als sich einverstanden zu erklären. Der Angestellte wirkte sichtlich erleichtert.

„Gut, dann wäre das geklärt. Wenn Sie mir Namen und Adresse hinterlassen, werde ich mich mit Ihnen in Verbindung setzen, falls der Eigentümer tatsächlich in Verhandlungen mit Ihnen einwilligt."

Alena gab ihm die Daten und verließ das Gebäude. „Scheiße", murmelte sie, als sie auf der Straße stand. Sie hätte nicht gedacht, dass es so schwierig werden würde, den Namen des Eigentümers herauszufinden. In letzter Zeit lief einfach alles schief.

Obwohl sie sich vor dem Besuch fürchtete, wollte Alena ihn nicht länger hinausschieben. Sie wollte die Sache mit Melissa möglichst schnell ins Reine bringen. Als sie bei ihr klingelte, öffnete kein Angestellter, sondern Melissa selbst die Tür.

„Was willst du?", fragte sie. Ihre Lippen waren leicht zusammengepresst.

„Mich entschuldigen. Es tut mir wirklich leid, was ich gestern gesagt habe." Melissas Miene wurde etwas weicher und sie hielt ihr die Tür auf.

„Komm rein." Die beiden gingen in Melissas Zimmer, wo diese es sich auf ihrem Bett bequem machte. Alena traute sich nicht, sich ebenfalls zu setzen, und blieb stehen.

„Ich weiß nicht, was gestern mit mir los war", sagte Alena hilflos.

„Ach, komm schon. Das weißt du genau." Alena fiel ein Stein vom Herzen, als Melissas Schmollmund sich zu einem Lächeln verzog. „Ich bin nicht wütend darüber, wie du mich angefahren hast. Na ja, ein bisschen war ich es vielleicht. Ich bin sauer, weil du es mir nicht gesagt hast!"

„Dass ich dir was nicht gesagt habe?", fragte Alena.

„Na, was wohl? Dass du in diesen Merin verliebt bist, natürlich!"

„Ich bin nicht ihn verliebt!", entgegnete Alena errötend. „Ich kenne ihn ja kaum."

Melissa verdrehte die Augen. „Du musst ihn ja nicht gut kennen, um dich in ihn zu verlieben. *Ver*lieben ist schließlich nicht das gleiche wie lieben, Schätzchen."

„Es hat sowieso keinen Zweck." Seufzend ließ Alena sich nun doch auf dem Bett nieder. „Wir passen nicht zusammen. Außerdem bin ich nicht sein Typ." Ganz im Gegensatz zu Plinia, fügte sie im Geiste hinzu.

„Blödsinn! Woher willst du das denn wissen?" Melissa schaute sie eindringlich an. „Er kann sich glücklich schätzen, dass *du* dich für *ihn* interessiert. Du bist nett, hübsch, intelligent …"

„Ach, hör schon auf!"

„Ich meine es ernst."

„Das glaube ich dir. Aber du bist meine beste Freundin. Du bist fast schon verpflichtet, das von mir zu denken."

Melissa dachte einen Augenblick nach. „Kann sein", räumte sie ein. „Aber ich habe das Gefühl, dass du schon aufgibst, bevor du dein

Glück überhaupt versucht hast."

Alena dachte über Melissas Worte nach. Hatte sie recht? Wahrscheinlich schon. Alena redete sich ein, dass das mit Merin nichts werden würde, noch bevor sie ihn richtig kennengelernt hatte. Tat sie es aus Angst, zurückgewiesen zu werden?

„Lass uns über etwas anderes reden", bat Alena, die das Thema deprimierte. „Was macht dein Studium?"

Eine Weile unterhielten sie sich über belanglose Dinge. Kurz nach zwölf ging Alena nach Hause; gestern hatte sie gemerkt, dass sie dringend wieder einmal sauber machen musste.

Es kostete sie immer einige Überwindung, Hausarbeiten zu erledigen, da sie dafür kaum Zeit und wenig Geschick hatte. Zu viel Schmutz und Unordnung konnte sie allerdings auch nicht ertragen, also schnappte sie sich ein Tuch, staubte damit alle Möbel ab und fegte anschließend den Boden. Danach beschloss sie, Wäsche zu waschen; wenn sie schon mitten in der Hausarbeit war, konnte sie gerade alles auf einmal erledigen. Sie schnappte sich den Waschtrog mit der schmutzigen Wäsche plus den zweiten Trog, in dem der erste stand, warf ein Stück Seife hinein und klemmte sich das Waschbrett unter den Arm. Langsam ging sie damit die schmale Treppe hinunter. Als sie aus dem Haus kam, trat jemand von der linken Seite auf sie zu. Erschrocken drehte Alena sich um, wobei ihr das Waschbrett wegrutschte und zu Boden fiel.

„Ganz ruhig, ich bin's nur. Ich wollte dich nicht erschrecken." Merin bückte sich, um das Brett aufzuheben. Alena schluckte und rief sich ins Gedächtnis, wie lächerlich ihre Schreckhaftigkeit war. Und wie peinlich.

„Schon gut. Woher weißt du, wo ich wohne?" Alena setzte sich in Bewegung, und Merin folgte ihr, das Brett immer noch in den Händen.

„Ich habe Glorian gefragt. Ich fand es besser, als darauf warten zu müssen, bis du mal bei mir zu Hause oder an der Uni auftauchst. Vor allem, weil ich da nicht immer anzutreffen bin." Alena fragte sich, wo er sich wohl sonst herumtrieb, befand aber, dass sie das lieber nicht wissen wollte.

„Ich bin eigentlich auch selten in meiner Wohnung." Sie trat durch einen Durchgang zwischen zwei Häusern, der gerade breit genug für den Trog war.

„Na, dann habe ich ja Glück gehabt. Eigentlich dachte ich, wir würden eine Zeit ausmachen. Aber du bist gestern so plötzlich verschwunden."

„Ja ... Ich hatte noch etwas zu erledigen." Alena sprach etwas lauter. Mittlerweile gingen sie durch eine belebte Gasse, in der sich ein paar Geschäfte, Büros und Kanzleien befanden.

„Um diese Zeit?", fragte Merin ungläubig.

„Hast du etwas herausgefunden?", fragte Alena und überhörte seine Frage geflissentlich.

„Na ja, das ein oder andere. Von Larka weiß ich, dass Jogar eine Affäre hatte. Es war ein offenes Geheimnis, auch Sarilla hatte davon gewusst. Und oft darüber geklagt."

„Seltsam. Normalerweise kehrt man solche Dinge unter den Teppich, auch wenn sie früher oder später wahrscheinlich sowieso herauskommen. Kennst du ihren Namen?" Dass bereits Melissa sie über Jogars Geliebte in Kenntnis gesetzt hatte, ließ Alena unerwähnt. Sie gelangten an eine Kreuzung und bogen rechts ab.

„Nein. Anscheinend weiß niemand, um wen es sich handelte. Sarilla hatte nur gesagt, dass sie viel jünger war als sie." Nach kurzem Zögern fügte Merin hinzu: „Glaubst du, bei dem mysteriösen blonden Mädchen könnte es sich um Jogars Geliebte handeln?" Überrascht sah Alena ihn an.

„Daran habe ich gar nicht gedacht. Irgendwie scheint mir Jogar nicht die Art Mann zu sein, die auf ‚verwahrloste' Mädchen steht, um

Karrott zu zitieren. Aber möglich ist es."

„Es gibt viele Männer mit respektablem Ruf, die heimlich Bars, den Mitternachtstanz oder Bordelle besuchen", meinte Merin. „Vielleicht hat er das Mädchen da irgendwo kennengelernt."

„Vielleicht." In der Zwischenzeit waren sie bei einem Brunnen angelangt, Alenas eigentlichem Ziel. Alena ließ den Eimer des Ziehbrunnens so weit hinunter, bis er sich vollständig mit Wasser gefüllt hatte, und drehte dann die Winde, um ihn wieder hochzuziehen. Dann schüttete sie das Wasser in den Waschtrog mit der Wäsche und begann die Kleider einzuseifen.

Merin schaute ihr dabei zu, während er weiter erzählte.

„Sarilla hingegen schien keine Affäre zu haben. Ich glaube, sie war eher prüde. Und konservativ. Ganz wie ihr Bruder: Am besten kein Stimmrecht für Frauen, das gewöhnliche Volk oder magiebegabte Wesen. Schon schräg, dass gerade sie durch Magie getötet wurde. Wahrscheinlich würde sie sich im Grab umdrehen." Oder im Westtempel, dachte Alena und verzog das Gesicht. Da die Polizei die Leiche untersuchen wollte, lag Sarilla noch immer dort.

Auch wenn Alena wusste, dass es Unsinn war, fühlte sie sich doch ein bisschen schuldig, das Begräbnis der Toten hinausgezögert zu haben.

Alena streckte ihre Hände in Merins Richtung. Es dauerte einen Moment, bis er begriff, dass sie das Waschbrett brauchte, dass er noch immer festhielt. Er reichte es ihr und sie begann, ihre Kleider kräftig zu schrubben. Als die Kleider genügend sauber waren, wrang Alena sie aus und legte sie in den anderen, trockenen Trog. Merin setzte sich neben sie und half ihr dabei.

„Weißt du zufällig, ob Sarilla irgendwelche Schmerzen hatte? Oder Schlafstörungen?", fragte Alena.

„Nicht dass ich wüsste. Plinia hat gesagt, dass sie ganz gesund war. Aber ob sie Schlafstörungen hatte … Da müsstest du wohl Sarillas

Mann fragen. Warum willst du das wissen?" Die Frage hatte ihn neugierig gemacht.

„Nur so", murmelte Alena. Dass Merin Plinias Namen erwähnt hatte, hatte gerade ihre Laune getrübt. Merin zog die Augenbrauen in die Höhe. „Wollten wir nicht zusammenarbeiten?"

„Schon gut, schon gut. Du hast recht. Ich habe an das Sumnoskraut gedacht. Es hat eine schlaffördernde, manchmal fast betäubende Wirkung. Je nachdem, wie viel man davon einnimmt. In der Medizin wird es zum Beispiel bei Patienten verwendet, die an Schlaflosigkeit leiden. Aber wenn Sarilla gesund war … Vermutlich gehörte das Kraut gar nicht Sarilla", fügte sie enttäuscht hinzu.

Sie dachte an ihr Gespräch mit Karrott zurück. Nach dem Mord hatte sich in dem Haus ein Liebespaar treffen wollen; wahrscheinlich waren auch noch andere Leute ein- und ausgegangen. „Es könnte auch sonst jemand das Kraut dort verloren haben, zum Beispiel diese Oruscha, oder das blonde Mädchen", sagte sie. Merin hielt mitten im Wringen inne und starrte sie an.

„Was ist?", fragte Alena unbehaglich.

„Ich … Mir ist ein Gedanke gekommen." Seine Augen glänzten. „Was, wenn das blonde Mädchen das Kraut verloren hatte? Vielleicht ist sie ein Traummädchen!"

Seit einiger Zeit waren Träume als Droge in Melante immer populärer geworden. Sogenannte Träumer und Traummädchen – meist arm und auf das Geld angewiesen – fingen ihre Träume in speziellen Fläschchen auf. Meistens arbeiteten sie für einen Händler, der die Träume dann verkaufte.

Alena wusste nicht genau, wie es funktionierte, aber sie wusste, dass die Käufer die fremden Träume irgendwie selbst träumen konnten. Obwohl es illegal war, Träume zu konsumieren, kannte Alena viele, die es taten.

„Wie kommst du darauf, dass sie ein Traummädchen sein könnte?", fragte Alena.

„Viele Traummädchen benutzen Sunmoskraut. Damit kann man leichter einschlafen. Außerdem hält es Alben fern, sodass sie weniger Albträume haben. Albträume können sie nicht verkaufen – solche will niemand freiwillig sehen."

„Woher weißt du das alles?" Noch während Alena die Frage stellte, wusste sie die Antwort. Ein Bild erschien vor ihrem geistigen Auge. Merin, wie er von einem Mann etwas entgegennahm und ihn dafür bezahlte. Das war beim Mitternachtstanz gewesen, als sie ihn zum ersten Mal getroffen hatte.

„Du konsumierst selbst Träume, nicht wahr?" Obwohl niemand in der Nähe war, senkte sie die Stimme. Merins Schweigen bestätigte Alenas Vermutung.

„Wie … ist es?", fragte sie zögerlich.

Merin sah sie erstaunt an. „Ich dachte, du würdest mir jetzt irgendwelche Vorwürfe machen. Mich warnen, wie schädlich es ist."

Ein Teil von Alena wollte genau das tun. Als ehemalige Medizinstudentin wusste sie, dass man Traumkonsum nicht unterschätzen durfte. Er machte süchtig, und wenn man zu viele Träume konsumierte, drohten sich die eigenen mit den fremden Gedanken zu vermischen. Außerdem war es illegal.

Doch ein anderer Teil von ihr war neugierig, wollte wissen, wie es sich anfühlte. Merin sah diese Neugierde in ihren Augen. Er beugte sich vor.

„Es ist … na ja, man taucht völlig in eine andere Welt ein. Oft bizarr und mit einer eigenen Logik, so wie Träume nun einmal sind. Die eigenen Gedanken … Sie sind noch da. Aber auch die fremden Gedanken sind in meinem Kopf. Manchmal kann ich sie gut unterscheiden und weiß, welches meine eigenen Gefühle sind. Aber nicht immer."

„Findest du das nicht beängstigend?", wollte Alena wissen.

„Doch", gab Merin zu. „Aber wenn die fremden Gedanken die eigenen komplett überlagern … Es ist aufregend. Man vergisst sich selbst." Die letzten Worte flüsterte er. Sein Gesicht war ihrem so nah, dass sie einzelne Sommersprossen auf seiner gebräunten Nase erkennen konnte.

Alena wurde nervös, ihr Atem beschleunigte sich. Plötzlich fiel ein dicker Tropfen auf ihre Wange. Dann noch einer auf ihre linke Hand. Innerhalb weniger Sekunden prasselte ein heftiger Regen auf sie nieder.

„Scheiße!" Merin nahm hastig die verbleibenden Kleidungsstücke aus dem Waschtrog, sodass Alena ihn zu dem Teich in der Nähe schleppen konnte, um dort das schmutzige, seifige Wasser auszuleeren. Das Wasser des Teiches wurde regelmäßig gereinigt. Danach wurde immer eine Schranke hoch gelassen, sodass das Wasser in einen unterirdischen Fluss abfließen konnte, bevor der Teich mit neuem Wasser gefüllt wurde.

Als Alena zu Merin zurückkehrte, hatte dieser die triefend nassen Kleidern zu den bereits ausgewrungenen gelegt. Er warf ihr einen amüsierten Blick zu und pfiff durch die Zähne.

„Ich wusste gar nicht, dass du so etwas trägst."

Alena begriff nicht, was er meinte, bis sie seinem Blick folgte. Zuoberst auf ihren Kleidern lagen zwei schwarze Spitzenhöschen. Sie spürte, wie ihr das Blut ins Gesicht schoss.

„Das ist Privatsache." Sie riss ihm die Unterwäsche aus der Hand und legte sie in den Trog zurück. „Lass uns verschwinden, bevor wir noch nasser werden", schlug sie vor, obschon sie bezweifelte, dass sie überhaupt noch nasser werden konnte: Das Wasser war längst durch den Stoff ihrer Kleider und durch ihre Schuhe gedrungen, ihr Haar hing ihr in nassen Strähnen in die Stirn. Sie eilte durch den Regen, Merin mit ihrem Wäschekorb dicht hinter ihr. Als sie endlich ihr Haus erreichten, stürmten sie durch die Tür und schlugen sie hinter sich zu. Sie blieben innen vor der Eingangstür stehen, während sich Wasserpfützen unter ihnen bildeten.

„Das kam aber plötzlich. Die Wetterkobolde hatten vorausgesagt, dass es erst morgen regnet", sagte Alena.

„Hauptsache, es regnet endlich wieder mal. Wurde auch höchste Zeit. Die Felder sind wahnsinnig trocken", sagte Merin. Alena pflichtete ihm bei, während sie ihre nassen Haare mit einem Haarband zu einem Pferdeschwanz band. Sie musste es schnellstens kämmen, sonst würden ihre Locken nachher in alle Richtungen vom Kopf abstehen.

„Übrigens, ich habe nachgedacht. Ich halte deine Idee mit dem Traummädchen für gut möglich. Sie sind meistens sehr arm, oder? Das würde gut zu Karrotts Beschreibung passen und dazu, dass sie vielleicht barfuß war", sagte sie.

„Ich kenne den einen oder anderen, der das Mädchen vielleicht kennt. Ich werde mich mal umhören."

„Tu das." Nach einer kurzen Pause fügte sie hinzu: „Möchtest du vielleicht noch hochkommen und etwas trinken?" Sie hatte zwar nur eine sehr beschränkte Auswahl an Getränken in ihrer Wohnung, aber wenigstens war darunter eine Flasche guter Wein, den sie von ihrem Vater geschenkt bekommen hatte.

„Hm, nein, tut mir leid. Ich muss los. Bin noch verabredet." Merin wirkte etwas verlegen.

„Mit wem?" Die Worte waren ihr herausgerutscht, Alena hätte die Frage am liebsten zurückgenommen. Sie wusste, dass es sie überhaupt nichts anging, mit wem Merin sich traf. Dem langen Zögern zufolge, dass auf ihre Frage folgte, dachte Merin ganz ähnlich darüber.

„Mit Plinia."

Alena fühlte sich, als würden sich all ihre inneren Organe zusammenziehen. Für einen Moment glitt das Lächeln aus ihrem

Gesicht.

„Oh. Ach so. Na dann, viel Spaß." Sie gab sich größte Mühe, Merin nicht zu zeigen, wie sehr seine Worte sie getroffen hatten, und zwang ihre Mundwinkel nach oben. Sie schaffte es aber nicht, ihm in die Augen zu sehen und starrte stattdessen sein Kinn an.

„Danke." Es klang, als fühle er sich leicht unbehaglich.

„Ich muss jetzt auch los. Tschüss", sagte Alena hastig. Bevor Merin noch etwas sagen konnte, hatte sie ihm bereits die Wäsche aus der Hand gerissen und sich umgedreht, damit er ihr Gesicht nicht länger sehen konnte. Am liebsten wäre sie hoch gerannt, um so schnell wie möglich von ihm weg zu kommen, doch sie zwang sich dazu, ihre Schritte zu zügeln. Obwohl sie Melissa das Gegenteil versichert hatte: Ein Hoffnungsschimmer, dass aus Merin und ihr doch mehr als Arbeitskollegen werden könnte, hatte ständig in ihr geschlummert. Bis jetzt.

Als Alena im dritten Stockwerk ankam, dauerte es einen Moment, bis sie begriff, was sie vor sich sah. Schuld daran war ihr innerer Aufruhr. Ein Mann stand vor der Tür zu ihrer Wohnung, in der Hand einen Kohlenstift, und zeichnete etwas auf das Holz.

„He! Was soll das?", rief Alena aufgebracht. Erschrocken drehte sich der Mann zu ihr um. Alenas Kummer wandelte sich in Zorn; der Flur war schmal, der Mann würde nicht ungeschoren davonkommen. Sie ließ die Wäschetröge fallen und trat auf ihn zu.

Doch dann stürmte der Mann unvermittelt los und zog ein Messer. All das ging so schnell, dass Alena kaum wusste, wie ihr geschah; sie konnte gerade noch ihre Arme schützend vor ihre Brust halten, als er sie auch schon aus dem Weg stieß. Sein Messer schnitt ihr dabei ins rechte Handgelenk. Plötzlich war da nur dieser ungeheure Schmerz. Alena schrie auf, während sie zu Boden ging, und biss sich dann so fest auf die Unterlippe, dass diese zu bluten begann. Diese Verletzung spürte sie gar nicht; der Schmerz in ihrem Handgelenk, der sich nun wie Feuer anfühlte, überlagerte alles andere. Ihre Sicht begann sich zu verschlechtern und sie versuchte angestrengt, das Bewusstsein nicht zu verlieren. Ihre Hand, ihre Finger, ihr Arm wurden warm und feucht. Sie hörte, wie schnelle Schritte sich ihr näherten. Zwei Meter neben ihr blieb die Person abrupt stehen.

„Bei Elem!" Merins Stimme brachte Alena ein wenig zur Besinnung; sie kniff die Augen zusammen und konzentrierte sich, um ihre Umgebung wahrnehmen zu können. Sie sah sofort, weshalb Merin stehen geblieben war, und ihr drehte sich der Magen um: Das Blut trat fontänenartig aus ihrem Handgelenk, auf dem Boden hatte sich bereits eine riesige Lache gebildet. Nur fünf Liter, schoss es Alena durch den Kopf. Nur fünf Liter Blut zirkulierten durch ihren Körper.

Merin, der sich langsam gefangen hatte, nahm eine Handvoll frisch gewaschener Kleidungsstücke aus dem Wäschekorb und kniete sich neben sie. Allmählich erwachte in Alena die ehemalige Medizinstudentin. Sie hielt ihren rechten Arm hoch und drückte mit den Fingerspitzen ihrer linken Hand so fest sie konnte auf die Innenseite ihres Oberarms, damit weniger Blut aus ihrem Handgelenk schoss. Merin drückte ihr den ganzen Haufen nasser Kleidung auf die Wunde. Sie sah die Panik in seinem Blick. Sein Gesicht war leichenblass. Hoffentlich würde er nicht gleich umkippen.

„Ganz ruhig. Atme. Atme tief durch", sagte sie, obwohl sie selbst jemanden hätte gebrauchen können, der sie beruhigte. Merin nickte und folgte ihrem Rat. Nach ein paar Augenblicken hatte er sich wieder gefangen und wirkte nicht mehr so hilflos wie zuvor. Er nahm ein langes, beiges Sommerkleid, ließ die anderen Kleider los und begann hastig, das Kleid um ihr Gelenk zu wickeln.

„Warte." Sie brachte die Worte nur mühsam hervor. Sie musste sich unglaublich konzentrieren, um den Schwindel niederzukämpfen.

„Du musst einen … Druckverband machen." Offensichtlich wusste

Merin, was ein Druckverband war. Während er mit der rechten Hand das Kleid weiterhin auf ihre Wunde drückte, durchsuchte er mit der linken seine Taschen nach einem geeigneten Gegenstand.

„Geht das?" Er hielt einen etwa fünf Zentimeter langen, ovalen Quarz in der Hand. Alena nickte. Vorsichtig legte Merin den Stein auf die bereits völlig blutdurchtränkte erste Stoffschicht auf die Wunde und wickelte dann den Rest des Kleides darum. Sobald er fertig war, fasste er sie unter den Knien und Armen und hob sie hoch. Noch während er sie langsam die Treppe hinunter trug, wurde ihr endgültig schwarz vor Augen.

## Kapitel 6

*Mittwoch*

Als Alena erwachte, drang der wohlbekannte Geruch nach Desinfektionsmitteln und Teppich in ihre Nase. Krankenhaus. Sofort kehrten die schmerzhaften Erinnerungen zurück. Die Wunde pochte stark, tat aber nicht mehr so weh; offensichtlich hatte man ihr ein Schmerzmittel verabreicht. Der Schmerz in ihrem Herzen war hingegen noch nicht gelindert. Sie staunte über ihren Liebeskummer und schämte sich ein wenig dafür. Es war lächerlich, dass sie sich Hals über Kopf in jemanden verliebte, den sie kaum kannte. Schließlich war sie kein kleines Mädchen mehr!

„Tut es noch sehr weh?", flüsterte ihr jemand ins Ohr. Alena schreckte instinktiv hoch, sank aber sofort wieder zurück aufs Bett. Sie hatte schreckliche Kopfschmerzen. Mühsam öffnete sie die Augen und sah sich um. Sie lag auf einem schmalen Bett. Trotz der Hitze hatte man eine weiße Decke über ihren Körper ausgebreitet, und um ihr Handgelenk hatte jemand einen richtigen Verband angelegt. Sie befand sich in einem typischen Krankenhaus-„Raum", der bloß durch Teppiche von den übrigen abgetrennt war; gab es bei Epidemien oder sonstigen Katastrophen auf einen Schlag viele Patienten, wurden einfach mehr Teppiche aufgehängt und die Räume dadurch verkleinert. Der Größe ihres Raumes nach zu schließen schien das Krankenhaus im Moment allerdings nur wenig belegt zu sein. Durch ein kleines Fenster drang Licht herein. Auf dem Besucherstuhl neben ihrem Bett saß Merin und schaute sie besorgt an.

„Was machst du hier?" Sie brauchte zwei Anläufe, um die Worte herauszukriegen; beim ersten Versuch brachte sie nur ein klägliches Krächzen zustande.

„Ich habe dich hierhergebracht." Er glaubte, dass sie sich nicht erinnern konnte.

„Und deine Verabredung?" Sein Blick wandelte sich von verständnislos zu ungläubig.

„Glaubst du etwa, ich geh zu meiner Verabredung und lasse dich hier verbluten?", schnaubte er.

„Hier im Krankenhaus werde ich wohl kaum mehr verbluten", sagte Alena. Merin erwiderte nichts darauf.

„Danke", sagte sie nach einem Augenblick des Schweigens und sah ihm in die Augen. In diese schönen, klaren Augen. Ihr Brustkorb schnürte sich zusammen. Für einen Moment war sie froh um ihre Verletzung; sie lieferte ihr zumindest ein Alibi für ihr unglückliches Gesicht.

„Das war doch selbstverständlich." Sie wusste, dass er es aufrichtig meinte.

„Du musst nicht hierbleiben. Du kannst gehen, wenn du willst. Plinia wird sonst noch sauer." Letzteres hätte Alena eigentlich keineswegs gestört.

„Es ist sowieso zu spät. Aber wenn du willst, dass ich gehe …"

„Nein." Die Worte kamen schnell über ihre Lippen. Sie drehte den Kopf, um aus dem Fenster zu blicken, doch durch die milchige Scheibe konnte sie nicht erkennen, wie hell es draußen genau war.

„Ich bin also schon länger hier?", fragte Alena. „Wie spät ist es?"

„Du warst lange bewusstlos. Sie haben dir ein Mittel gegeben, um dich zu betäuben, als sie die Wunde genäht haben. Wie du weißt, trage ich nie eine Uhr", er hob grinsend die Schultern, „aber ich schätze, es ist etwa elf Uhr."

„Elf? Das kann nicht sein. Draußen scheint doch noch die Sonne." Immerhin so viel konnte Alena durch die Scheibe erkennen.

„Elf Uhr *morgens*", erklärte Merin. „Du warst fast einen ganzen Tag bewusstlos. Du hast viel Blut verloren." Alena brauchte einen Augenblick, um diese Information zu verdauen. Trotz der vielen Stunden Schlaf fühlte sie sich nicht ausgeruht.

„Ich habe deine blutverschmierte Wäsche nochmals gewaschen. Ich habe die Flecken aber nicht ganz rausgekriegt. Dann habe ich die Wäsche in deiner Wohnung aufgehängt. Dafür habe ich mir deinen Schlüssel ausgeliehen." Er gab ihr den Schlüssel zurück.

„Vielen Dank", sagte Alena, während sich ein warmes Gefühl in ihrer Brust ausbreitete. „Was hat der Kerl an die Tür geschrieben?", fragte sie nach einer Weile.

„Nichts Angenehmes, leider", Merin rutschte unruhig auf seinem Stuhl herum. „Es war eine Warnung."

„Eine Warnung?" So etwas hatte Alena sich schon gedacht. Es war allgemein bekannt, dass es bei verschiedenen Klans des organisierten Verbrechens üblich war, Drohungen an Haustüren zu schmieren. Trotzdem lief ihr bei Merins Worten ein Schauer über den Rücken. „Wie lautet sie?"

*„Halte dich vom Haus fern."*

„Nicht gerade originell." Alena versuchte, das Zittern in ihrer Stimme zu unterdrücken. Es war klar, dass das Haus in der Kreuzgasse gemeint war. Offensichtlich war sie bei ihren Ermittlungen ungewollt auf etwas gestoßen, das mit einer Gruppe des organisierten Verbrechens zu tun hatte.

„Irgendein Hinweis auf den Absender?", fragte sie.

„Ja. Ein schwarzes Auge. Das Zeichen der *Ngarka*." Alena konnte die Furcht in seiner Stimme hören. Die Ngarka war der mächtigste Klan der Stadt. Sie mischte überall mit, egal, ob es sich um Diebstahl, Drogen, Schutzgeld, Erpressung, Entführung oder Schlimmeres handelte. Der Hauptgrund, weswegen sie mächtiger als andere Klans war, waren mächtige Amtsträger, die sie durch Bestechung, Drohung oder Erpressung auf ihre Seite gezogen hatte: Richter, Politiker, hohe Polizeibeamte. Mit der Ngarka legte man sich besser nicht an. Die Angst sorgte dafür, dass Alena sich noch elender fühlte.

Bedrückt schwiegen sie, bis ein paar Minuten später eine große, stämmige Frau erschien. Es war die zuständige Ärztin, die nach Alena sehen wollte.

„Ach, Sie sind wach, Alena. Wie fühlen Sie sich?" Alena kannte die Frau noch aus ihrer Studienzeit; sie hatte mehrere Praktika geleitet, an denen Alena hatte teilnehmen müssen.

„Wunderbar", sagte Alena trocken.

„Ah." Die Ärztin musterte sie skeptisch; wahrscheinlich führte sie Alenas Stimmung auf ihre Schmerzen zurück. „Na ja, jedenfalls haben Sie noch einmal Glück gehabt. Der junge Mann hier hat sie noch rechtzeitig hierhergebracht. Auch sein Verband war ausgezeichnet." Sie warf Merin einen anerkennenden Blick zu. „Blutungen führen schneller zum Tod, als viele denken. Aber das brauche ich Ihnen ja nicht zu erzählen. Ich habe sieben Stiche genäht. Wenn es keine Komplikationen gibt, können wir die Fäden in ein paar Wochen ziehen. Ich werde Ihnen desinfizierende Salbe und ein leichtes Schmerzmittel mitgeben." Alena nickte, obwohl sie beides zu Hause hatte.

„Ist gut. Wann kann ich gehen?" Die Ärztin schaute sie kritisch an.

„Ich denke, so in zwei Tagen –"

„So lange?", unterbrach Alena die Frau. „Das ist doch nicht nötig. Ich fühle mich wunderbar. Na ja, das ist vielleicht übertrieben", gestand sie, als sie sah, dass die Ärztin ihr nicht glaubte, „Aber ich fühle mich nicht schlecht."

„Wenn die Wunde sich entzündet –"

„Dann werde ich natürlich sofort wiederkommen. Ich weiß, wie gefährlich Infektionskrankheiten sind. Und ich weiß auch, wie entzündete Wunden aussehen." Alena sah sie flehend an. Sie hatte nicht die geringste Lust, hier zu bleiben. Sie konnte den Geruch, das Stöhnen und Gewimmer der anderen Patienten, das durch die Teppiche drang, und die viele Zeit nicht ertragen, die sie für unerwünschte Gedanken haben würde.

„Ich halte das für keine gute Idee. Du musst dich erst etwas erholen", mischte Merin sich ein. Alena warf ihm einen vernichtenden Blick zu. Die Ärztin stand eine Weile auf der Kippe, stimmte aber schließlich zu, dass Alena schon am nächsten Morgen wieder nach Hause gehen durfte. Alena musste ihr aber versprechen, besonders Acht auf sich zu geben. Als die Ärztin gegangen war, meinte Merin: „Ich bin beeindruckt. Hätte nicht gedacht, dass sie dich früher gehen lässt."

„Wenn du den Mund gehalten hättest, hätte ich wahrscheinlich schon heute Abend gehen können." „Hast du schon einmal daran gedacht, dass es nicht das Klügste ist, verletzt und wehrlos in deine Wohnung zurückzukehren? Was, wenn der Typ wieder auftaucht? Hier bist du wenigstens sicher." Alena schwieg; daran hatte sie wirklich noch nicht gedacht.

„Warum will die Ngarka, dass du dich von dem Haus fernhältst? Sie meinen das Haus in der Kreuzgasse, oder? Da, wo Sarilla gestorben ist?", fragte Merin. Alena versuchte, nachzudenken, was bei ihrem schmerzenden Kopf nicht ganz einfach war. Schon die kurzen Gespräche mit Merin und der Ärztin hatten sie erschöpft.

„Welches Haus denn sonst? Ich weiß auch nicht, warum die Ngarka mich da weghaben will. Vielleicht haben sie etwas mit dem Mord zu tun." Bei dem Gedanken verkrampfte sich Alenas Magen. Wenn die Ngarka Sarilla ermordet hatte, könnte sie den Auftrag nicht erfüllen, Sarillas Mörder zu stellen. Außer sie wollte es riskieren, mit durchgeschnittener Kehle in einem Straßengraben zu landen.

„Hast du den Mann schon mal gesehen?", wollte Merin wissen.

„Ich bin nicht sicher. Vielleicht ist es derselbe Mann, der mich verfolgt hat, als ich –"

„Wann hat dich jemand verfolgt?", fragte Merin irritiert.

„Vor … ich weiß nicht mehr. Als ich den Tatort an der Kreuzgasse untersucht habe und dann nach Hause wollte."

„Und das hast du mir nicht erzählt?", rief Merin empört. Alena hob einen Finger an die Lippen, um ihn daran zu erinnern, dass sie in einem Krankenhaus waren.

„Offensichtlich", sagte Alena halb trotzig, halb von einem schlechten Gewissen geplagt. Merin atmete ein paarmal tief durch, um sich zu beherrschen.

„Du hast gesagt, der Mann hat dich verfolgt, als du aus der Kreuzgasse gekommen bist. Er steht also höchst wahrscheinlich mit unserem Fall in Verbindung", sagte er sachlich.

„Ja. Das ist mir auch schon durch den Kopf gegangen. Aber wäre es nicht ein großer Zufall, wenn der Mörder gerade dann am Tatort war, als ich auch da war?"

„Zufälle gibt es. Oder der Mann ist gar nicht der Mörder und arbeitet nur für ihn." Eine Pflegerin betrat den Raum und unterbrach ihr Gespräch, indem sie Alena strengste Ruhe verordnete. Obwohl Alena noch gern weiter über den Fall diskutiert hätte, gaben ihre immer schlimmer werdenden Kopfschmerzen der Pflegerin recht. Kaum war Merin gegangen, schloss sie die Augen und sank in einen traumlosen Schlaf.

„Das ist doch eine Frechheit! Da bezahlst du so viel für diese winzige Wohnung, und jetzt musst du sie schon renovieren lassen! Dabei ist das Haus noch gar nicht alt!" Alena drehte verlegen ihr Gesicht ab, doch Melissa, die ihr beim Auspacken half und dabei lauthals wetterte, bemerkte es nicht. Alena würde die nächsten paar Tage bei Melissa und ihren Eltern wohnen. In ihrer eigenen Wohnung fühlte sie sich zurzeit nicht sicher. Sie hatte Melissa angelogen, was den Grund für den Einzug betraf, und erklärt, ihre Wohnung müsse renoviert werden. Sie wollte nicht, dass Melissa sich Sorgen um sie machte.

„Dein Vermieter war mir schon immer unsympathisch. Bleibst du zum Essen?", fuhr Melissa fort.

Alena musste schmunzeln. Einerseits, weil Melissa ihren Vermieter genau einmal für etwa zwei Minuten gesehen hatte, andererseits des abrupten Themenwechsels wegen.

„Nein. Ich gehe gleich zu Plinia." Plinia hatte es geschafft, ihre Verwandten davon zu überzeugen, sich von Alena befragen zu lassen.

„Schade. Ach ja, was ist eigentlich mit deinem Arm passiert? Das wollte ich dich schon vorhin fragen."

„Nichts, nichts", winkte Alena ab. „Ein kleiner Unfall mit dem Küchenmesser." Sie fühlte sich schlecht, dass sie Melissa schon wieder belog. Andererseits hatte sie keine Lust, über den Angriff reden oder auch nur nachdenken zu müssen. Und dazu käme es natürlich, wenn sie Melissa davon erzählte.

„Was ist das eigentlich für ein Ring?" Melissa nahm Alenas rechte Hand und zog sie näher an ihr Gesicht.

„Ein Ring?" Alena zog ihre Hand zurück und musterte sie. Tatsächlich. An ihrem vierten Finger steckte ein filigraner Ring aus Stein. Seiner hellbraunen Farbe wegen war er auf ihrer Haut kaum zu sehen. Vermutlich war er ihr deshalb nicht aufgefallen. Sie überlegte angestrengt, seit wann sie das Schmuckstück wohl schon trug. Nachdem sie das Krankenhaus verlassen hatte? Oder schon davor? Nein, das wäre ihr doch aufgefallen.

„Das ist nicht meiner", sagte sie, da Melissa anscheinend auf einen Kommentar wartete.

Melissa hob die Augenbrauen. „Warum steckt er dann an deinem Finger?"

„Das wüsste ich auch gern."

*Donnerstag*

90

Merin wartete bereits vor dem Anwesen der Belcantes. Sie sah ihm an, dass er Neuigkeiten hatte; seine Augen glänzten aufgeregt. Nachdem er sich nach ihrem Wohlbefinden erkundigt hatte, rückte er damit heraus.

„Als du faul und untätig im Krankenhaus herumlagst ...“ Alena schnaubte, was Merin ignorierte. „... habe ich mich wegen des Traummädchens umgehört. Es gibt tatsächlich ein Mädchen, auf das die Beschreibung passen könnte. Ihr Name ist Trijana. Etwa achtzehn Jahre alt. Lange, blonde Haare, auffallend hübsch. Und, das Wichtigste: Sie besitzt einen Schäferhund, der nie von ihrer Seite weicht.“

„Das klingt wirklich nach einem Treffer! Gute Arbeit! Hast du herausfinden können, wo sie wohnt?“ Merin warf ihr einen schrägen Blick zu.

„Nirgends und überall. Sie ist ein Traummädchen, schon vergessen? Die leben fast immer auf der Straße. Aber ...“, fuhr er mit einem Grinsen fort, als er Alenas Enttäuschung sah, „ich kenne einen ihrer bevorzugten Schlaforte. Anscheinend taucht sie dort regelmäßig auf.“ Alena dachte nach, während sie gemeinsam langsam auf die Haustür zugingen.

„Wir werden den Ort überwachen müssen. Aber damit befassen wir uns später. Jetzt stehen die Befragungen auf dem Plan“, sagte sie und klingelte. Plinia öffnete ihnen fast augenblicklich. Als sie Merin sah, verzogen sich ihre Lippen zu einem schmalen Strich. Erst jetzt fiel Alena wieder ein, dass Merin nicht zu der Verabredung hatte gehen können. Und das ihretwegen. Plinia hatte es eindeutig nicht vergessen.

„Kommen Sie rein“, forderte sie sie barsch auf, wobei sie Merin einen kalten Blick zuwarf. Dieser tat, als würde er es nicht bemerken. Alena zögerte kurz, dann streckte sie entschlossen das Kinn vor. „Hören Sie, es war nicht seine Schuld.“

„Wie bitte?" Plinia schaute sie überrascht an. „Wovon sprechen Sie?"

„Na, davon, dass er nicht zu der Verabredung kommen konnte."

Merin zog an ihrem Arm. „Alena, hör –"

„Nein!" Sie musste es sofort sagen, sonst würde sie es nie tun. Es fiel ihr jetzt schon schwer. „Merin musste mich ins Krankenhaus bringen. Deshalb ist er nicht erschienen." Auf Alenas Worte folgte Schweigen. Plinia bemerkte Alenas Verband, und ihre Gesichtszüge wurden weicher. Merin fixierte einen Punkt an der Wand.

„Ähm, nun ja. Da das jetzt geklärt ist, könnten Sie uns bitte zu Ihren Verwandten führen?", sagte Alena.

Plinia löste sich aus ihrer Erstarrung. „Natürlich. Folgen Sie mir."

Sie führte die beiden in das Wohnzimmer, das Alena bereits kannte. Dort saßen Domengo, seine Frau Kim und Sarillas Mann Jogar. Alle blickten auf, als sie eintraten. Kims Blick war neugierig, Jogars gleichgültig, Domengos misstrauisch. Nachdem Plinia nochmals alle förmlich einander vorgestellt hatte, schaute sie Alena fragend an.

„Ich würde gern mit Jogar beginnen", wünschte diese.

„Wir werden getrennt befragt?", fragte Domengo überrascht. „So war das nicht geplant! Das gleicht ja einem Verhör!" Seine dunklen Augenbrauen zogen sich finster zusammen. Kim strich mit ihrer Hand über seinen Unterarm, um ihn zu beruhigen.

„Ich habe nichts dagegen." Jogar stand auf. „In welchen Raum wollen wir gehen?"

„Das ist … Ich werde nicht hier warten. Ich habe nicht den ganzen Tag Zeit!" Domengos Gesicht lief rot an.

„Dann beginne ich mit Ihnen", sagte Alena ruhig. „Falls Ihnen das recht ist", fügte sie an Jogar gewandt hinzu. Dieser setzte sich wieder hin und nickte. „Natürlich."

Domengo schnaubte noch einmal erbost, bevor er sich widerwillig erhob. Plinia führte ihren Bruder, Merin und Alena in den Saal, wo die Trauerfeier stattgefunden hatte. Statt den vielen Tischchen, die damals hier aufgestellt worden waren, standen zwei lange Sofas um einen tiefen Glastisch. Ohne Leute wirkte der Raum viel größer. Alena und Merin setzten sich auf das eine Sofa, Domengo gegenüber auf das andere. Als verliefe zwischen den Möbelstücken eine Kriegsfront, schoss es Alena durch den Kopf. Sobald Plinia den Raum verlassen hatte, kam Alena zur Sache.

„Was war Sarilla für ein Mensch?", wollte sie als Erstes wissen.

Domengo überlegte. Er hatte sich beruhigt und schien sich bereits mit der Situation abgefunden zu haben.

„Sie war großartig. Sie hat einem jeden Gefallen getan. Aber ich glaube, sie hatte nicht so viele Freunde."

„Warum nicht?"

„Sie war ... Sie hat sich nicht allen Menschen gegenüber gleich verhalten. Ich war ihr wichtig, ich gehörte zu ihrer Familie. Sie war praktisch immer gut gelaunt, wenn wir uns sahen. Aber anderen gegenüber konnte sie manchmal etwas brüsk sein."

„War sie glücklich verheiratet?"

Domengo warf ihr einen scharfen Blick zu. „Was wollen Sie damit andeuten?"

„Nichts." Alena hob beschwichtigend die Hände. „Ich stelle nur Fragen. Und natürlich bleibt alles, was sie erzählen, unter uns." Als Politiker war Domengo auf einen tadellosen Ruf angewiesen. Alenas Worte schienen ihn zu beruhigen.

„Im Großen und Ganzen war sie schon zufrieden. Aber sie litt darunter, dass Jogar noch andere Frauen hatte."

„Was für andere Frauen?"

„Ich weiß nicht genau. Eine war deutlich jünger. Die hat Sarilla am meisten zu schaffen gemacht."

„Frauen aus der höheren Gesellschaft?"

Die Frage irritierte Domengo. „Natürlich! Das heißt, ich glaube schon."

„Geht Jogar manchmal in Bordelle?", mischte Merin sich ein.

„Was?" Domengos Augen weiteten sich.

„Konsumiert er Drogen?", setzte Merin nach.

„Bei Elem, nein! Das ist überhaupt nicht Jogars Stil."

„Hatte Sarilla auch Affären? Vielleicht, um sich an Jogar zu rächen?", fragte Alena.

Domengo schüttelte den Kopf. „Nein. Da bin ich sicher. Sarilla hatte sehr hohe moralische Ansprüche. An alle anderen, aber auch an sich selbst. Ehebruch hätte sie nie begangen."

„Also hatte sie keine Laster? Ich meine Alkohol, Träume, andere Drogen ..."

„Nein. Außer Wein hat sie nichts getrunken. Andere Drogen, niemals. Völlig undenkbar."

„Hatte sie Feinde?"

„Ich glaube nicht. Klar, es gab einige, die sie nicht mochten. Aber ich kenne niemanden, der einen Mord begehen würde." Offensichtlich lag er in diesem Punkt falsch, dachte Alena.

„Vielen Dank für Ihre Zeit. Ich wäre Ihnen sehr verbunden, wenn Sie Ihre Gattin zu uns schicken könnten."

„Wenn es unbedingt nötig ist." Domengo erhob sich und verließ den Raum, ohne sich von ihnen zu verabschieden. Kaum war die Tür ins Schloss gefallen, wollte Alena etwas sagen, doch Merin kam ihr zuvor.

„Ich weiß, was du jetzt sagen willst. Dass ich mich nicht in deine Befragung hätte einmischen sollen. Aber ich –"

„Nein", unterbrach Alena ihn. „Ich hatte nicht vor, so etwas zu sagen. Ich habe dich nicht zu diesen Befragungen mitgebracht, damit du die ganze Zeit nur stumm daneben hockst."

Alena musste sich ein Lächeln verkneifen, als sie Merins Gesichtsausdruck sah. Er war zu verblüfft, etwas darauf zu erwidern, bis Kim den Saal betrat. Alena kam es vor, als sei ihr Bauch in der

Zwischenzeit größer geworden, was wahrscheinlich bloß an Kims Kleidung lag; heute trug sie ein eng anliegendes, pinkes Gewand, das ihre Wölbung stolz präsentierte. Sie lächelte schüchtern, als sie sich aufs Sofa setzte.

„Sie haben bei unserem letzten Gespräch nicht erwähnt, dass Sie Privatdetektivin sind", sagte sie leicht vorwurfsvoll.

„Na ja, ich binde es nicht jedem unter die Nase." Wie zuvor Domengo fragten sie Kim über Sarilla aus. Sie teilte seine Meinung, dass sie sittsam gewesen war und keine Drogen genommen oder Liebhaber gehabt hatte. In einem Punkt teilte sie seine Meinung aber nicht.

„Ich kann mir schon vorstellen, dass der eine oder andere sie gern losgeworden wäre. Aus Rache, zum Beispiel."

„Wie meinen Sie das?"

„Sarilla war furchtbar neugierig. Sie hat überall ihre Nase reingesteckt." Erschrocken schlug Kim sich die Hand vor den Mund. „Entschuldigung. Das war herzlos."

Alena zuckte die Schultern. „Sprechen Sie nur offen. Ich kenne natürlich das Sprichwort *De mortui nihil nisi bene*. Aber ich halte nicht viel davon. Menschen werden nicht zu besseren Menschen, nur weil sie sterben."

„Außerdem helfen sie Sarilla vielleicht damit", warf Merin ein. Ihre Worte schienen Kim zu überzeugen.

„Vielleicht haben Sie recht. Auf jeden Fall hat Sarilla das eine oder andere Geheimnis ans Licht gebracht. Liebesaffären zum Beispiel. Und weil sie eine so hohe Moral hatte", die Worte trieften vor Sarkasmus, „hielt sie es für ihre Pflicht, dass der Gatte oder die Gattin davon erfuhren."

„Damit hat sie sich bestimmt nicht beliebt gemacht", meinte Merin.

„Nein. Verstehen Sie mich nicht falsch, auch ich halte nichts von Affären. Ich könnte meinen Mann zum Beispiel nie betrügen. Aber es geht mich nichts an, was andere tun."

Es dauerte eine Weile, bis sie Kim ein paar Namen von Leuten entlocken konnten, denen Sarilla „geholfen" hatte. Alena notierte sie sich; sobald sie Zeit hatte, wollte sie die Personen befragen.

„Sie verstanden sich nicht gerade gut, oder?", fragte Alena.

Kim zögerte, entschied sich dann aber offenbar für die Wahrheit.

„Nein. Aber ich habe mir die größte Mühe gegeben. Domengo zuliebe."

„Er hatte also keine Probleme mit Sarilla?"

„Nein. Was auch kein Wunder ist. Sie hat ihn über alles geliebt."

Was Jogar anging, so dachte Kim ganz ähnlich wie ihr Mann. Auch sie wusste von seinen Geliebten, glaubte aber nicht, dass er sich in Bordellen herumtrieb oder Drogen nahm.

„Sind Sie eigentlich nicht verheiratet?", fragte Alena unvermittelt.

„Wer? Domengo und ich?", fragte Kim überrascht. Alena nickte.

„Doch, natürlich", sagte Kim. „Warum?"

„Nur, weil sie keinen Ring tragen."

„Ja, und? Sie tragen dafür einen Ring, obwohl Sie wahrscheinlich nicht verheiratet sind."

Alena schaute sie überrascht an. „Woher wollen Sie das wissen?"

Kim blickte zwischen Alena und Merin hin und her. „Das mit ihnen wirkt noch ganz frisch."

Zuerst begriff Alena nicht, was sie meinte. Dann dämmerte es ihr.

„Was? Sie denken … Nein, nein. Wir sind nicht zusammen", stellte sie schnell klar.

„Stimmt." Merin begann zu lachen. Der Grund dafür war Alena schleierhaft. „Sie will mich stattdessen mit ihrer Schwägerin verkuppeln." Alena erstarrte. Kim hingegen wirkte amüsiert.

„Vielen Dank, dass Sie unsere Fragen beantwortet haben. Wären Sie vielleicht so freundlich, Jogar in ein paar Minuten zu uns zu schicken?", presste Alena hervor, die sich nur mühsam beherrschen konnte.

„Natürlich." Es gelang Kim nicht, ihr Grinsen zu verbergen, als sie beiden die Hand reichte und dann den Raum verließ.

„Spinnst du? Was sollte das eben?", herrschte Alena Merin an, sobald Kim verschwunden war. Seine Augen glitzerten. „Ist doch nur die Wahrheit."

„Ich will dich doch nicht mit Plinia verkuppeln!"

„Ach so? Das sah vorhin aber noch ganz anders aus." Merin wirkte immer noch belustigt, doch sein Blick war ernster geworden.

„Blödsinn! Es war meine Schuld, dass du nicht zu der Verabredung gehen konntest. Ich habe nur versucht, wiedergutzumachen, was ich kaputt gemacht habe."

„Vielleicht wollte ich ja gar nicht, dass du es wieder gut machst!"

Für einen Moment war Alena perplex. Merin schaute zur Seite und sagte nichts mehr. Aus Verlegenheit? Bereute er schon, was ihm herausgerutscht war? Endlich wandte er sich ihr wieder zu, um etwas zu sagen, als die Tür geöffnet wurde.

Beide zuckten zusammen. Alena verwünschte Jogar, der genau im falschen Augenblick gekommen und sich dessen nicht einmal bewusst war.

„Wir sprechen später darüber", flüsterte sie Merin zu, bevor sie all ihre Gedanken wieder auf den Fall und das nächste Gespräch konzentrierte. Oder es zumindest versuchte.

Da Alena mit Jogar schon auf der Feier gesprochen hatte, ließ sie nun einige Fragen aus. Er hingegen schien sich zu Alenas Erleichterung nicht mehr an das Gespräch zu erinnern und daran, dass sie sich als eine Freundin Sarillas ausgegeben hatte. Oder falls er sich dessen bewusst war, ließ er sich nichts anmerken. Als sie auf Jogars Liebesleben zu sprechen kamen, blieb er gelassen.

„Das musste ja kommen", seufzte er. „Ich habe es mir natürlich selbst zuzuschreiben. Ja, ich habe Sarilla betrogen. Mit mehreren

Frauen", gab er bereitwillig zu. „Erst ihr Tod hat mir klargemacht, wie viel sie mir bedeutet hat. Ich bereue jetzt, was ich getan habe."

„Aber Sie treffen sich noch mit den anderen Frauen?", fragte Merin. Jogar schüttelte vehement den Kopf. „Nein! Seit … seit Sarilla gestorben ist, kann ich nicht … Es wäre ein Verrat ihr gegenüber." Seine Augen wurden feucht.

„War eine ihrer Ex-Geliebten blond und jung?", wollte Merin wissen. Jogar dachte kurz nach.

„Ja, eigentlich alle."

Alena stöhnte auf. „Klischee", murmelte sie

„Na ja, ich mag halt blond", meinte Jogar verlegen. „Aber warum fragen Sie mich das?" Weder Merin noch Alena antworteten ihm.

„War eine von ihnen eifersüchtig?", fragte Merin weiter.

„Eifersüchtig?", fragte Jogar verdutzt. „Auf wen?"

„Auf Sarilla", sagte Merin geduldig.

„Nein, sicher nicht. Da waren keine tiefen Gefühle im Spiel. Das war nur Spaß."

„Wo haben sie diese Frauen kennengelernt?"

„Auf Dinnerveranstaltungen, Bällen, sonstigen Feiern. Davon gibt es ja genug."

„Sie hatten also noch nie eine Beziehung zu einer Frau, die nicht aus der höheren Gesellschaft kam?", hakte Alena nach. Jogar verneinte. Alena und Merin verabschiedeten sich von ihm und verließen zusammen mit ihm den Saal. Vor der Tür blieben sie zurück, während Jogar sich auf den Nachhauseweg machte.

„Alle sollen blond gewesen sein?", meinte Alena zweifelnd.

Merin lachte. „Das scheint dich ja zu beschäftigen. Wärst du auch lieber blond?"

Alena ging nicht auf die Stichelei ein. „Worauf ich hinauswill, ist, dass es nur wenige Blondinen in Melante gibt. Die meisten Menschen sind dunkle Typen."

„Stimmt. Aber wenn man gezielt nach seinen Vorlieben sucht, wird man schon fündig."

„Ich verstehe gar nicht, was all diese Frauen an ihm finden. Er ist nicht mehr der Jüngste, und besonders gut sieht er auch nicht aus."

Sie unterbrachen ihr Gespräch, als Plinia auf sie zukam und sie nach den Ergebnissen der Gespräche fragte. Ihr Gesicht war angespannt, doch in ihren Augen blitzte Neugier auf.

„Wir können uns jetzt ein besseres Bild von Sarilla machen", antwortete Alena vage. Als sie nichts weiter sagte, fragte Plinia etwas enttäuscht, ob sie noch zu einem Kaffee bleiben wollten. Dabei schielte sie in Merins Richtung. Alena lehnte dankend ab, weil sie noch arbeiten musste. Außerdem hatte sie nicht die geringste Lust, zusammen mit Plinia Kaffee zu trinken. Merin erklärte, er habe leider ebenfalls keine Zeit. Nachdem Alena die Empfangsbestätigung unterschrieben hatte, überreichte Plinia ihr das Honorar, das ihr für die Untersuchungen von Sarillas Leiche zustand. Alena zählte ab, wie viel von dem Geld sie entbehren konnte, und gab den Betrag Merin. Dieser protestierte, doch davon wollte Alena nichts hören. Das Geld stand ihm zu. Danach geleitete Plinia sie beide zur Tür. Das Lächeln, das sie beim Abschied aufsetzte, wirkte gezwungen.

Alena wartete, bis sie sich ein paar Schritte vom Haus entfernt hatten, bevor sie Merin auf vorhin ansprach. In der Zwischenzeit hatte sie sich beruhigt und ihre Gedanken etwas ordnen können.

„Ehrlich gesagt verstehe ich dich nicht. Warum hast du dich mit Plinia verabredet, wenn du dir gar nicht sicher bist, ob du das willst?"

„Weiß nicht", sagte Merin achselzuckend. Die Heiterkeit war aus seinen Zügen gewichen. „Sie hat mich gefragt und irgendwie … Sie ist eine schöne Frau." Alena stimmte ihm im Stillen zu, leicht verbittert. Warum nur spielte Schönheit immer eine so große Rolle? Sie fragte sich, ob sie auch in Merin verliebt wäre, wenn er hässlich aussähe. Vermutlich nicht, gestand sie sich ein. Wenigstens war sie sich sicher, dass das Aussehen in ihren Augen nicht das Wichtigste war. Sie kannte viele schöne Männer, in die sie sich niemals verlieben würde. Domengo zum Beispiel.

„Aber ich habe mir nochmals Gedanken gemacht", fuhr Merin fort. „Vor allem, als du im Krankenhaus lagst. Ich weiß, das klingt jetzt bescheuert", seine Ohren wurden rot, „Aber ich hatte auf einmal das Gefühl, dass es keine gute Idee ist, Plinia zu treffen. Nicht, bis ich weiß, ob ... Na ja, ob du etwas für mich empfindest."

Alena glaubte zu träumen. „Du weißt nicht, ob ich etwas für dich empfinde?" Sie musste lachen. „Ich dachte, das sei offensichtlich."

Augenblicklich entspannte sich Merins Miene. Er lächelte. Sein Anblick löste in Alena eine seltsame Schüchternheit aus, gleichzeitig hatte sie das Bedürfnis, mit ihren Fingern seine Gesichtszüge nachzuzeichnen. Mittlerweile folgten sie der Straße, die sie in die äußeren Stadtkreise brachte.

„Aber ich bin mir nicht sicher, ob das funktioniert", gab Merin zu. Seine Worte versetzten Alenas luftiger Freude einen gewaltigen Dämpfer.

„Oh", flüsterte sie.

„Ich weiß, dass ich etwas für dich empfinde", beeilte sich Merin zu versichern. „Aber ich habe noch nie eine ernsthafte Beziehung gehabt. Und wie ich dich einschätze, kommt für dich nichts anderes infrage."

Seine Ehrlichkeit beeindruckte Alena. Sie versuchte sich vorzustellen, wie es wäre, sich mit Merin auf etwas Unverbindliches einzulassen. Besser als nichts, war ihr erster Gedanke. Doch die Vorstellung, dass Merin auch andere Frauen treffen würde, fand sie unerträglich. Sie wäre rasend vor Eifersucht.

„Du hast recht", stimmte sie Merin zu. „Ich bin ein Beziehungsmensch." Sobald sie das Wort ausgesprochen hatte, verzog sie das Gesicht, weil es so dämlich klang.

Merin lächelte wehmütig. „Dann werde ich mich zusammenreißen. Bis ich mir absolut sicher bin, dass ich dir das geben kann, was du willst."

Alena hoffte inständig, dass Merin sich irgendwann sicher sein würde. Und dass seine Gefühle bis dahin nicht erkalteten.

„Als ich dich zum ersten Mal gesehen habe, dachte ich mir schon, dass du ein Aufreißertyp bist. Beim Mitternachtstanz findet man keine seriösen Männer", neckte sie ihn, um die Stimmung aufzulockern.

Merin grinste. „Seriöse Männer sind langweilig", verteidigte er sich.

„Wie machen die Elfen das eigentlich?", fragte Alena. Merin schaute sie verwirrt an; er konnte dem schnellen Themenwechsel nicht folgen. „Hä? Wovon redest du?"

„Ich habe mich schon lange gefragt, wie die zwölf Elfen sich nach dem Tanz in Luft auflösen", erklärte sie.

„Dafür, dass du so unschuldig tust, weißt du ja ziemlich genau, was beim Mitternachtstanz abläuft", zog Merin sie auf. Alena verdrehte die Augen, konnte aber nicht verhindern, dass sie rot wurde. „Also, Herr Superschlau, wie stellen sie es an?"

„Elfen können sich für unsere Augen irgendwie unsichtbar machen. Nicht für lange, höchstens für ein paar Minuten. Es ist kompliziert und braucht viel Magie. Wie es ganz genau funktioniert, ist noch immer nicht klar. Soweit ich weiß, werden zurzeit Forschungen darüber gemacht."

„Davon habe ich noch nie gehört", sagte Alena überrascht.

„Du studierst auch nicht Magiewissenschaften", konterte Merin. Alena schwieg beeindruckt und stellte sich vor, was für Vorteile es hatte, sich unsichtbar zu machen. Man könnte sich in einer brenzligen oder peinlichen Situation unbemerkt aus dem Staub machen.

Stumm ihren Gedanken nachhängend, legten sie den ganzen Weg zu Merins Wohnung zu Fuß zurück. Dort konnten sie sich ungestört über die Befragungen austauschen und weitere Schritte planen; in ihre eigene Wohnung wollte Alena vorläufig nicht zurückkehren, nicht einmal in Merins Begleitung. Außerdem lag Merins Wohnung sehr nahe bei der Stelle, an der sich das blonde Traummädchen manchmal aufhalten sollte.

Merins Vermieterin, die gerade den Eingang wischte, als sie kamen, betrachtete Alena eingehend. „Warst du nicht schon mal hier?", fragte sie.

„Ja." Alena wusste nicht, worauf die hinauswollte. Doch die Alte stieß nur ein heiseres Lachen aus und trat zur Seite, um sie vorbei zu lassen. Beim Hinaufklettern der Leiter musste Alena immer beide Füße auf eine Sprosse setzen, da sie sich nur mit der linken Hand festhalten konnte. In der Wohnung nahmen Alena und Merin sich wieder auf den Betten einander gegenüber Platz. Die Wohnung kam Alena ein bisschen aufgeräumter vor als das letzte Mal.

„Und – was hältst du von den dreien? Glaubst du, dass alle die Wahrheit gesagt haben?", fragte Alena, um einen sachlichen Ton bemüht.

„Schwierig zu sagen. Am wenigsten schlau werde ich aus Jogar. Zu Lebzeiten hat er Sarilla nach Strich und Faden betrogen, und jetzt ist er auf einmal geläutert? So ganz kaufe ich ihm das nicht ab."

Alena kaute nachdenklich auf ihrer Unterlippe. „Stimmt schon. Aber falls er lügt, ist er ein sehr guter Schauspieler. Interessant fand ich, was Kim uns erzählt hat. Dass Sarilla sich überall eingemischt hat."

Merin nickte. „Sie war recht aufgebracht deswegen. Glaubst du, Sarilla hat das auch bei ihr gemacht? Hat sie herausgefunden, dass Kim eine Affäre hatte?"

„Kann ich mir irgendwie nicht vorstellen", sagte Alena. „Kim ist doch total vernarrt in ihren Mann. Die beiden sind das perfekte

Paar."

Merin zuckte die Schultern. „Kann auch nur Fassade sein."

„Vielleicht", meinte Alena wenig überzeugt. „Aber worauf ich eigentlich hinauswollte: Vielleicht hat Sarilla ihre Nase zu tief in etwas hineingesteckt, das sie nichts anging. Und jemand hat ihr das sehr übel genommen."

„Könnte das den Ort erklären, an dem ihre Leiche gefunden wurde?", nahm Merin ihren Gedanken auf. „Wollte sie sich dort mit jemanden treffen? Um ihn oder sie zur Rede zu stellen? Oder hat sie jemanden mit ihrem Wissen erpresst?"

„Kein schlechter Gedanke", lobte Alena. „Nur: Wenn Sarilla wirklich eine so hohe Moral hatte, wie alle behaupten, hätte sie doch niemanden erpresst."

„Wer weiß. Vielleicht, wenn sie überzeugt davon war, dass die Person es verdient hätte."

Als Alena darüber nachdachte, kam ihr ein anderer Gedanke.

„Glaubst du eigentlich, dass es Zufall ist, dass Sarilla mit Magie getötet wurde? Wir wissen doch, dass Domengo allen Magiebegabten das Stimmrecht entziehen will. Damit hat er sicher viele von ihnen gegen sich aufgebracht."

„Aber würden sie dann nicht eher Domengo selbst töten?", fragte Merin. „Er ist doch der Politiker, nicht Sarilla."

„Stimmt schon. Aber es ist immer heikel, Politiker zu töten. Das verleiht der Partei oft Aufwind."

„Du glaubst, sie haben stattdessen seine Schwester getötet? Um ihn aus der Bahn zu werfen? Oder um ihn einzuschüchtern?"

„Kann doch sein."

„Wäre möglich. Es lohnt sich wahrscheinlich, das zu überprüfen."

Eine Weile tauschten sie weiter die Eindrücke aus, die Sarillas Angehörige auf sie gemacht hatten. Schließlich kam das Traummädchen zur Sprache. Sie beschlossen, ihren gelegentlichen

Schlafplatz abends abwechselnd zu beobachten. Sie waren so vertieft in ihr Gespräch, dass Alena kaum bemerkte, als Merins Bruder heimkehrte. Erst als dieser neben Merin trat und sich räusperte, hatte er ihre Aufmerksamkeit.

„Hallo, Kleiner", begrüßte Merin seinen Bruder. Leh schnaubte empört.

„Du bist nicht größer als ich!" Das letzte Wort kam hoch und quietschend heraus, klang wie ein schlecht geöltes Rad. Merin lachte. „Solange du im Stimmbruch bist, werde ich dich weiterhin Kleiner nennen."

Leh warf ihm einen finsteren Blick zu, bevor er sich an Alena wandte. „Freut mich, dich wiederzusehen."

„Ganz meinerseits", lächelte Alena.

„Wann gibt es Essen? Es ist schon spät." Leh hatte sich schon wieder seinem großen Bruder zugewandt. Dieser verzog schuldbewusst das Gesicht.

„Tut mir leid, ich habe die Zeit vergessen. Ich fange gleich an zu kochen." Als er Alenas erstaunten Blick sah, erklärte er: „Am Donnerstag- und am Sonntagabend essen wir immer zusammen zu Abend. Heute bin ich dran mit Kochen."

Das ließ Alena stutzig werden. „Leh hat mir bei unserer ersten Begegnung erzählt, dass man nie weiß, wann du wieder auftauchst." Die beiden Brüder warfen sich einen verlegenen Blick zu. „Das sage ich immer, wenn eine Frau nach Merin fragt", gab Leh zu. Alena erinnerte sich daran, dass Leh ihr Merins Aufenthaltsort erst verraten hatte, sobald klar gewesen war, dass sie Merin einen Auftrag hatte anbieten wollen.

„Hast du wirklich gedacht, ich wäre eine seiner Eroberungen?", fragte Alena Leh ungläubig. „Ich war mir ja nicht mal sicher, ob *du* Merin bist."

„Das war wie ein Reflex", verteidigte sich Leh. „Und ich habe dir ja nachher gesagt, wo Merin steckt."

„Jedenfalls bin ich wirklich viel unterwegs", warf Merin eilig ein, offensichtlich darum bemüht, das Thema zu wechseln. „Aber meinem Bruder zuliebe versuche ich, etwas Beständigkeit in mein Leben zu bringen."

Für einen Moment herrschte Schweigen. „Na dann, viel Spaß beim Essen", wünschte Alena und wollte aufstehen.

„Warum bleibst du nicht? Du kannst doch mitessen", schlug Leh vor.

Alena warf Merin einen unsicheren Blick zu.

„Klar", bestätigte dieser lächelnd. „Wie ich dich kenne, hast du wahrscheinlich sowieso vergessen zu essen." Alena errötete. Merin hatte ins Schwarze getroffen.

Während Merin versiert mit Küchenmesser, Schüssel und Pfanne hantierte, verwickelte Alena Leh in ein Gespräch. Er erzählte von der Schule, die er besuchte. Alena wunderte sich, wer das Geld für seine Ausbildung bezahlte, traute sich aber nicht zu fragen. Als sie wissen wollte, ob Leh nach der Schule wie Merin an die Universität wolle, zuckte er verlegen mit den Schultern.

„Wäre schon toll. Aber dazu muss ich einen verdammt guten Schnitt haben." Sogar für die Kinder reicher Eltern war es nicht so leicht, an der Universität aufgenommen zu werden. Für Leute ohne Geld war es fast unmöglich; nur, wenn man außergewöhnlich begabt oder fleißig war, wurde einem die Ausbildung vom Staat bezahlt.

„Dein Bruder hat es auch geschafft", meinte Alena aufmunternd.

Leh lachte. „Ich bin nicht Merin", stellte er klar. „Ich bin wie jeder Normalsterbliche. Ich muss *lernen*, damit ich gute Noten bekomme."

„Hey, ich muss auch lernen!", mischte Merin sich ein, der wohl mit halbem Ohr zugehört hatte.

„Durchlesen ist nicht lernen", sagte Leh zu ihm, bevor er sich wieder Alena zuwandte. „Jedenfalls wird es bei mir knapp. Aber falls ich es schaffe, würde ich gern Bauingenieur werden."

Kurze Zeit später war das Essen fertig. Während Leh und Alena das Gedeck hervorholten, knurrte Alenas Magen. Das Essen roch köstlich. Merin hatte kleine Teigröllchen mit unterschiedlichen Füllungen zubereitet. In einigen war gedünstetes Gemüse, in anderen Pilze und Nüsse, wieder andere enthielten eine Paste, von der Alena vermutete, dass sie aus irgendwelchen Hülsenfrüchten hergestellt worden war. Alena probierte von allen. Die mit dem Gemüse schmeckten ihr am besten. Als sie alles aufgegessen hatten und ihre Bäuche voll waren, lobte Alena Merins Kochkünste. Leh pflichtete ihr bei. „So viel Mühe hast du dir noch nie gegeben", meinte er grinsend, wobei er Alena einen Seitenblick zuwarf.

Sie unterhielten sich noch eine Weile angeregt, bis Merin dem Finger auf eine imaginäre Uhr an seinem Handgelenk tippte. „Musst du nicht langsam los?", fragte er Alena.

Zu dem Haus, das Alena überwachen wollte, waren es weniger als fünf Minuten zu Fuß. Auf der gegenüberliegenden Straßenseite befand sich eine kleine Bar, die ziemlich gut besucht war. Alena wählte einen Platz, von wo aus sie durch eine schmutzige, kleine Fensterscheibe hinausschauen konnte, und bestellte ein Bier. Das Haus gegenüber sah aus, als wäre es erst kürzlich renoviert worden. Von Merin wusste sie, dass es drei Schwestern gehörte, die Traummädchen und Straßenkinder manchmal kostenlos bei sich übernachten ließen.

Bald wurde ihr langweilig und sie zog einen Bogen Papier und eine Feder aus der Tasche. Tinte hatte sie keine dabei, also fragte sie den Wirt danach. Seine brummige Antwort konnte Alena zwar nicht verstehen, doch kurze Zeit später stellte er ein Tintenfass auf ihren Tisch. Alena schrieb einen Brief an Domengo, um ihn um ein Treffen zu bitten. Natürlich war sie sich bewusst, wie merkwürdig das war, schließlich hatte sie ihm erst heute Morgen einige Fragen gestellt.

Doch sie wollte die Idee überprüfen, ob Sarillas Tod etwas mit Domengos Politik zu tun hatte. Wegen ihrer Verletzung musste sie ihre linke Hand benutzen. Sie musste sehr langsam schreiben, damit ihre Schrift einigermaßen lesbar war. Während sie schrieb, hielt sie gleichzeitig die Straße im Auge.

Als sie den Brief fertig hatte, hielt sie nach einem Botenjungen Ausschau. Es dauerte nicht lange, bis sie einen aus einer Gasse treten sah. Hastig stand sie auf und trat vor die Tür, um ihn zu sich zu winken.

„Kannst du den hier für mich liefern?", fragte sie und hielt ihm den Brief unter die Nase.

„Natürlich." Der Junge nahm den Brief entgegen. „Wohin?" Alena schätzte ihn auf elf, vielleicht zwölf Jahre. Sie nannte ihm Domengos Adresse und trug dem Jungen zudem auf, Domengo ihre eigene, derzeitige Wohnadresse mitzuteilen. Sie hatte vergessen, diese auf dem Brief zu notieren.

Nachdem sie in die Bar zurückgekehrt war, ließ sie ihre Gedanken treiben, während sie das Haus beobachtete und hin und wieder an dem Bier nippte. Jedes Mal, wenn sich eine Frau dem Haus näherte, schreckte sie hoch, doch keine von denen, die an die Haustür klopften, hatte blondes Haar, geschweige denn einen Hund, der sie begleitete.

Alena zuckte zusammen, als ihr jemand auf die Schulter klopfte. Es war der Wirt, der ihr auffordernd seine Hand hinhielt; offensichtlich wollte er Schluss machen. Die Bar war inzwischen leer, es war zwei Uhr morgens. Alena bezahlte das Bier, das noch halb voll war, und trat auf die Straße. Dank einer Laterne war sie hell erleuchtet. Alena überlegte kurz, ob sie das Haus noch länger überwachen sollte, entschied sich aber dagegen. Wenn das Mädchen bis jetzt nicht aufgetaucht war, würde sie das heute wohl nicht mehr tun.

Als sie sich in Bewegung setzte, merkte sie erst, wie müde sie war.

Merin hatte ihr beim Abendessen angeboten, später bei ihnen zu übernachten, um nicht mitten in der Nacht den ganzen Weg zu Melissas Haus zurückgehen zu müssen. Alena hatte abgelehnt, weil sie sich nicht vorstellen konnte, dass drei Personen in der kleinen Wohnung Platz hatten. Außerdem wollte sie versuchen, etwas Abstand zu Merin zu gewinnen, bis er sich entschieden hatte.

Jetzt kam ihr sein Vorschlag allerdings viel besser vor als noch vor ein paar Stunden. Weit und breit war nirgends eine Droschke zu sehen und mit der Dunkelheit war die Temperatur rapide gesunken. Sie ging zu Merins Wohnung und blieb unschlüssig davor stehen. Es brannte noch Licht in der Wohnung. Ein paar Minuten blieb Alena vor der Wohnung stehen und rang mit sich. Schließlich suchte sie am Boden ein paar Kieselsteine zusammen und warf einen hoch ans Fenster. Sie wollte die Vermieterin nicht um diese Zeit aus dem Schlaf reißen. Nach dem zweiten Stein öffnete Merin das Fenster und streckte seinen Kopf hinaus.

„Alena?", fragte er unsicher. Die nächste Laterne war ein Stück entfernt, sie stand im Dunkeln.

„Ja", sagte sie leise. „Tut mir leid, ich weiß, ich hab gesagt, ich komme nicht, aber –"

„Kein Problem", unterbrach Merin sie. „Ich komme und mache dir auf."

Durch die offene Falltür drang genügend Licht, um die Sprossen beim Hinaufklettern zu erahnen. Alena hoffte, dass die Vermieterin in ihrem Schlafzimmer nicht durch die Geräusche geweckt wurde. Als sie in der Wohnung waren, sah Alena Leh in seinem Bett liegen. Er atmete langsam und regelmäßig. Das Licht der Öllampe schien ihn beim Schlafen nicht zu stören. Auf Merins Bett lag ein dickes Buch, das in der Mitte geöffnet war. Alena drehte es um, um den Titel zu lesen. *Flüche – Nachweis und Auswirkungen.*

„Ich habe morgen eine Prüfung und habe etwas spät mit Lernen begonnen", erklärte Merin.

„Was heißt spät?", fragte Alena stirnrunzelnd.

„Heute."

„Musst du das ganze Buch können?", fragte sie bestürzt. Das Buch war auf Seite 403 aufgeschlagen, und das ganze Buch hatte bestimmt mehr als siebenhundert Seiten.

„Nein, nein. Nur noch etwa fünfzig Seiten." Er nahm das Buch vom Bett und setzte sich damit auf den Boden. „Leg dich nur hin. Ich werde bei Leh schlafen. Oder vielleicht doch nicht", fügte er hinzu, nachdem er einen Blick auf Leh geworfen hatte. Dieser hatte sie so ausgebreitet, dass auf seinem Bett kein Platz mehr war.

„Dein Bett ist ja groß genug für zwei. Macht mir nichts aus", sagte Alena. Sie bemühte sich, sich ihre Verlegenheit nicht anmerken zu lassen. „Solange es dir nichts ausmacht."

„Nein, nein, kein Problem. Und ich behalte meine Kleider auch an", versprach er augenzwinkernd. Während er sich wieder seiner Lektüre zuwandte, zog Alena ihre Schuhe aus und lehnte sich im hinteren Teil des Bettes an die Wand. Erst dachte sie, sie werde diese Nacht wohl kein Auge zu bringen. Doch nach etwa einer halben Stunde siegte ihre Müdigkeit und sie schlief ein. Sie erwachte kurz, als Merin etwas später ebenfalls ins Bett kam. Er bemühte sich, sie nicht zu berühren und legte sich so hin, dass sein Gesicht von ihr abgewandt war.

Als Alena am nächsten Morgen erwachte, wusste sie sofort, wo sie war. Ein Blick auf die Uhr sagte ihr, dass es erst sechs Uhr war. Merin und Leh schliefen noch. Vorsichtig kletterte sie über Merin, der inzwischen auf dem Rücken lag, und ging in das kleine Badezimmer.

Neben einer Toilette und einigen Wasserflaschen, um sich die Hände zu waschen, befand sich darin ein Spiegel. Er war recht hoch an der Wand angebracht, sodass Alena nur knapp ihr Gesicht betrachten konnte. Wie erwartet sah sie schrecklich aus. Ihre Locken standen wirr vom Kopf ab, ihre Schminke hatte sich über Nacht verschmiert und zog schwarze Striemen durch ihr müdes, fahles Gesicht. Mit etwas Wasser wusch sie sich das Gesicht und machte ihre Haare so nass, dass sie sie mit den Fingern einigermaßen nach unten kämmen konnte.

Die beiden Brüder schliefen auch noch, als sie zurückkehrte. Alena fand, dass sie sich schlafend ähnlicher sahen. Als sie Merins Gesicht betrachtete, verspürte sie den Impuls, es zu berühren. Sanft strich sie ihm mit einem Finger über die Wange, bevor sie die Falltür öffnete und ging.

**Kapitel 7**

*Freitag*

„Freut mich, Sie wiederzusehen." Mit einem breiten Lächeln schüttelte Domengo Alena die Hand. Die linke natürlich, da noch immer ein Verband ihre rechte zierte. Melissa hatte recht, dachte Alena. Domengo sah wirklich gut aus. Kaum zu glauben, dass ein Mann mit einem so charmanten Lächeln ein so radikaler Politiker sein konnte. Im Gegensatz zu gestern schien er in guter Stimmung zu sein. Vielleicht lag es daran, dass heute Freitag war und nur noch wenige Stunden ihn vom Wochenende trennten.

„Mich auch." Alena setzte sich auf die andere Seite von Domengos Schreibtisch. Als Stadtrat hatte er ein eigenes Büro im Parlamentsgebäude. Da er zurzeit viel zu tun hatte – vor allem, weil er sich bereits gestern wegen Alenas und Merins Befragung ein paar Stunden freigenommen hatte – hatte er Alena vorgeschlagen, ihn während seiner Mittagspause aufzusuchen; sie war am Morgen gerade zu Melissas Haus zurückgekehrt, als ein Bote ihr die Nachricht überbracht hatte.

„Es hat mich überrascht, schon wieder von ihnen zu hören, da wir schon gestern das Vergnügen hatten." Domengo biss herzhaft in einen gefüllten Maisfladen, der noch dampfte. Hatte er sich den erst geholt oder hatte ihn ihm jemand gebracht? Der verführerische Duft ließ Alenas Magen knurren.

„Das stimmt. Uns ist am Abend aber noch etwas eingefallen, das ich überprüfen möchte. Eigentlich ist es gar nicht so dringend, aber ich wollte Sie möglichst rasch um eine Unterredung bitten, weil ich weiß, wie viel Sie zu tun haben. Ich hätte nicht gedacht, dass Sie so schnell die Zeit finden würden."

Domengo lachte wohlwollend. „Schon gut, sollte kein Vorwurf sein. Was für ein Gedanke ist Ihnen denn gekommen?"

„Vielleicht klingt es etwas merkwürdig", sagte Alena, „Aber haben

Sie schon einmal Drohungen erhalten?"

Domengo wirkte überrascht. „Wie kommen Sie darauf?"

„Na ja, Sie sind ein bekannter Politiker, und die Themen, denen sie sich hauptsächlich widmen … polarisieren. Da kann so etwas doch vorkommen."

„Ehrlich gesagt, ja. Ich habe schon Drohbriefe erhalten. Hasserfülltes, lächerliches Geschwafel. Nicht ernst zu nehmen." Er fuhr sich mit der Hand durch sein schwarzes Haar. „Aber Sie ermitteln doch im Mordfall meiner Schwester. Was hat das damit zu tun?"

„Ihre Schwester wurde mit Magie getötet", erklärte Alena. „Und Sie sind die treibende Kraft einer Initiative, die Magiebegabten ihr Stimmrecht entziehen will. Ich nehme an, Sie haben sich damit unter den Feen und anderen Magiebegabten viele Feinde gemacht."

„Dieses Pack!", keuchte Domengo, sobald er begriff, worauf Alena anspielte. Seine Augen waren so dunkel, als hätte sich ein Schatten über sie gelegt. „Die haben meine Schwester ermordet?" Die Adern an seiner Stirn traten sichtbar hervor, seine Hände zitterten.

„Beruhigen Sie sich!" Mit einer so heftigen Reaktion hatte Alena nicht gerechnet. „Das ist nur eine vage Idee, mehr nicht. Wir wissen noch viel zu wenig." Vielleicht hätte sie Domengo doch besser nichts von ihrem Verdacht erzählen sollen, ging es ihr durch den Kopf. Am Ende benutzte er ihn noch für eine Politikkampagne.

Domengo atmete ein paarmal tief ein und aus. „Aber warum sollten die … Das ergibt doch keinen Sinn! Wieso haben sie Sarilla getötet? Warum nicht mich?", sagte er, sobald er sich etwas beruhigt hatte.

„Vielleicht, um Sie einzuschüchtern. Um ihnen zu zeigen, dass jedem, der Ihnen etwas bedeutet, dasselbe passieren könnte wie Sarilla. Damit Sie sich deshalb von ihrer Initiative distanzieren. Ihr eigener Tod könnte das genaue Gegenteil bewirken und der Initiative neuen Auftrieb geben." Alena schaute ihm fest in die Augen. „Aber ehrlich: Das ist nur eine Theorie. Eine von mehreren, die wir verfolgen. Gut möglich, dass Sarillas Tod überhaupt nichts mit ihren politischen Aktivitäten zu tun hat."

Domengos Miene war unverändert; Alena wusste nicht, ob sie zu ihm durchgedrungen war. „Können Sie uns die Drohbriefe geben, die Sie erhalten haben?", fragte sie. Sie hoffte inständig, dass Domengo sie nicht verbrannt hatte. Den Fehler machten leider viele. Zu ihrer Erleichterung öffnete er wortlos seine Schreibtischschublade und wühlte darin herum, bis er zwei Briefe zutage beförderte.

„Wann haben Sie die Briefe erhalten?", erkundigte sie sich. Domengo dachte kurz nach.

„Den hier", er hielt den längeren Brief hoch, „Vor etwa zwei, drei Wochen. Den anderen … keine Ahnung. Schon länger her. Vielleicht vor einem halben Jahr."

„Und wie haben Sie die Briefe bekommen?"

„Den vor einem halben Jahr hat mir jemand unter der Haustür durchgeschoben. Meine Frau hat ihn gefunden – oder das Dienstmädchen, ich weiß es nicht mehr. Den anderen habe ich hier am Arbeitsplatz gefunden, ebenfalls vor der Tür." Alena bedankte sich. Auf ihre Bitte hin überließ er ihr die Briefe zur Untersuchung. Als sie sich verabschiedeten, wirkte er noch immer aufgewühlt. Alena hoffte inständig, dass er sich bald wieder beruhigen würde.

Schnellen Schrittes ging Alena durch das noble Quartier, indem sie zurzeit wohnte. Sie war auf dem Weg zu Merin. Eigentlich hatte sie schon früher zu ihm gehen und ihm ihre neusten Erkenntnisse mitteilen wollen, doch sie hatte Melissa und ihren Eltern versprochen, mit ihnen zusammen zu Abend zu essen.

Als sie um eine Ecke bog, stieß sie fast mit Glorian zusammen. Er schien ziemlich in Gedanken versunken zu sein. Sobald er aber erkannte, dass sein Patenkind vor ihm stand, wurde sein Blick scharf.

„Ich muss mit dir reden", sagte er, kaum hatten sie sich begrüßt. Sein ernster Tonfall beunruhigte Alena.

„Worum geht's?"

„Um Merin. Ich weiß, ich war es, der ihn dir empfohlen hat. Aber ich glaube jetzt, dass das keine gute Idee gewesen ist."

„Warum nicht?" Alena hatte ein mulmiges Gefühl im Magen. Was hatte Merin getan, dass Glorian etwas Derartiges sagte?

„Es ist ja schön und gut, wenn er dir hilft. Aber in erster Linie ist er immer noch Student. Student an meiner Universität. Und verflucht, nicht irgendein Student! Er könnte es wirklich weit bringen."

„Worauf willst du hinaus?" Alena hatte keine Ahnung, wovon Glorian sprach.

„Er hat heute verschlafen." Im ersten Moment begriff Alena nicht. Dann fiel es ihr wie Schuppen von den Augen.

„Die Prüfung?", keuchte sie auf. Glorian nickte.

„Oh nein! Was … Kann er sie wiederholen? Oder …"

„So schlimm ist es nicht", wiegelte Glorian ab. „Er hat zum Glück nicht die ganze Prüfung verschlafen. Die Prüfung dauert zwei Stunden und Merin ist zwanzig Minuten zu spät gekommen."

Alena atmete erleichtert auf. „Dann wird er also durchkommen?"

„Ja. Wahrscheinlich wird er nicht mal schlechter sein als sonst. Aber darum geht es nicht!" Auf Glorians Wangen erschienen rote Flecken. So aufgebracht hatte Alena ihn noch nie erlebt, er war sonst die Ruhe selbst. „Merin war schon immer ein recht fauler Student. Sein Talent hat ihn aber immer gerettet. Bis jetzt. Wenn er in Zukunft noch weniger für sein Studium macht, werden seine Noten zwangsläufig schlechter werden. Und das kann er sich nicht leisten! Denn sonst wird ihm sein Stipendium entzogen."

Alena schluckte, dann nickte sie. „Ich verstehe." Sie schaute Glorian ernst an, damit er merkte, dass sie den Ernst der Lage wirklich begriffen hatte. Glorian entspannte sich etwas.

„Gut. Er hat mir erst nicht sagen wollen, weshalb er zu spät gekommen ist. Aber ich habe es dann doch aus ihm herausbekommen. Er hat sich viel zu viel mit diesem Fall beschäftigt." Als Glorian das sagte, fiel Alena zum ersten Mal auf, wie recht er hatte. Merin hatte diese Woche wirklich sehr viele Stunden mit ihr zusammengearbeitet.

„Ich werde mit ihm reden", versprach Alena.

„Wir haben eine Abmachung." Wie immer aufgrund des Platzmangels hatten sie sich in Merins Wohnung auf die Betten einander gegenüber gesetzt.

„Du hast versprochen, mich an diesem Mordfall mitarbeiten zu lassen." Merins Stimme klang seelenruhig, doch seinem Blick konnte Alena nicht standhalten. Stattdessen musterte sie die Bratpfanne, die hinter der Kochnische an der Wand hing. Die Kochnische war wieder blitzblank sauber. Alena fiel ein, dass sie gestern gar nicht beim Abwasch geholfen hatte, obwohl Merin schon für alle gekocht hatte.

Alena zwang sich, erneut in Merins kalte, blaue Augen zu schauen.

„Und das habe ich auch getan", sagte sie. „Du hast mir sehr geholfen, wirklich. Danke dafür. Aber ich kann nicht zulassen, dass du von der Uni fliegst, weil du für mich gearbeitet hast, statt zu lernen."

„Das ist nicht deine Entscheidung." Merin war etwas lauter geworden.

„Verdammt, Merin, versuch doch, mich zu verstehen!" Frustriert rang sie die Hände. „Natürlich würde ich gern mit dir weiterarbeiten. Aber nicht, wenn der Preis dafür ist, dass du dein Stipendium verlierst!"

Merins Blick wurde weicher. „Ich werde schon nicht durchfallen", meinte er zuversichtlich. „Wie wär's mit einem Kompromiss? Ich arbeite einfach nur noch wenige Stunden an dem Fall."

Alena überlegte, ob Merins Vorschlag vernünftig war, obwohl sie eigentlich bereits wusste, dass sie ihn ohnehin annehmen würde. Natürlich wollte sie weiterhin mit ihm arbeiten und ihn nicht noch mehr verärgern.

„Wie viele Prüfungen hast du noch?", fragte sie.

„Nur noch zwei. Eine morgen, die andere am Montag. Und dann beginnen schon die Semesterferien." Erst war Alena erstaunt, dass Merin morgen eine Prüfung hatte; immerhin war dann Samstag. Doch dann erinnerte sie sich, dass sie selbst auch einmal eine Prüfung am Samstag gehabt hatte. Wegen der vielen Prüfungen war es der Universität nicht möglich, alle Termine an Arbeitstagen festzulegen.

„Gut. Das heißt, du wirst heute und übermorgen Abend auf keinen Fall Wache stehen." Wenn er ihretwegen noch einmal verschlafen würde, würde Glorian ihr den Kopf abschlagen. Und sie selbst würde ihm die Axt in die Hand drücken.

„Dann musst du jetzt aber zwei Nächte hintereinander das Haus bewachen", wandte Merin ein.

„Na und? Das macht mir überhaupt nichts aus", behauptete Alena. In Wirklichkeit steckte ihr die Müdigkeit nach den wenigen Stunden Schlaf letzte Nacht noch immer in den Knochen.

Merin dachte kurz nach und nickte dann. „In Ordnung. Aber ich will nicht, dass du mich aus dem Fall ausschließt. Wenn ich etwas nicht mitkriege, musst du es mir erzählen."

„Das versteht sich von selbst. Übrigens war ich genau deswegen ursprünglich auf dem Weg zu dir." Alena war froh, das Thema wechseln zu können. Erst erzählte sie ihm von ihrem Besuch bei Domengo und ihrem Vorhaben, die Briefe möglichst bald genauer unter die Lupe zu nehmen. Merin hörte aufmerksam zu und nickte zustimmend. „Außerdem habe ich endlich herausgefunden, wem das

Haus gehört!", fügte Alena hinzu.

„Das Haus, in dem Sarilla ermordet wurde? Hat sich der Mann von der Verwaltung also doch noch bei dir gemeldet?"

„Nein." Alenas Miene verdüsterte sich. „Mir ist vorhin ein Gedanke gekommen. Ich glaube, es war kein Zufall, dass der Kerl mit dem Messer kurz nach meinem Besuch auf dem Amt aufgetaucht ist."

„Was meinst du?", fragte Merin stirnrunzelnd.

„Du weißt ja, dass ich von jemandem verfolgt wurde, nachdem ich mich im Haus an der Kreuzgasse umgesehen habe. Später, als ich nach dem Besitzer des Hauses gefragte habe, wollte der Mann auf dem Amt mir den auf keinen Fall nennen. Und als ich hartnäckig geblieben bin, hat er nach meiner Adresse gefragt", erklärte Alena.

„Du meinst", sagte Merin, dem es langsam dämmerte, „dass er nur nach deiner Adresse gefragt hat, um sie weiterzugeben? Wahrscheinlich an den Hausbesitzer? Und dass der Typ mit dem Messer deshalb bei dir zu Hause aufgekreuzt ist?"

Alena nickte. „Genau. Das Haus soll übrigens einem recht einflussreichen Verbrecher von der Ngarka gehören. In ihm finden wichtige Besprechungen, Übergaben von Drogen, Waffen, Geld und Ähnliches statt. Ich vermute, deshalb hat es sie gestört, dass ich mich so für das Haus interessiert habe."

Merin schwieg einen Augenblick, dann fuhr er plötzlich auf. „Das erklärt auch die Schutzzauber um das Haus, die Karrott erwähnt hat. Sie lassen kein Geräusch nach außen dringen. So kann niemand belauschen, was für Geschäfte dort drinnen abgewickelt werden." Er sah Alena neugierig an. „Aber woher weißt du das mit dem Haus?"

„Ich habe meine Quellen", antwortete Alena vage. Durch ihre Arbeit war sie den einen oder anderen Kleinkriminellen begegnet, die sie für einen angemessenen Betrag mit Informationen versorgten. Heute Morgen hatte sie verschiedene von ihnen aufgesucht, bis ihr schließlich ein alter Dieb namens Lungo hatte helfen können. Jedoch hatte sie versprochen, die Namen ihrer Informanten niemals preiszugeben, und daran würde sie sich halten. Sie fürchtete, dass Merin dies als Zeichen mangelnder Kooperationsbereitschaft deuten könnte, doch er schien zu verstehen.

„Jedenfalls wurde mir geraten, mich in Acht zu nehmen. Dieser Zorbas soll gefährlich sein."

Merin erbleichte. Er öffnete den Mund, schloss ihn wieder.

„Zorbas?", brachte er endlich hervor.

„Ja. Das ist der Name dieses Kriminellen. Dem das Haus gehört." Alena warf ihm einen unsicheren Blick zu. „Kennst du ihn?"

„Natürlich! Ich bin erstaunt, dass du ihn nicht kennst. Er ist eine Art Verbrecherkönig, eines der ganz hohen Tiere. Er ist das *Oberhaupt* der Ngarka!" Merin hatte seine Stimme gesenkt, flüsterte nur noch.

So etwas hatte Alena sich schon gedacht; immerhin war sie verfolgt und bedroht worden. Trotzdem flößten Merins Worte und vor allem seine Miene ihr Angst ein. Warum nur hatte sie diesen Fall angenommen? Sie wollte sich auf keinen Fall mit der Ngarka anlegen.

„Aber ich kann doch jetzt nicht aufhören zu ermitteln!" Ihre eigene Stimme klang fremd in den Ohren. Irgendwie unsicher, hilflos.

Merin wechselte zaghaft das Bett und ließ sich links neben Alena nieder.

„Das musst du auch nicht." Tröstend legte er ihr einen Arm um die Schultern. „Aber du musst vorsichtig sein. Und auf keinen Fall in nächster Zeit wieder zu diesem Haus gehen! Versprich mir das!"

Alena legte ihren Kopf auf seine Schulter. Sie spürte, wie ihr Herz schneller zu schlagen begann.

„Ich verspreche es."

Alena bezog an diesem Abend in derselben Bar und auf demselben Platz Wache wie in der Nacht zuvor. Statt eines Biers bestellte sie sich dieses Mal ein Glas gewürzter Orangenwein. Die ersten Stunden verliefen erfolglos. Die Dunkelheit wurde zunehmend undurchdringlicher, Alenas Blick apathischer.

Ein plötzliches Bellen ließ sie hochschrecken. Im Licht der Laterne sah sie, wie sich zwei Gestalten dem Haus näherten, das sie beobachtete. Dicht an das Bein der einen Person drängte sich ein großer Hund, der einen jungen Mann vor der Bar anbellte, in dem er wohl eine Bedrohung sah. Hastig stand Alena auf, legte ein paar Münzen auf den Tisch und stürmte hinaus. Auf der Straße ging sie betont langsam auf die beiden Gestalten zu. Als diese sich dem Lichtschein noch mehr näherten, konnte Alena zwei junge Frauen erkennen. Diejenige, der der Hund zu gehören schien, hatte helles Haar.

„Hallo", grüßte Alena, worauf sie von beiden misstrauische Blicke erntete. „Ich muss mit dir reden." Mittlerweile trennte sie noch höchstens ein Meter von den beiden Frauen. Sie trugen keine Schuhe und schäbige, weite Kleider, auf denen große Schmutzflecken prangten. Haare und Gesicht wirkten hingegen recht sauber und gepflegt; Alena konnte sogar ausmachen, dass die Blonde recht stark geschminkt war. Im Gegensatz zu ihrer unscheinbaren Begleiterin zog sie alle Blicke der Männer auf sich, die an den Tischen vor und in der Bar Platz genommen hatten. Die reine, bleiche Haut und die auffallend großen, blauen Augen verliehen ihr etwas Fremdländisches und Apartes.

„Wer schickt dich?" Die Stimme der Frau – das *Mädchen*, als das Karrott sie bezeichnet hatte, war sie schon eine Weile nicht mehr – klang forsch, doch Alena konnte die Angst in ihrem Blick und an ihrer Hand erkennen, die sich krampfartig in das Nackenfell ihres Schäferhundes gekrallt hatte. Auch der Hund schien die Furcht seiner Herrin zu spüren und begann, Alena bedrohlich anzuknurren.

„Zorbas", flüsterte Alena. Sie wusste, dass der Bluff riskant war.

Doch wenn die Frau diejenige war, die Karrott in Zorbas Haus gesehen hatte, lag die Vermutung nahe, dass sie etwas mit ihm zu tun hatte, vielleicht für ihn arbeitete. Alena vertraute darauf, dass die Frau nicht alle von Zorbas Gehilfen und wahrscheinlich nicht einmal ihn persönlich kannte, wenn er eine derart wichtige Position innehatte. Und dass sie zu viel Respekt oder Angst vor Zorbas hatte, um Alena nach Einzelheiten zu fragen.

„Zorbas?" Ihre Stimme zitterte. „Ich dachte, nach dem letzten Geschäft ..." Ihre Begleiterin stieß sie mit dem Ellbogen an, und sie biss sich auf die Lippe. „Ich meine, was möchte er von mir?"

„Nicht hier", sagte Alena bestimmt. „Morgen vor dem westlichen Tempel. Um vier Uhr, dann hat's am meisten Leute. Und komm allein." Ohne ein weiteres Wort drehte Alena sich um und ließ die Frauen stehen.

Glücklicherweise musste Alena nicht lange nach einer Droschke suchen; sie schnappte sich eine, die gerade einen Fahrgast in der Nähe der Bar absetzte. Als sie den Fahrer vor Melissas Haus bezahlte, fluchte sie lautlos, weil sie schon wieder Geld ausgeben musste. Aber was hätte sie tun sollen? Sie wollte nicht wieder bei Merin übernachten; dieser brauchte Ruhe, damit er bei der morgigen Prüfung fit war.

Alena schloss mit dem Schlüssel auf, den Melissa ihr gegeben hatte, und schlich auf Zehenspitzen nach oben in ihr Gästezimmer. Dort war es stockdunkel, sodass sich Alena bei der Suche nach den Streichhölzern den großen Zeh an der Wand stieß. Als sie sie endlich auf ihrem Nachttisch ertastet hatte, entzündete sie damit die kleine Öllampe neben ihrem Bett. Wegen ihrer Verletzung brauchte sie mehrere Anläufe, bis es ihr gelang.

Nachdem sie sich umgezogen hatte, wollte sie die Flamme gerade ausblasen, hielt dann jedoch inne. Obwohl sie vor zwei, drei Stunden in der Bar fast eingeschlafen wäre, war sie jetzt gar nicht mehr müde. Da sie aus Erfahrung wusste, dass sie so schnell ohnehin keine Ruhe finden würde, holte sie die Briefe aus ihrer Tasche, die Domengo ihr gegeben hatte, und schlüpfte unter die Bettdecke.

Zunächst widmete sie sich dem Inhalt des längeren Briefs. Dieser nannte keinen Adressaten. Auch ansonsten enthielt er kaum spezifische Angaben: Er setzte sich hauptsächlich aus einer Ansammlung von Schimpfwörtern zusammen, die Alena die Schamröte ins Gesicht trieben. Sie hegte den Verdacht, dass der Schreiber Spaß daran hatte, solche Briefe zu verschicken, und deshalb zahlreiche Personen damit belästigte. Wahrscheinlich war Domengo ganz einfach einer der Betroffenen, weil er in der Öffentlichkeit stand.

Ganz anders der zweite Brief:

*Herr Belcante,*

*tausende unserer Vorfahren wurden früher als Sklaven gehalten. Wir hatten keine Rechte, unsere Herren konnten mit uns machen, was sie wollten. Heute werden wir von vielen immer noch als Lebewesen von geringerem Wert gesehen, aber heute haben wir Rechte, die uns schützen.*

*Wenn Sie, Herr Belcante, uns diese Rechte wieder nehmen wollen, sind Sie nicht besser als Ihre Vorfahren, die uns vergewaltigt und ermordet haben, wenn ihnen gerade der Sinn danach stand. Sie sollten Ihre rassistische, gefährliche Einstellung besser überdenken, denn wir können Ihnen versichern: Wir werden uns nicht wehrlos zurück in die Sklaverei treiben lassen!*

Am Ende des Briefes stand ein Zeichen: ein längerer und ein kürzerer vertikaler Strich wurden durch einen horizontalen verbunden. Ein schlampig gezeichnetes großes H?

Alena vermutete, dass der Schreiber seine Worte genau gewählt hatte. Wen meinte er mit „sie"? Ganz allgemein alle Magiebegabten? Oder eine organisierte Gruppe, die sich zum Ziel gesetzt hatte, sich gegen Domengos Partei und ihre Politik zur Wehr zu setzen? Jedenfalls konnte Alena sich durchaus vorstellen, dass eine solche Organisation die Drohung am Ende des Briefes in die Tat umsetzen würde.

Doch reichte das? Wohl eher nicht. Hätten sie Sarilla tatsächlich ermordet, um Domengo einzuschüchtern, wäre die Drohung viel konkreter gewesen; so konnte man keinen direkten Zusammenhang zwischen dem Brief und dem Mord sehen. Außerdem hatte Domengo den Brief laut eigener Angabe schon vor einem halben Jahr erhalten.

Alena zog die Lampe ein Stück näher zu sich, um das Briefpapier und die verwendete Tinte genauer untersuchen zu können. Beide Briefe waren mit blauer Tinte geschrieben, doch das Briefpapier war unterschiedlich.

Das des ersten Briefes war dünn, fast durchscheinend und von minderer Qualität. Das andere schien deutlich mehr gekostet zu haben; es war gleichzeitig robuster und fühlte sich glatter an, außerdem war der Bogen von einem reineren Weiß. Was die Schrift anbelangte, konnte Alena nur Vermutungen anstellen. Zwar hatte sie sich mithilfe eines Bekannten ein paar Grundkompetenzen angeeignet, doch war sie weit davon entfernt, eine Spezialistin zu sein. Ihrer Meinung nach hatte keiner der Schreiber seine Schrift verstellt.

Das ergab für Alena dann Sinn, wenn Domengo die Schreiber nicht persönlich kannte und sie daher nicht Gefahr liefen, dass er ihre Schrift erkennen würde.

Es war drei Uhr früh, als Alena die Briefe schließlich beiseitelegte und das Licht löschte.

## Kapitel 8

*Samstag*

Am nächsten Morgen brachte Melissa Alena das Frühstück ans Bett. Mit verquollenen Augen warf Alena einen Blick auf ihre Armbanduhr. Kein Wunder, dass sie so müde war: Sie hatte weniger als fünf Stunden geschlafen. Bevor Alena fragen konnte, womit sie es verdient hatte, das Essen serviert zu bekommen, rief Melissa: „Alles Gute zum Geburtstag" und drückte ihr einen Kuss auf die Wange.

Im ersten Moment dachte Alena, ihre Cousine habe sich verrechnet. Doch als sie im Stillen nachzählte, wurde ihr bewusst, dass tatsächlich heute ihr Geburtstag war. Und dass sie ihn komplett vergessen hatte.

„Scheiße", rief Alena, als ihr zudem bewusst wurde, dass es Samstagmorgen kurz vor acht war. „In ein paar Minuten muss ich in meinem Büro sein!" Jeden Samstag zwischen acht und elf Uhr war sie in ihrem Büro, um neue Aufträge anzunehmen.

„Nein, jetzt wird nicht gearbeitet. Du hast schließlich Geburtstag", meinte Melissa.

„Aber –"

„Ich habe bereits einen Botenjungen mit einem Zettel losgeschickt, auf dem *Heute geschlossen* steht. Ich habe ihm gesagt, er soll ihn an deine Bürotür hängen, falls du das noch nicht selbst gemacht hast."

Die Information beruhigte Alena augenblicklich. „Vielen Dank!"

„Ja ja." Ungeduldig lief Melissa im Zimmer herum. „Jetzt zieh dich schnell an und komm runter! Dort wartet dein Geschenk von uns."

Gehorsam stand Alena auf und zog sich an. Sie entschied sich für ein weißes, schulterfreies Oberteil und dunkle Hosen. Dann folgte sie Melissa, die die ganze Zeit ungeduldig mit ihren Fingerknöcheln auf den Bettrahmen geklopft hatte, hinunter in den Speisesaal.

Um den Tisch herum saßen nicht nur Melissas Eltern, sondern auch ihre eigenen. Statt verschiedene Speisen, wie es sonst üblich war, lag auf dem Tisch ein langes, schmales Paket, das in rotes Papier eingeschlagen war. Nachdem Alena alle begrüßt und für die Glückwünsche gedankt hatte, blickte sie erst auf das Geschenk, dann fragend zu Melissa.

„Nun mach schon auf!", rief diese.

„Hoffentlich bis du nicht enttäuscht, dass du von uns allen nur ein Geschenk bekommst", sagte Alenas Vater. „Aber es war, na ja, ziemlich teuer."

Vorsichtig wickelte Alena das Papier ab und öffnete die Schachtel. Als sie den Inhalt sah, breitete sich Enttäuschung in ihr aus. Sofort versuchte sie diese zu verbergen, indem sie ihre Lippen zwang, weiter zu lächeln.

In der Schachtel lag, eng zusammengerollt, ein rotblauer Teppich. Nicht, dass er nicht schön gewesen wäre: Als Alena ihn herausnahm und auf dem Boden ausbreitete, erkannte sie, dass er ein kunstvolles Muster besass. Doch was in aller Welt wollte sie mit einem Teppich? Erst, als sie das Muster genauer betrachtete, stieg eine Ahnung in ihr auf. Sie glaubte, diese verschlungenen Wellen, die Wirbel und die kleinen Vögel schon einmal gesehen zu haben.

„Ist das …? Nein, das kann nicht …", stammelte sie aufgeregt.

„Doch, doch", bestätigte ihre Mutter Alenas Vermutung. „Es ist ein fliegender Teppich!"

„Bei Elem!" Alena schlug sich gerührt die Hand vor den Mund. „Ihr seid die Besten! Das ist der absolute Wahnsinn." Sie konnte es nicht fassen. Schon immer hatte sie sich einen fliegenden Teppich gewünscht. Nicht nur, weil man damit bequem, schnell und sicher sein Ziel erreichen konnte. Es war die Vorstellung vom Fliegen an sich, die sie aufregend fand.

Nachdem sie sich bei allen überschwänglich bedankt hatte, setzte sie sich auf den Teppich am Boden; ans Essen, das die Bediensteten nun hereinbrachten und auf der freigewordenen Tafel anrichteten, verschwendete sie keinen Gedanken. Sie wollte nur noch den Teppich ausprobieren.

„Wie funktioniert er?", fragte sie in die Runde, da sie nicht wusste, an wen sie diese Frage richten konnte. Es war ihr Vater, der sich lächelnd erhob.

„Hier drinnen ist zu wenig Platz. Lass uns rausgehen. Dann können die anderen in Ruhe essen." Alena nahm den Teppich und folgte ihrem Vater nach draußen in den Garten. Dieser konnte es nicht ganz mit dem Blumenreich von Alenas Mutter aufnehmen, besaß jedoch ein beachtliches Stück grüner Rasen. Melissa, der der Sinn ebenfalls nicht nach Essen stand, gesellte sich zu ihnen nach draußen.

„Zuerst muss ich dir sagen, dass das Fliegen nicht so einfach ist. Ein paar Übungsstunden werden schon nötig sein", sagte ihr Vater.

„Ja ja", meinte Alena, die den Teppich schon wieder ausgebreitet und darauf Platz genommen hatte. Ihr Vater lachte. „So aufgedreht habe ich dich ja noch nie erlebt!" Auch auf Melissas Lippen lag ein Lächeln. „Also, siehst du die vier Teppichfransen rechts und links? Sie sind schwarz, im Gegensatz zu den anderen. Du musst diese Fransen zwischen deine Finger nehmen", wies ihr Vater sie an. Alena sah sofort, welche Fransen er meinte. Sie befanden sich am rechten und linken Rand der kürzeren Seite des Teppichs. Alena streckte ihre beiden Hände vor und nahm sie zwischen die Finger. Wegen des Verbandes an ihrer Hand dauerte es eine Weile.

„Gut so. Jetzt musst du so einen Spruch sagen. Warte mal." Ihr Vater kramte einen Zettel aus seiner Tasche und kniff angestrengt die Augen zusammen. Als das nichts nützte, hielt er ihn immer weiter von seinem Gesicht entfernt. „Hab meine Brille nicht dabei", murmelte er.

Ungeduldig riss Melissa ihm den Zettel aus der Hand. „Was ist denn das für ein Kauderwelsch?", fragte sie stirnrunzelnd.

„Donäisch", antwortete Alenas Vater. Donäisch war die Sprache der Elfen. „Der Teppich fliegt ja nur dank Luftmagie, die die Elfen irgendwie einweben. Eigentlich gibt es in Donäisch andere Zeichen als bei uns, aber die Verkäuferin hat mir den Text ausgeschrieben. Du musst einfach lesen, was da steht."

„Sanju ka melei", las Melissa langsam vor. Als Alena die Worte wiederholte, spürte sie, wie ein Zittern durch den Teppich ging. Auf einmal fühlte er sich unter ihren Fingern lebendig an.

„Das ist um den Teppich, na ja, zu aktivieren oder so. Auf dem Zettel stehen noch andere Befehle auf Elfisch", erklärte Melissa, nachdem sie den Zettel durchgelesen hatte. „Abheben und landen, links und rechts, schneller und langsamer. So Zeugs eben." Sie seufzte. „Ich schätze, das musst du aufwendig lernen, bevor du üben kannst." Als sie Alenas Enttäuschung sah, fügte sie rasch hinzu: „Warte, hier steht was von *Auf*. Das kannst du ja mal ausprobieren, das ist sicher nicht gefährlich."

„Was muss ich sagen?", fragte Alena begierig.

„Haleia nu."

„Haleia nu", sprach Alena ihr nach. Erst dachte sie, sie habe die Worte falsch ausgesprochen. Dann merkte sie plötzlich, dass sie bereits einige Zentimeter über dem Boden schwebte; der Teppich war so sanft und langsam abgehoben, dass sie es gar nicht bemerkt hatte.

„Unglaublich!", staunte Alena, während der Teppich immer höher nach oben schwebte. Bald konnte sie die Umgebung mit den vielen grünen Gärten und vornehmen Häusern gut überblicken. Irgendwie sah von oben alles anders aus.

„Langsam kannst du mir den Spruch für das Runterkommen sagen", rief Alena nach unten. Als sie keine Antwort bekam, beugte sie sich vorsichtig über den Rand des Teppichs und spähte hinunter. Sie sah, wie Melissa panisch mit den Händen herum wedelte, während ihr Vater sich auf den Boden kniete. Es sah aus, als hätte Melissa den

Zettel verloren. In heißen, dann kalten Schauern durchfloss Alena die Panik. Sie entfernte sich immer weiter von den beiden; schon konnte sie das Dach des Hauses von oben sehen.

Würde der Teppich einmal anhalten? Oder würde ihm irgendwann die Energie ausgehen und er würde in die Tiefe stürzen? Oder würde er einfach immer weiter schweben? Was würde sie dann wohl zu sehen kriegen? Eigentlich wollte sie das gar nicht wissen. Sie wollte bloß wieder runter auf den Erdboden!

Gerade als sie glaubte, dass ihr vor Panik schwarz vor Augen werde, hörte sie die Stimme ihrer Cousine. Erneut beugte sie sich vor, um besser hören zu können

„Kosh sienn ali!" Mittlerweile war die Distanz zwischen ihnen so groß, dass Melissa aus Leibeskräften brüllen musste. Alena wiederholte die Worte. Das letzte Wort musste sie zweimal sagen, weil ihre Stimme so zitterte. Augenblicklich änderte der Teppich seine Richtung und schwebte nun langsam zum Boden zurück. Vor Erleichterung verfiel Alena in ein hysterisches Lachen. Noch bevor der Teppich auf dem Boden aufgesetzt hatte, war ihr Vater zu ihr getreten, hatte sie in seine Arme geschlossen und tätschelte ihr den Rücken. Das hatte er das letzte Mal getan, als sie ein kleines Mädchen gewesen war.

„Elem, Aloh, Ilia und Solem sei Dank, dass dir nichts passiert ist!", sagte er, während er ihr beim Aufstehen half. Ihre Beine fühlten sich an wie Gummi.

„Alena … Entschuldige. Der Wind … Er hat mir den Zettel aus der Hand geweht." Melissa lachte. „Zum Glück ist nichts passiert." Alena starrte sie an.

„Nichts passiert?", explodierte Alenas Vater, dem wohl die gleichen Gedanken wie ihr selbst durch den Kopf gingen. „Bist du verrückt? Noch ein paar Sekunden länger, und Alena hätte dich nicht mehr hören können. Dann wäre sie *gestorben!*"

Melissa, der allmählich klar zu werden schien, wie gefährlich die Situation soeben gewesen war, traten Tränen in die Augen. Ihr Gesicht wurde aschfahl, sodass sich die Sommersprossen noch deutlicher als sonst davon abhoben. Sie öffnete die Lippen, doch kein Laut kam heraus.

Ihr Vater legte Alena den Arm um die Schulter und führte sie ins Haus. Als sie zurück in den Speisesaal gingen, fand Alena endlich ihre Stimme wieder.

„Sie hat es nicht absichtlich gemacht", sagte sie.

Ihr Vater seufzte. „Ich weiß. Ich war ein bisschen hart. Ich hatte einfach solche Angst um dich. Und Melissa ist manchmal so … Sie versteht nicht immer, wo die Grenze zwischen Spaß und Ernst ist."

Alena schwieg, stimmte ihm aber innerlich zu. Als sie den Saal betraten, waren die übrigen Anwesenden gerade in einer lebhaften Diskussion. Als ihre Mutter bemerkte, dass sie zurückgekommen waren, lächelte sie ihnen zu.

„Und, wie war deine erste Flugstunde?"

„Gut." Als Alenas Mutter ihren Tonfall hörte, musterte sie ihre Tochter genauer.

„Geht's dir nicht gut?", fragte sie besorgt.

„Alles in Ordnung. Mir ist nur etwas schlecht."

„Ach so. Hoffentlich ist es nicht Höhenangst! Sonst haben wir dir wirklich etwas sehr Unbrauchbares geschenkt." Sie wandte sich wieder den anderen zu, und Alena und ihr Vater nahmen dieselben Plätze wie zuvor ein. Nach einer Weile hatte Alena sich innerlich beruhigt und nahm am Gespräch teil. Ein paar Minuten später trat Melissa ein und setzte sich ebenfalls. Sie sah wieder besser aus, wirkte aber abwesend und sagte kein Wort.

Als Glorian nach einer Weile meinte, er müsse nun zur Universität gehen, fragte Alena, ob sie mit ihm fahren dürfe. Bevor sie mit ihrem neuen Teppich fliegen konnte, brauchte sie zusätzliche

Übungsstunden. Außerdem hatte sie für heute genug vom Fliegen.

Noch bevor Glorians Blick eisig wurde, merkte sie, wie dumm sie war, diese Frage gestellt zu haben. Natürlich konnte Glorian sich zusammenreimen, warum sie an die Universität wollte. Und nach ihrem Gespräch wusste Alena, dass er es nicht gerade schätzte, dass sie Merin ständig von seinem Studium ablenkte. Das schlechte Gewissen begann an ihr zu nagen.

Doch sie hatte die Frage bereits ausgesprochen, und Glorian meinte steif, sie könne mitfahren. Auch als sie allein in der Droschke saßen, verkniff er sich jeglichen Kommentar. Alena war sich ziemlich sicher, dass er dies ihres Geburtstags wegen tat.

„Die kommt nicht", wiederholte Merin bestimmt zum dritten Mal. „Das war eine Scheißidee." Auch diesen Satz hatte Alena schon mehrere Male gehört. Als sie Merin nach seiner Prüfung abgeholt hatte, um ihn auf den neusten Stand zu bringen und ihm anzubieten, sie zu dem Treffen zu begleiten, hatte er sich über ihr Verhalten aufgeregt. Aufgeregt, weil sie sich als eine von Zorbas Leuten ausgegeben hatte. Er hielt ihr Vorgehen für riskant, und mittlerweile gab Alena ihm im Stillen recht. Es war nicht gerade die richtige Art und Weise, um Zorbas Aufmerksamkeit von sich abzulenken.

Alena hatte diese Zeit und diesen Treffpunkt gewählt, weil sich hier eine große Menschenmenge aufhielt und es schwieriger sein würde, sie zu belauschen. Da die Zahl Vier in ihrer Religion eine große Bedeutung hatte, war vier Uhr nachmittags die Zeit, in der viele Gläubige die Tempel aufsuchten, um zu beten oder Weihrauch anzuzünden. Während die Aufbewahrung der Leichen strikt nach Geschlechtern getrennt war, galt dies nicht für den Besuch der Tempel. Trotzdem gingen an Alena und Merin mehr Männer als Frauen vorbei, während sie vor dem Haupteingang des Osttempels warteten.

„Wozu treffen wir sie überhaupt?", fragte Merin. „Ich meine, Karrott hat gesagt, sie ist als Einzige in dem Haus gewesen, Sarilla mal ausgenommen. Ergo ist sie die Mörderin. Warum liefern wir sie nicht gleich der Polizei aus?"

„Ich würde einfach gern selbst mit ihr reden. So finden wir vielleicht heraus, warum sie Sarilla getötet hat. Aber nach dem Gespräch werden wir sie der Polizei übergeben."

„Wirklich?", fragte Merin überrascht. „Und wie willst du sie … na ja, gefangen nehmen? Vergiss nicht, sie hat magische Kräfte. Da nützen Waffen nicht viel."

„Das weiß ich." Triumphierend zog Alena ein Paar Handschellen aus ihrer Hosentasche. „Die habe ich mal von einem Polizisten bekommen. Ich habe bei der Polizei ab und zu bei einem Einsatz ausgeholfen", fügte sie hinzu, als sie Merins fragenden Blick sah. Eigentlich war das beinahe eine Lüge; zwar hatte Alena der Polizei tatsächlich hin und wieder geholfen, doch die Handschellen hatte ihr Jonas Bruder geschenkt, der Polizist war. „Jedenfalls sind es spezielle Handschellen, ein Wichtel oder so hat sie gemacht. Sie verhindern, dass derjenige, der sie trägt, seine Magie benutzen kann." Interessiert streckte Merin seine rechte Hand aus und Alena legte die Handschellen hinein. „Solche habe ich schon einmal gesehen", murmelte er. „Silber gehört zu den wenigen Metallen, die die Wichtelmagie nicht abstoßen. Die Wichtelmagie wirkt wie ein Magnet, das andere Magie zu sich …"

„Gib sie mir zurück", zischte Alena Merin zu. Das Traummädchen war endlich aufgetaucht und blickte sich suchend um. Bis jetzt hatte sie sie noch nicht entdeckt. Merin begriff sofort und gab Alena die Handschellen zurück. Diese ließ sie gerade noch rechtzeitig zurück in die Tasche gleiten, bevor das Traummädchen sie erkannte und auf sie zukam.

Sie trug andere, aber nicht weniger schäbige Kleider als am Abend zuvor. Das Haar trug sie dieses Mal nicht offen, sondern zu einem Knoten zusammengebunden. Ihre Handgelenke zierten mehrere kupferne, ziemlich zerbeulte Armreifen. Wie ein zweiter Schatten trottete ihr Hund neben ihr her. Die Hitze machte ihm sichtlich zu schaffen, er hechelte stark. Als sie vor ihnen stehen blieben, pfiff Merin leise durch die Zähne.

„Ich habe doch gesagt, du sollst allein kommen", sagte Alena mit Blick auf den Hund.

Die Frau reckte das Kinn vor. „Bin ich ja. Faro zählt doch nicht, er ist ein Hund", erklärte sie, während sie Faro sanft am Ohr kraulte. „Außerdem, was soll ich mit ihm machen? Ich habe kein Haus oder so, wo ich ihn einsperren kann. Und andere Leute mag er nicht." Wie um die Worte seiner Besitzerin zu bestätigen, knurrte Faro eine vorbei humpelnde Frau an, die ihre Schritte daraufhin beschleunigte.

„Na gut. Nun, ähm … wie heißt du eigentlich?", fragte Alena.

„Trijana." Sie warf Alena einen misstrauischen Blick zu. „Hat dir das Zorbas nicht gesagt? Oder Guisi?"

„Doch, doch", versicherte Alena und versuchte, möglichst locker zu wirken. „Ich hab's nur nicht so mit Namen." Trijana schien nicht restlos überzeugt.

„Wie kann man so einen Namen vergessen?", fragte Merin ungläubig und zog damit Trijanas Aufmerksamkeit auf sich. „Der Name ist doch fast so schön wie die Dame, die ihn trägt."

Nach Alenas Einschätzung war Trijana abgebrüht, dennoch entlockten Merins Worte ihr ein winziges Lächeln. Was vermutlich weniger an dem unoriginellen Spruch als viel mehr an Merins umwerfendem Lächeln lag. Alena verdrehte die Augen.

„Lasst uns zur Sache kommen", sagte sie. „Erzähl uns genau, was in Zorbas Haus passiert ist, als du dich dort mit dieser Frau getroffen hast", forderte sie Trijana auf.

„Aber das habe ich doch schon erzählt!" Nervös leckte Trijana sich über die Lippen. „Keine Ahnung, warum die Frau plötzlich tot war! Als ich gegangen bin, war sie noch quicklebendig." Von Zurückhaltung keine Spur mehr, ihre Stimme war mit jedem Wort lauter geworden; zum Glück schien niemand ihre Worte mitbekommen zu haben. Trotzdem hielt Alena den Zeigefinger vor die Lippen.

„Beruhige dich." Sie hatte einmal gehört, dass Stimmungsschwankungen bei Traummädchen nichts Ungewöhnliches seien. Das Abzapfen ihrer Träume machte sie instabil.

„Ich musste doch nur das Geld abholen. Das war mein Auftrag, sonst nichts", fuhr Trijana fort. Ihr Blick war weder auf Alena noch auf Merin gerichtet, sie sprach eher mit sich selbst als zu den beiden. „Und das habe ich gemacht. Die Frau ist gekommen, mit dem Geld in einer Tasche. Ich hab's genommen und euch gebracht." Alena und Merin tauschten einen Blick. Also ging es in der ganzen Geschichte definitiv um Erpressung.

„Hast du dich schon mal mit der Frau getroffen? Um Geld für Zorbas abzuholen?", fragte Merin. Alena warf ihm einen irritierten Blick zu. Wenn sie wirklich für Zorbas arbeiten würden, wie sie vorgaben, würden sie das nicht fragen. Warum riskierte Merin gerade, dass ihr Rollenspiel aufflog? Zum Glück war Trijana momentan so unaufmerksam, dass ihr die seltsame Frage nicht auffiel.

„Nein." Sie blinzelte ein paarmal. „Das heißt, ich weiß nicht."

„Du weißt es nicht?", hakte Merin nach. So sanft hatte seine Stimme selten geklungen.

„Ja. Ich habe das schon ein paarmal machen müssen, mit verschiedenen Leuten. Viele davon waren Frauen. Kann sein, dass eine davon die gleiche war wie die, die jetzt tot ist. Ich meine, unter dem Schleier und so habe ich natürlich ihr Gesicht nicht gesehen."

Alena spürte, wie Aufregung in ihr hochstieg. Plinia hatte nicht erwähnt, dass Sarilla bei ihrem Tod verhüllt gewesen war, auch Karrott nicht.

„Was hast du dann von der Frau gesehen? Wie hat sie ausgesehen?“, fragte Alena. Trijana blinzelte wieder, als helfe dies ihr, einen klareren Kopf zu bekommen.

„Keine Ahnung. Sie war ja vollkommen verhüllt. Ich weiß nur, dass sie klein war, so wie ich.“ Merin warf Alena einen fragenden Blick zu, doch sie formte mit den Lippen die Worte *später*.

Plötzlich wurde Trijanas Blick wieder scharf, als hätten die Götter ihr ihren Verstand zurückgegeben. „Aber warum wollt ihr das wissen?“, fragte sie. In ihrer Stimme schwang erneut Misstrauen mit. Alena war nicht überrascht, dass Trijana die Frage stellte, jetzt wo sie wieder klar denken konnte.

Bevor Alena oder Merin antworten konnten, fiel der Groschen. „Ihr gehört gar nicht zu Zorbas“, stellte Trijana fest. Ihre Augen weiteten sich. Sie wollte sich umdrehen und davonlaufen, doch Alena hatte sie blitzschnell am Arm gepackt und ihr mit der anderen Hand die eine Handschelle angelegt, um die sie in der Tasche schon seit längerer Zeit ihre Hand geschlossen hatte. Als sie Trijana auch die zweite Handschelle anlegen wollte, hielt Merin sie am Arm fest, um sie davon abzuhalten.

„Was soll das?“, fragte er.

„Lass mich los!“, fauchte Alena ihn an. Trijana war aus ihrer Erstarrung erwacht und wollte sich von Alena losreißen. Obwohl sie deutlich schwächer war als Alena, hatte diese Mühe, sie festzuhalten, zumal sie von Merin behindert wurde. Plötzlich schrie Merin auf und ließ sie los; Alena nutzte die Gelegenheit, um die zweite Handschelle um ihr eigenes Handgelenk zu legen. Auf diese Weise würde Trijana nicht fliehen können.

Als sie sich zu Merin umdrehte, sah sie, warum er losgelassen hatte. Faro, Trijanas Hund, hatte seine Zähne in Merins Unterschenkel geschlagen.

„Faro, aus!", befahl Trijana. Der Hund gehorchte sofort. Während sich Alena darüber wunderte, dass Trijana ihren Hund zurückgerufen hatte, obwohl sie ihr gerade Handschellen angelegt hatten, ging sie in die Knie, um Merins Bein besser sehen zu können. Die linke Hand mit der Handschelle hielt sie dabei notgedrungen nach oben. Die Zähne hatten dunkle Löcher ins Bein gegraben, aus denen viel Blut floss.

„Verflucht!" Alena schloss für einen Moment die Augen, um ihre Gedanken zu ordnen. Was musste sie als Nächstes tun?

„Binde dir irgendein Tuch um die Wunde oder so. Und geh zu Melissa. Dort habe ich im Moment meine Medizinsachen. Ich komme bald nach."

Sie wandte sich Trijana zu. „Es tut mir wirklich leid. Aber dich muss ich zur Polizei bringen."

„Warum?", fragte Trijana verständnislos. Alena ging los, und Trijana musste ihr folgen. Faro wich natürlich nicht von ihrer Seite. Alena wollte Abstand zwischen sich und Merin bringen. Zwar war er nicht lebensbedrohlich verletzt, doch seine Gesichtsfarbe hatte schon gesünder ausgesehen. Im Moment wollte Alena aber auf keinen Fall mit ihm Mitleid haben. Sie war wütend, weil Trijana seinetwegen fast entkommen wäre. Erst, als der Tempel hinter der nächsten Straßenbiegung verschwunden war, setzte Alena zu einer Antwort an.

„Mal abgesehen davon, dass du bei Erpressungen geholfen hast, bist du in einen Mordfall verwickelt."

„Ich habe sie nicht –"

„Ich habe nicht gesagt, dass du Sarilla getötet hast. Aber du bist eine wichtige Zeugin. Und wenn ich den richtigen Täter überführen will, brauche ich Beweise."

„Aber ich habe dir doch gesagt, was ich weiß." Trijana versuchte, stehenzubleiben, doch Alena zog sie weiter.

„Lass das. Ja, du hast es *mir* gesagt. Aber das kann ich vor Gericht natürlich nicht verwenden. Dazu braucht es schon eine Zeugenaussage, die auf der Polizeiwache gemacht wurde."

„Ah. Und das ging nicht ohne Handschellen?"

Überrascht drehte Alena ihr Gesicht, um Trijana in die Augen schauen zu können. Schöne, große Augen. „Wärst du denn freiwillig mitgekommen?"

„Wahrscheinlich nicht", gab Trijana nach kurzem Zögern zu. „Aber ich werde der Polizei nur Dinge verraten, die für den Mordfall wichtig sein könnten. Zorbas Namen werde ich nicht in den Mund nehmen." Alena nickte verständnisvoll.

Nach einer Weile meinte Trijana: „Du bist also nicht von der Polizei. Und für Zorbas arbeitest du auch nicht. Was machst du eigentlich?"

„Ich bin private Ermittlerin."

„Echt?" Trijana musterte sie überrascht von oben bis unten. „Als Frau? Ich bin beeindruckt."

Alena sagte nichts darauf. Beide schwiegen, bis sie die Polizeiwache erreicht hatten. Das Gebäude wurde von allen nur der Würfel genannt. Jede der vier Wände war von außen mit einer anderen Farbe bemalt: orange, blau, lila und weiß.

Es dauerte eine Weile, bis Alena den Beamten ausfindig machen konnte, der mit dem Fall betraut war; seit Merin festgestellt hatte, dass Sarilla definitiv ermordet worden war, stellte selbstverständlich auch die Polizei Ermittlungen an. Allerdings waren die Polizisten in Melante hoffnungslos überlastet; so hatte der zuständige Beamte neben Sarillas Mordfall noch zwei weitere Fälle zu betreuen. Es dauerte eine Weile, bis er verstanden hatte, weshalb Alena auf eine offizielle Zeugenaussage Trijanas bestand. Dies lag auch daran, dass Alena möglichst wenig von ihrer Arbeit preisgeben wollte. Am Ende wollte sie selbst die Lorbeeren dafür ernten. Zum Glück kannte und schätzte der ältere Polizist sie, sodass er deswegen bloß schmunzelte.

„Habe dich schon lange nicht mehr gesehen", sagte der Polizist, nachdem Alena ihn über alles Wichtige in Kenntnis gesetzt hatte. „Wie geht es eigentlich Jonas?"

„Wir sind nicht mehr zusammen", erklärte Alena.

„Oh." Der Mann wirkte etwas betreten. „Tut mir leid."

„Das muss es nicht."

Nachdem Alena sich und Trijana von den Handschellen befreit und sie in die Hände des Beamten übergeben hatte, eilte Alena durch die Gassen zu ihrem derzeitigen Wohnort. Es war unangenehm schwül und Alena wünschte sich, dass ein baldiger Regen der Luft die Feuchtigkeit entziehen würde. Seit dem Tag, als sie mit dem Messer verletzt worden war, hatte es nicht mehr geregnet.

„Was willst du damit?" Merin wirkte eher neugierig als ängstlich, als Alena die Spritze mit einer farblosen Flüssigkeit auffüllte. Melissa hatte Merin in Alenas Zimmer geführt, wo er jetzt auf ihrem Bett lag. Alena hatte die Wunde bereits gesäubert, mit einer dicken Salbe bestrichen und verbunden.

„Na, was denkst du denn? Ich verabreiche dir eine Spritze."

„Sehr witzig." Merin richtete sie etwas auf und schob das Kopfkissen unter seinen Rücken. „Sag schon, wofür ist die Spritze?"

„Der Wirkstoff wird aus dem Malamastrauch gewonnen. Er vermindert das Risiko, dass du dich mit irgendwelchen Bakterien infizierst." Und vielleicht Wundstarrkrampf bekommst, dachte Alena im Stillen. Sie sprach den Gedanken nicht aus, um Merin keine Angst einzujagen. Wundstarrkrampf war in den meisten Fällen tödlich.

„*Vermindert* das Risiko?", fragte Merin besorgt.

„Ja. Völlig ausschließen kann man eine Infektion nicht. Aber das Mittel ist wirklich gut. Es wirkt in fünfundneunzig Prozent der Fälle."

„Ach so. Gut." Merin versuchte wohl, erleichtert zu klingen, doch es gelang ihm nicht ganz. Alena konnte es ihm nicht verübeln. Auch wenn der Stoff zu fünfundneunzig Prozent wirkte, half ihm das gar nichts, wenn er zu den anderen fünf Prozent gehörte.

„Es wird schon nichts passieren", versuchte Alena ihn zu beruhigen, während sie die Spritze an seinem Arm ansetzte. Merin verzog kaum das Gesicht, als die Nadel seine Haut durchstach; er wandte nicht einmal den Blick ab. Nachdem Alena ihre Utensilien desinfiziert und in ihrer Medizintasche verstaut hatte, setzte sie sich neben Merin aufs Bett.

„So. Und jetzt erzähl mir mal, warum du mich daran hindern wolltest, Trijana zu verhaften. Vor allem, weil du es warst, der noch ein paar Minuten zuvor gesagt hat, wir sollen sie sofort der Polizei übergeben." Ihr Tonfall war ruhig, neutral. Sie hatte sich vorgenommen, ein zivilisiertes Gespräch zu führen, statt sich von ihrer Wut mitreißen zu lassen. Doch sie konnte Merin nichts vormachen.

„Du bist sauer", stellte er fest.

„Ja", gab sie zu, und dieses Mal schwang eine Spur von Ärger in ihrer Stimme mit.

„Ich glaube nicht mehr, dass Trijana Sarilla getötet hat. Deshalb wollte ich auch nicht, dass du sie verhaftest", erklärte Merin.

„Nur zu deiner Information: Ich zweifle auch daran, dass Trijana die Mörderin ist. Ich habe sie zur Polizei gebracht, weil ihre Zeugenaussage vielleicht noch wichtig ist." Sie atmete tief durch. „Aber das ist gar nicht das Problem. Das Problem ist, dass du mich daran gehindert hast, meine Arbeit zu tun! Deinetwegen wäre Trijana fast entwischt, und dann hätten wir sie wahrscheinlich nie wieder gefunden."

„Du hättest mir ja sagen können, dass du sie nicht wegen Mordverdachts zur Polizei bringen willst."

„Wie denn? Sie stand doch daneben! Außerdem bist du genau der Richtige", schnaubte Alena. „Statt dass du den Mund aufgemacht hast, hast du mir fast den Arm verdreht."

„Na ja, bei mir hat sich wohl einfach der Beschützerinstinkt gemeldet, als du auf Trijana losgegangen bist." Merin wollte bloß einen Witz machen, das wusste Alena. Trotzdem konnte sie sich eine spitze Bemerkung nicht verkneifen.

„Ja, ich habe schon gemerkt, dass der süße, blonde Engel dir den Kopf verdreht hat."

Süffisant hob Merin eine Augenbraue. „Eifersüchtig?"

„Blödsinn", antwortete Alena eine Spur zu schnell, was Merin ein Grinsen entlockte. In diesem Moment klopfte jemand an die Tür. Nach einem synchronen „Herein" trat Melissa ein und teilte ihnen mit, dass es in einer halben Stunde Abendessen geben würde. Falls Merin mitessen wolle, sei er herzlich eingeladen.

„Es kommen aber noch ein paar Bekannte", fügte Melissa mit Blick auf Alenas Kleidung hinzu. Alena verstand den Wink; die meisten Bekannten verkehrten mit Sicherheit in der höheren Gesellschaft, da waren Hose und Hemd unangebracht – zumindest für eine Frau.

„Dann lass ich euch wieder allein", sagte Melissa, wobei sie Alena zuzwinkerte, bevor sie den Raum verließ. Danach trat eine kurze, verlegene Stille ein, die Alena schließlich durchbrach.

„Warum glaubst du nicht mehr, dass Trijana die Mörderin ist?"

„Sind dir ihre Armreife aufgefallen?", fragte Merin. Alena dachte kurz nach.

„Ja. Du meinst doch diese verbogenen Metallreife?"

Merin nickte. „Genau. Wenn Trijana die Mörderin wäre, müsste sie Luftmagie beherrschen. Wie ich schon mal gesagt habe, kommen eigentlich nur Wetterkobolde und echte Elfen infrage. Ein Wetterkobold ist Trijana mit Sicherheit nicht."

Alena pflichtete ihm bei; Wetterkobolde waren deutlich kleiner als

Menschen und hatten charakteristische Gesichter mit ausgeprägten Wangenknochen und leicht vorstehendem Kinn. „Also müsste sie eine echte Elfe sein", folgerte Alena.

„Das ist der springende Punkt." Merin hatte sich nun ganz aufgesetzt und so positioniert, dass er Alena ins Gesicht sehen konnte, ohne den Hals verdrehen zu müssen. „Ich bin mir sicher, dass sie keine Elfe ist. Folglich hat sie auch keine magischen Fähigkeiten. Sie kann Sarilla nicht ermordet haben."

„Und wieso weißt du, dass sie keine Elfe ist?" Auf diese Frage hatte Merin gewartet.

„Wegen den Armreifen. Elfen können die meisten Metalle nicht berühren. Es verätzt ihnen die Haut. Zwar sind die meisten Elfen in Melante nicht reinblütig, sondern nur zur Hälfte oder einem Viertel Elfe. Das bedeutet, dass sie Metall theoretisch berühren können. Es fühlt sich auf ihrer Haut aber nicht gut an. Sie würden niemals freiwillig Ketten, Ohrringe oder sonst was aus Metall tragen."
Merins Argumentation leuchtete Alena ein.

„Es muss also noch eine weitere Person dort gewesen sein. Und diese hat Sarilla getötet", fuhr Merin fort.

„Und wir wissen immerhin, dass die Person weiblich, klein und von oben bis unten verhüllt gewesen ist." Alena warf Merin einen triumphierenden Blick zu.

„Die Frau mit dem Schleier war gar nicht Sarilla?", fragte er erstaunt.

„Nein. Sarilla war eine eher große Frau. Sicher deutlich größer als Trijana. Außerdem hätte mir gegenüber sicher jemand den Schleier erwähnt. Wir hatten einen falschen Ansatz. Es geht um Erpressung, ja. Aber nicht Sarilla wurde erpresst, sondern die Frau mit dem Schleier."

„Und Sarilla, dieses neugierige Weib, hat das irgendwie mitbekommen und ist ihr gefolgt", sagte Merin. „Wahrscheinlich hat die Unbekannte sie dann entdeckt – und getötet."

„So ähnlich stelle ich mir das auch vor. Was ich aber noch immer nicht begreife: Warum hat Karrott nur Sarilla und Trijana ins Haus gehen sehen? Hat er sich einfach geirrt?" Auch wenn es in ihren Augen die einzige Möglichkeit war, konnte Alena sie sich fast nicht vorstellen. Karrott war sich doch sicher gewesen. Sie brüteten eine Weile über die Frage, doch keinem von ihnen kam eine plausible Erklärung in den Sinn.

Als Alena auf die Uhr schaute, war es höchste Zeit, sich für das Abendessen frisch zu machen. Sie öffnete den Schrank und nahm mehrere Kleider hervor, die infrage kamen. Rasch grenzte sie die Auswahl auf zwei ein: eine lange, aprikosenfarbene Robe, die mit unzähligen Perlen bestickt war, und ein schulterfreies, graues Kleid, das ihr bis zu den Knien reichte.

„Nimm das graue", meinte Merin, der sie vom Bett aus beobachtet hatte. Alena hängte das aprikosenfarbene zurück in den Schrank und nahm das graue Kleid mit ins Badezimmer. Dort wusch sie sich, umrahmte ihre Augen großzügig mit schwarzer Kohle, steckte ihr Haar hoch und zog sich um. Nach einem zufriedenen Blick in den Spiegel ging sie zurück in ihr Zimmer, um passende Schuhe zu suchen.

Merin lag in der Zwischenzeit nicht mehr auf dem Bett, sondern stand vor dem Fenster und blickte hinaus. Inzwischen hatte die Dämmerung eingesetzt. Der Himmel war weiß, nur die Sonne, die langsam unterging, übergoss die Landschaft mit orangem Licht. Nachdem Alena flache, graue Sandalen angezogen hatte, trat sie neben ihn. Schweigend standen sie so nebeneinander und betrachteten das Farbenspiel am wolkenlosen Himmel. Wie immer, wenn sich Alena die Zeit nahm, die Schönheiten der Natur zu betrachten, erfüllten sie auch jetzt Glück und Ruhe, gepaart mit einer Prise Wehmut, von der Alena nicht wusste, woher sie kam. In solchen Momenten fühlte sie sich lebendiger als sonst.

Sie blieben stehen, bis es an die Tür klopfte. Eine Angestellte teilte ihnen mit, dass das Abendessen bereit, die Gäste eingetroffen seien. Wortlos lösten beide ihren Blick vom Fenster. Als sie hinuntergingen, war Alena ein wenig enttäuscht, dass Merin nichts über ihr Aussehen gesagt hatte. Doch sie dachte sich, dass es schwierig sei mit dem Anblick des Sonnenuntergangs zu konkurrieren, den sie soeben genossen hatten.

Zu Alenas Erleichterung hatte Melissas Familie wirklich nur wenige Leute eingeladen, sodass kein zusätzlicher Tisch hatte aufgestellt werden müssen. Da nur noch zwei Plätze nebeneinander frei waren, ging Alena davon aus, dass alle Gäste bereits eingetroffen waren. Neben Melissa und ihren Eltern saßen drei Frauen und zwei Männer am Tisch. Der jüngere Mann erhob sich augenblicklich, als Alena eintrat, und reichte ihr einen riesigen Blumenstrauß. Die meisten der Blumen kannte Alena nicht, wahrscheinlich stammten sie aus einer anderen Gegend. Besonders gut gefiel ihr eine Blumensorte mit blutroten, sternförmigen Blüten.

„Was machst du denn hier?", fragte Alena überrascht.

„Na, was wohl? Dir zum Geburtstag gratulieren!", sagte Jonas.

Sie musterte sein Gesicht; seit mehreren Wochen hatte sie ihn nicht gesehen. In dieser Zeit hatte er sich nicht groß verändert. Nur von seinem dunklen, kurzen Backenbart hatte er sich getrennt, was ihn in Alenas Augen jünger und auch attraktiver aussehen ließ. Sein recht kleiner, muskulöser Körper steckte in einem eleganten, dünnen Anzug.

Seinem Strahlen nach schien Jonas wirklich erfreut, sie zu sehen. Und Alena ging es ebenso, ganz entgegen ihrer Erwartung.

Jonas war eine Weile ihr Freund gewesen, sie hatte ihn bei einem Besuch bei ihren Eltern kennengelernt; Jonas arbeitete für Alenas Vater. Am Anfang war Alena auf Wolke sieben geschwebt. Nach einer Weile waren ihr allerdings immer mehr von Jonas Verhaltensweisen auf die Nerven gegangen. Sein zwanghaftes Bedürfnis nach Harmonie, das bewirkte, dass er jede abweichende Meinung Alenas als persönlicher Affront auffasste. Dass er sie immer häufiger dazu überreden wollte, sich mit ihm zusammen bei gesellschaftlichen Anlässen als Paar zu zeigen. Dass er über manche Dinge, die sie sagte, bloß lachte, obwohl es Alena ganz ernst war. Irgendwann hatte sie ihm erklärt, dass sie eine Pause brauche. Danach hatte sie sich aber nicht mehr bei ihm gemeldet, und er nicht bei ihr. Auch wenn sie nie offiziell Schluss gemacht hatten, war nach einer Weile klar gewesen, dass die Beziehung beendet war.

Als sie Jonas jetzt wieder sah, stiegen in ihr aber auch alle schönen, gemeinsamen Erinnerungen hoch und sie merkte zu ihrem Erstaunen, dass sie Jonas wohl ein bisschen vermisst hatte. Sie sah ihm an, dass es ihm diesbezüglich ähnlich ging.

„Du siehst toll aus, wirklich", sagte er strahlend. Alena lächelte verlegen und begrüßte dann die anderen Gäste. Zwei davon waren ein Paar, das eigentlich mit ihren Eltern befreundet war, zu dem aber auch Alena einen guten Draht hatte. Die zwei anderen Frauen hatten mit ihr zusammen studiert. Während Gessica nach langem Zögern doch noch auf Juristik gewechselt hatte, war Jennie bei ihrem Kindheitstraum geblieben, Ärztin zu werden. Alena hatte beide viel zu lange nicht mehr gesehen und fiel ihnen freudig in die Arme.

Unter dem Vorwand, dass sie eine Vase für die Blumen holen wollte, ging Alena ins Nebenzimmer, wo auf zwei großen Regalen an der Wand derlei aufbewahrt wurde. Sie wartete etwa eine halbe Minute, bevor sie Melissa zurief, sie könne keine genug große Vase finden. Sobald Melissa zu ihr gekommen war, um ihr zu helfen, fragte Alena sie gedämpft: „Hast du Jonas eingeladen?"

Melissa hob amüsiert ihre Augenbrauen. „Deshalb hast du mich gerufen, ja? Na, eine Vase brauchen wir trotzdem." Sie trat vor das

143

Regal und musterte die verschiedenen Vasen. „Nein, ich habe ihn nicht eingeladen. Er ist zuerst zu deinen Eltern gegangen. Die haben ihm gesagt, dass du hier bist. Also wirklich, dass du glaubst, ich würde ihn einladen, ohne dich vorher zu fragen! Er ist doch dein Ex. Auch wenn er sich gerade nicht so verhält." Sie nahm eine schwarz lackierte Vase sowie eine kunstvoll gewundene aus durchsichtigem Glas aus dem Regal und reichte sie an Alena weiter, bevor sie weiter nach geeigneten Gefäßen Ausschau hielt.

„Was meinst du damit?", fragte Alena verdutzt. Melissa verdrehte die Augen.

„Also bitte! Er taucht hier auf, an deinem Geburtstag, obwohl ihr euch wochenlang nicht gesehen habt. Dann noch mit einem riesigen Strauß Blumen in der Hand. Ich will gar nicht wissen, wie viel er dafür hat hinblättern müssen. Der will dich zurück!"

Melissas Überzeugtheit verunsicherte Alena. Klar, es bestand die Möglichkeit, dass Jonas deswegen aufgetaucht war. Aber vielleicht hatte er ihr einfach nur zum Geburtstag gratulieren und die Gelegenheit nutzen wollen, dass sie wieder normal miteinander umgehen konnten.

„Die Blumen hat er mitgebracht, weil ich Geburtstag habe", widersprach Alena. „Er kann ja schlecht ohne Geschenk hier auftauchen."

„Apropos: Was hat Merin dir geschenkt?", wollte Melissa wissen und reichte zwei weitere Vasen an sie weiter. Alena presste sich die anderen zwei unter den rechten Arm, dann die neuen unter den linken. Die Vasen waren schwer, sie musste ihre Muskeln ganz schön anspannen, damit sie nicht herunterfielen. Auch ihre noch immer verbundene Hand war nicht gerade praktisch.

„Nichts." Verlegen blickte sie zu Boden. „Ich habe ihm nicht gesagt, dass ich Geburtstag habe."

„Ach so", meinte Melissa enttäuscht. „Warum hast du ihm nichts gesagt?"

„Bis heute Morgen hatte ich es selbst vergessen. Und danach habe ich nichts gesagt, weil ich nicht wollte, dass er das Gefühl hat, mir etwas schenken zu müssen", erklärte Alena.

Melissa verdrehte die Augen und streckte ihr eine fünfte Vase hin. Alena trat einen Schritt zurück und schüttelte vehement den Kopf.

„Geht's noch? Ich kann diese hier schon kaum tragen. Wenn du sie mir nicht bald abnimmst, lass ich sie fallen."

Seufzend stellte Melissa die Vase, die ohnehin zu klein für den Strauß war, ins Regal zurück und nahm Alena zwei der Vasen ab.

„Wir nehmen die schwarze. Die ist schwer genug, die kippt nicht um", entschied sie nach kurzem Abwägen und stellte die andere zurück ins Regal. Nachdem Alena es ihr gleichgetan hatte, gingen sie zusammen zurück in den Speisesaal.

„Das hat aber lange gedauert", sagte Jonas, als sie zurückkamen. Merin hatte sich in der Zwischenzeit auf einen der beiden freien Plätze neben Gessica gesetzt.

„Ja, Melissa musste unbedingt die perfekte Vase auswählen", spöttelte Alena, während Melissa die Vase auf den Boden stellte und die Blumen sorgfältig darin arrangierte. Als Alena sich neben Merin setzte, warf sie ihm einen beunruhigten Blick zu, doch er schaute in die andere Richtung, scheinbar einem Gespräch zwischen Gessica und Jennie folgend.

Mit Erschrecken fiel ihr ein, dass sie Merin gar nicht vorgestellt hatte. Jetzt war es zu spät dafür, vermutlich hatte er es in der Zeit, in der sie draußen gewesen war, selbst getan. Wahrscheinlich kam er sich ziemlich fehl am Platz vor. Schuldbewusst wollte Alena ihn in eine Unterhaltung verstricken, doch bei seiner abwesenden Miene fiel ihr kein Gesprächsthema ein.

Jonas lenkte sie von ihrem Vorhaben ab, als er sich nach ihren anderen Geschenken erkundigte. Mit leuchtenden Augen berichtete

Alena von dem fliegenden Teppich; dass sie vor Angst fast gestorben wäre, als sie immer höher geschwebt war und Melissa den Zettel verloren hatte, erwähnte sie mit keinem Wort.

„Ich wollte auch immer einen fliegenden Teppich haben. Muss toll sein, wenn die Straßen verstopft sind, einfach über die Leute zu fliegen", meinte Gessica. Sie und Jennie hatten sich ihrem Gespräch zugewandt.

„Stimmt. Kannst du denn schon fliegen?", fragte Jennie Alena. Diese seufzte.

„Nein. Ich muss erst noch die Befehle lernen und ein paar Übungsstunden nehmen."

„Vor ein paar Jahren habe ich mal bei einem Teppichhändler gearbeitet. Da habe ich das eine oder andere aufgeschnappt. Ich kann dir helfen", bot Jonas an. Alena bezweifelte stark, dass Jonas ihr das Fliegen beibringen konnte; soweit sie wusste, war er beim Händler vor allem für den Verkauf zuständig gewesen. Außerdem fühlte er sich schon auf einem Balkon ohne Geländer unwohl.

„Hast du nicht Höhenangst?", fragte Melissa, die wahrscheinlich dasselbe dachte wie Alena. Merin, der bisher getan hatte, als höre er gar nicht zu, lachte auf. Sein Versuch, das Lachen in ein Husten zu verwandeln, scheiterte kläglich.

„Na ja, man muss ja nicht so hoch fliegen", verteidigte sich Jonas, wobei er Merin einen ärgerlichen Blick zuwarf. „Und ich könnte Alena die Befehle beibringen. Wie man dieses Elfisch ausspricht."

„Donäisch", berichtigte ihn Merin.

„Was?", fragte Jonas irritiert.

„Die Teppiche werden von Elfen gemacht, und die meisten Elfen sprechen Donäisch."

„Von mir aus." Jonas verdrehte genervt die Augen.

„Lernst du in Magiewissenschaften eigentlich Donäisch?", fragte Gessica Merin. Überrascht wandte er sich ihr zu. „Woher weißt du, dass ich Magiewissenschaften studiere?"

Gessica lachte verlegen. „Na ja, du bist allgemein bekannt an der Uni." Jennie nickte bestätigend. Im Gegensatz zu Merin war Alena davon gar nicht überrascht.

„Eigentlich ist Donäisch nicht Pflicht. Aber viele alte Bücher, die sich mit Elfen und ihrer Magie befassen, gibt es nur auf Donäisch, deshalb habe ich es trotzdem gelernt."

„Du kannst Donäisch?", fragte Jennie ungläubig. „Ist das nicht furchtbar kompliziert?" Merin zuckte die Schultern.

„Nein, eigentlich nicht. Die Aussprache ist zum Teil schwierig, die kriege ich manchmal immer noch nicht hin. Dafür ist die Grammatik logisch aufgebaut."

„Stimmt es eigentlich, dass Elfen fliegen können? Ohne Teppich, meine ich", fragte Jennie.

Merin schüttelte den Kopf. „Nein, das ist bloß ..." Mitten im Satz hielt er inne.

„Was ist los?", fragte Alena.

„Nichts", meinte er nach kurzem Zögern, doch seine leuchtenden Augen sagten das Gegenteil. Alena überlegte noch, ob sie nachhaken sollte, doch in diesem Moment brachten die Diener das Essen. Zu Alenas Freude gab es neben zwei weißen, mit Rosenblüten dekorierten Torten auch eine Schüssel mit Mangocreme, die sie besonders mochte. Als Gessica sich ihr erstes Stück Torte abgeschnitten hatte, schöpfte Alena sich schon nach. Jonas bemerkte es und lachte. „Du hast dich nicht verändert", meinte er.

„Ich hatte einfach schon seit Ewigkeiten keine Mangocreme mehr", verteidigte sie sich.

Nach dem Essen blieben sie noch lange sitzen. Erst als Jennie verkündete, aufbrechen zu müssen, fiel den anderen auf, wie spät es schon war, und alle erhoben sich zum Abschied. Als Jonas sie zum Abschied auf die Wange küsste, flüsterte er ihr ins Ohr, dass er sich bald melden würde. Alena wusste nicht, ob sie sich darüber freuen sollte oder nicht.

Nachdem sie sich auch von den anderen Gästen verabschiedet und sich bei Melissas Eltern für das Essen bedankt hatte, gingen sie und Merin, ohne ein Wort zu wechseln, hoch in ihr Zimmer. Mit abweisender Miene stellte Merin sich wieder vor das Fenster. Draußen war es inzwischen vollkommen dunkel, sodass sich sein Gesicht in der Scheibe spiegelte, sobald Alena die Öllampen entzündet hatte. Alena lief ein Schauer über den Rücken; sein starres Gesicht wirkte in der Spiegelung gespenstisch. Sie zog die Schuhe aus, setzte sich aufs Bett und wartete. Die Minuten vergingen, Merin sagte kein Wort, rührte sich nicht einmal. Schließlich seufzte Alena laut auf.

„Du bist sauer", stellte sie fest. Erst dachte Alena, Merin würde nicht darauf reagieren, sondern bloß weiterhin teilnahmslos auf die Scheibe starren. Dann nickte er knapp.

„Warum?" Es war leicht gewesen zu merken, dass Merin wütend auf sie war, doch Alena wusste nicht genau, aus welchem Grund.

„Warum?", wiederholte Merin ungläubig und drehte sich endlich zu ihr um. „Ähm, lass mich mal nachdenken", sagte er betont langsam, „Du lädst mich zum Abendessen mit deinen Verwandten ein." Eigentlich hatte Melissa ihn eingeladen, doch Alena korrigierte ihn nicht. „Dann stellt sich auf einmal heraus, dass das viel mehr eine Geburtstagsfeier ist, und zwar – deine. Du hast mir nicht einmal gesagt, dass du Geburtstag hast! Ich stand da wie der letzte Idiot. Ich hatte nicht einmal ein Geschenk." Alena hob beschwichtigend die Hände. Sie wollte ihm versichern, dass er ihr ohnehin kein Geschenk hätte machen müssen, doch er ließ sie nicht zu Wort kommen.

„Aber der Höhepunkt ist, dass ich erst heute erfahren habe, dass du einen Freund hast." Er raufte sich mit beiden Händen die Haare. Seine Wangen waren gerötet. „Findest du nicht, du hättest das früher sagen sollen?"

„Spinnst du? Wovon bei Elem redest du?" Alena verstand nicht, was Merin auf diesen Gedanken gebracht hatte. „Jonas ist doch nicht mein Freund!"

„Ach nein? Und warum erzählt er mir das?" Unglauben und Ärger machten sich in Alena breit. Was bildete sich Jonas ein, so etwas zu behaupten?

„Das hat er wirklich erzählt?" Alenas echte Überraschung schien Merin ein wenig zu besänftigen. Er hörte auf, seine hübschen Locken zu malträtieren.

„Ja. Als du draußen warst, wegen der Vase. Ich habe ihn gefragt, woher ihr euch kennt, und er hat mir gesagt, dass ihr zusammen seid."

„Und das hast du geglaubt?" Fassungslos schüttelte Alena den Kopf. Merin war doch sonst so klug. „Glaubst du wirklich, so verhalte ich mich meinem Freund gegenüber? Ich habe ihn zum Abschied auf die Wange geküsst!"

Merin zögerte kurz; er wirkte langsam verunsichert. „Nein, ich habe es ihm nicht geglaubt. Und das habe ich ihm auch gesagt. Aber darauf meinte er, dass ihr für ein paar Wochen eine Pause machen wolltet, um euch über eure Gefühle klar zu werden."

Alena schlug sich die Hände vor den Mund. Bei Elem. Glaubte Jonas allen Ernstes, dass sie bloß eine Beziehungspause eingelegt hatten? Es stimmte, dass niemand von ihnen offiziell Schluss gemacht hatte, aber nach mehreren Wochen absoluter Funkstille war doch klar gewesen, dass es endgültig aus war. Zumindest für Alena.

„Es stimmt also?", fragte Merin, nachdem Alena eine Weile geschwiegen hatte.

„Für ihn vielleicht", gab sie schließlich zu. „Für mich war klar, dass unsere Beziehung beendet war. Es ist das erste Mal seit Monaten, dass ich ihn überhaupt gesehen habe!"

Merin setzte sich neben sie aufs Bett. Er hatte sich wieder gefasst, die Wut war aus seinem Blick verschwunden. Nur seine Wangen hatten noch eine dunklere Farbe als sonst.

„Vielleicht weiß er es ja im Innern und will es sich nicht eingestehen", mutmaßte Alena. „Oder er wollte dich bloß eifersüchtig machen." Jonas war früher nicht besonders eifersüchtig gewesen, doch da hatte er auch keinen Grund dazu gehabt.

„Falls er das wirklich wollte, ist es ihm gelungen." Merin stutzte, dann lachte er. „Passt gar nicht zu mir. Ich bin eigentlich nicht eifersüchtig." Alena fand das ein bisschen enttäuschend, doch das wollte sie Merin nicht sagen; sie hatte im Verlauf ihres Lebens gelernt, dass Eifersucht Dinge kaputt machen konnte. Deshalb hatte sie es sich angewöhnt, das schleimige grüne Monster wenn möglich hinunterzuschlucken, wenn es an die Oberfläche drang.

Auf einmal schaute Merin sie mit diesem Blick an, und noch bevor er zu sprechen begann, wusste sie, dass das, was er sagen wollte, mit ihrem Fall zu tun hatte.

„Ich weiß jetzt, wie die verhüllte Frau ins Haus gekommen ist, ohne dass Jogar sie gesehen hat", ließ er die Bombe platzen.

„Wirklich?" Sie beugte sich ungeduldig vor. „Wie? War sie schon vorher im Haus?"

Merin schüttelte den Kopf, dann lachte er leise. „Ich bin so dumm, so dumm", murmelte er, „Es ist so offensichtlich, ich hätte sofort merken …"

„Merin", unterbrach Alena ihn, „Sag mir endlich, wie in Ilias Namen sie ins Haus gekommen ist!"

„Unsichtbar", erklärte er lapidar.

„Unsichtbar?", fragte Alena ungläubig. Merin nickte. „Hör auf, dich über mich lustig zu machen!", rief Alena empört.

„Tu ich doch gar nicht." Ein leises Lächeln lag auf seinen Lippen.

Alena schnaubte. „Menschen können sich nicht unsichtbar machen!"

„Nein, können sie nicht", pflichtete Merin ihr bei. „Aber Elfen."
Alena schnappte nach Luft. Natürlich. „Ich Esel!", schimpfte sie und
schlug sich mit der flachen Hand gegen die Stirn. Merin hatte ihr
doch erzählt, dass sich die Tänzerinnen des Mitternachtstanzes – und
alle anderen Elfen – unsichtbar machen konnten.

„Nein, ich bin der Esel." Merin runzelte die Stirn. „Ich studiere
Magiewissenschaften. Es hätte mir gleich auffallen müssen." Nach
einer Weile des Schweigens seufzte Alena auf. Merin blickte sie
fragend an.

„Wir suchen eine Elfe, die von der Ngarka wegen irgendetwas
erpresst wird. Sarilla hat davon Wind bekommen und ist ebenfalls
zum Haus in der Kreuzgasse gegangen. Richtig?" Merin nickte, und
sie fuhr fort: „Es muss Sarilla doch brennend interessiert haben,
warum diese Elfe erpresst wurde! Es muss jemand aus ihrem
Bekanntenkreis sein. Aber bis jetzt haben wir überhaupt keine Elfe
unter ihren Bekannten gesehen!"

Merin kniff nachdenklich die Augen zusammen. „Wir haben auch
nicht nach einer Elfe Ausschau gehalten. Außerdem sehen sie fast
genauso aus wie Menschen. Manchmal haben sie spitzere Ohren,
aber nicht immer. Vielleicht ist es jemand, von dem wir glauben, dass
es ein Mensch ist. Vergiss nicht: Es gibt viele Elfen, die noch immer
ängstlich sind wegen den Verfolgungen in der Vergangenheit. Viele
geben ihre Identität nicht preis."

„Stimmt", sagte Alena. Sie dachte nach. „Eine Elfe in Sarillas
Bekanntenkreis bedeutet wahrscheinlich, eine Elfe in der höheren
Gesellschaft." Sie nagte skeptisch an ihrer Unterlippe. Sie dachte an
die Debatten, die zurzeit im Stadtrat geführt wurden. Auch wenn
magiebegabte Wesen – zumindest vorläufig – Menschen
gleichgestellt waren, sahen die meisten Menschen sie als von
niederer Geburt als ihresgleichen an. Magiebegabte in der höheren
Gesellschaft oder in der Politik – völlig undenkbar. „Das würde den

feinen Herrschaften überhaupt nicht gefallen. Domengo schon gar nicht. Er will ihnen ja sogar das Stimmrecht entziehen."

„Stimmt. Aber die Theorie, dass der Mord in Zusammenhang mit Domengos Politik steht, ist jetzt endgültig vom Tisch, oder? Die Erpressungsgeschichte ist viel logischer", sagte Merin.

Alena versuchte, darüber nachzudenken, merkte aber, dass ihre langsam aufsteigende Müdigkeit jeden klaren Gedanken vernebelte. „Weiß nicht. Wahrscheinlich schon. Mir brummt langsam der Schädel von all unseren Theorien", klagte sie. „Ich bin müde. Lass uns schlafen gehen."

„Lass uns schlafen gehen?" Merin hob anzüglich die Augenbrauen. Alena spürte, wie ihr das Blut in den Kopf schoss. „Du weißt genau, was ich meine. Gehst du noch nach Hause, oder willst du lieber hier übernachten? Es gibt noch ein anderes Gästebett und ich glaube nicht, dass Melissas Eltern etwas dagegen hätten, wenn du es benutzen würdest."

Es war schon richtig spät und Alena konnte sich nicht vorstellen, dass Merin jetzt noch zu Fuß nach Hause gehen wollte. Nach kurzem Zögern willigte er ein.

Nachdem Alena bei Melissa die offizielle Erlaubnis eingeholt hatte, suchte sie frische Bettwäsche heraus, um das Gästebett zu beziehen. Das andere Gästezimmer lag direkt neben ihrem. Es war kleiner als ihres, außer einem Bett und einem breiten, roten Sessel stand nichts darin.

Als Merin ihr die Bettwäsche abnahm, um das Bett selbst zu beziehen, fiel Alena ein, dass in einem Haushalt wie diesem eigentlich die Dienerschaft dafür zuständig war. Seit sie allein wohnte, hatte sie sich daran gewöhnt, alle Hausarbeiten selbst verrichten zu müssen.

Alena wünschte Merin eine gute Nacht, putzte sich die Zähne und ging zu Bett.

## Kapitel 9

*Sonntag*

Unsicher zog Alena an der Klingel und wartete. Zwar war sie sich sicher, dass Rosalia hier einmal gewohnt hatte, doch sie konnte in den letzten Jahren auch umgezogen sein. Das Namensschild aus Holz, das neben der Tür hing, war derart verwittert, dass die Schrift darauf unlesbar geworden war. Nur den letzten Buchstaben, ein schnörkeliges „*N*", konnte Alena noch entziffern.

Eine schmale Frau, fast noch ein Mädchen, öffnete ihr die Tür.

„Wohnen hier noch immer Rosalia und Rolf?", fragte Alena. Die Frau nickte schüchtern und erklärte, dass nur die Herrin des Hauses anwesend sei.

„Ich würde sie gern sprechen. Mein Name ist Alena Kurkuma."

„Warten Sie kurz." Sie verschwand, wohl um Rosalia zu fragen, ob die Besucherin willkommen sei. Langsam fiel die Tür vor Alenas Nase wieder zu. Als sie kurze Zeit später wieder geöffnet wurde, stand nicht die Bedienstete, sondern Rosalia selbst hinter der Tür. Sie war eine kleine, runde Frau mittleren Alters, das Gesicht mit Schminke zugekleistert.

„Was führt Sie zu mir?", kam Rosalia direkt auf den Punkt, sobald sie sich begrüßt hatten.

„Ich bin in Plinia Belcantes Auftrag hier", sagte Alena, auch wenn das nur indirekt stimmte.

„Na dann, treten Sie ein", meinte Rosalia ohne weitere Fragen zu stellen und trat zur Seite, um Alena einzulassen. Sie setzten sich im Wohnzimmer an einen kleinen Kaffeetisch.

„Wie kann ich Ihnen behilflich sein?", erkundigte Rosalia sich höflich.

Bei ihrer Befragung mit Kim hatte Alena sich die Personen notiert, die laut Kim Opfer von Sarillas Neugier geworden waren. Kim hatte ihr einen Mann und drei Frauen genannt; Rosalia war eine von ihnen.

Weil sie im Moment davon ausging, dass Sarilla wahrscheinlich von einer Frau ermordet wurde, würde sie den Mann auf der Liste wahrscheinlich gar nicht befragen.

„Ich würde mich gerne mit Ihnen über Sarilla unterhalten. Ich habe gehört, Sie haben sie recht gut gekannt?"

Rosalia erstarrte, bevor sie sich erneut zu einem Lächeln zwang. „Entschuldigung, aber was soll das bringen?", fragte sie.

Alena zuckte entschuldigend die Schultern. „Genaueres darf ich leider nicht sagen", zog sie sich aus der Affäre. „Aber ich kann Ihnen versichern, dass ich die Nachforschungen im Namen Plinias anstelle."

Rosalia seufzte laut. „Na gut, wenn es sein muss", willigte sie ein.

„Vielen Dank. Können Sie mir sagen, wie Sie zu Sarilla standen?"

„Na ja, wir waren befreundet. Schon seit sechs, sieben Jahren. Sie war ein lieber Mensch."

„Haben Sie sich in letzter Zeit mal mit ihr gestritten?"

„Nein."

Alena warf ihr einen langen Blick zu.

„Nun gut", gestand Rosalia zögernd. „Wahrscheinlich haben Sie es schon von jemandem gehört. Wir hatten vor Sarillas Tod eine kleine Meinungsverschiedenheit. Aber wir haben uns vor ihrem Tod wieder vertragen, und ich trage ihr nicht das Geringste nach." Ihre Miene war unbewegt; ihre rechte Hand, die auf ihrem Schoß lag, zuckte leicht. Alena glaubte ihr kein Wort.

„Die Angelegenheit, wegen der Sie sich gestritten haben …"

„Das ist persönlich", unterbrach Rosalia sie.

„Verstehe", sagte Alena kühl und erhob sich. „Die Belcantes werden von Ihrer Kooperationsbereitschaft nicht allzu begeistert sein", sagte sie und ging zur Tür.

„Warten Sie!", rief Rosalia, als Alena die Hand nach der Klinke ausstreckte. Alena drehte sich zu ihr um und hob fragend die

Augenbrauen.

„Ich … möchte natürlich nicht, dass die Belcantes uns böse sind", sagte sie mit unterdrückter Wut in der Stimme. Alena atmete im Stillen erleichtert auf. Kim hatte ihr nicht sagen können, warum Sarilla und Rosalia sich plötzlich nicht mehr verstanden hatten.

„Ja?", hakte Alena nach, als Rosalia verstummte.

„Es ging dabei um meinen Mann." Alena wusste, dass Rosalias Mann Rolf wie Domengo im Stadtrat war; vermutlich hatten Sarilla und Rosalia sich so kennengelernt. Alena setzte sich wieder hin.

„Am Unabhängigkeitstag hatte ich Sarilla und Xeny, eine andere Freundin, zu mir eingeladen. Wir waren im Arbeitszimmer meines Mannes, und dann bin ich nach draußen gegangen, um die Getränke zum Anstoßen zu holen, und Xeny ist mit in die Küche gekommen, um den Teller mit den Plätzchen zu tragen."

„Warum hat nicht das Personal Sie bedient?", fragte Alena.

„Es war der Unabhängigkeitstag", sagte Rosalia ungeduldig. „Wir sind verpflichtet, den Angestellten an diesem Tag freizugeben." Ihr Nasenrümpfen machte klar, was sie von diesem Gesetz hielt – und machte Rosalia in Alenas Augen gleich um ein ganzes Stück unsympathischer. „Jedenfalls ist Sarilla allein im Zimmer zurückgeblieben, und als wir zurückkamen – bei Elem, ich kann es immer noch nicht glauben! – hat sie in den Papieren meines Mannes herumgekramt, die auf dem Schreibtisch lagen. Ich meine, ich wusste schon immer, dass sie neugierig ist, aber … also, so eine Dreistigkeit!"

„Warum waren Sie eigentlich im Arbeitszimmer Ihres Mannes und nicht hier oder im Speisesaal?", wollte Alena wissen.

„Wir wollten uns das Feuerwerk anschauen. Von Rolfs Arbeitszimmer aus hat man einen tollen Blick darauf. Das Zimmer hat riesige Fenster. Und, na ja, Rolf war nicht da." Sie errötete. „Er war bei einem Parteikollegen eingeladen."

„Was hat Sarilla auf dem Schreibtisch entdeckt?"

„Nichts", sagte Rosalia bestimmt. Ihre rechte Hand zuckte wieder.

„Sie haben sich also so mit ihr gestritten, nur weil sie sich ein bisschen am Schreibtisch Ihres Mannes umgesehen hat?", fragte Alena unschuldig.

Rosalia ballte ihre Hände zu Fäusten. „Ich finde das schlimm genug. Außerdem habe ich ihr schon längst wieder verziehen. Das habe ich Ihnen schon gesagt."

„Als Sie mir eben die Geschichte erzählten, klang es aber nicht so, als hätten Sie Sarilla verziehen", meinte Alena, als sie an den Zorn in Rosalias Augen dachte.

„Worauf wollen Sie hinaus?", fragte Rosalia gereizt. Alena lehnte sich zurück und schaute sie unschuldig an. „Auf nichts."

„Hören Sie", Rosalia funkelte sie wütend an, „Was bringt das überhaupt? Sarilla ist tot und wenn Plinia … Sagen Sie ihr einfach, dass ich Sarilla nichts nachtrage." Beide schwiegen einen Moment.

„Kann ich sonst noch etwas für Sie tun?", fragte Rosalia schließlich. Es war offensichtlich, dass sie diese Frage aus purer Höflichkeit stellte. Als Alena dankend ablehnte, atmete sie erleichtert auf und rief das Hausmädchen, um Alena hinauszubegleiten.

Stirnrunzelnd drehte Alena ihre Hand, um den Ring an ihrem Finger von allen Seiten betrachten zu können. Kein Zweifel: Der Ring hatte eine andere Farbe angenommen; war er das letzte Mal, als sie ihn betrachtet hatte, noch bräunlich gewesen, leuchtete er nun in sattem Gelb. Wie war das möglich? Lag es vielleicht am Licht?

„Viel Neues ist dabei ja nicht herausgekommen", riss Merin sie aus ihren Gedanken und schlug die Beine übereinander.

„Na ja, es geht", brummte Alena etwas beleidigt.

Sie saßen in der zweit hintersten Reihe, von wo aus sie trotz des abgestuften Zuschauerraums nur beschränkte Sicht auf die Bühne hatten, doch für Alena war das nebensächlich. Die Akustik des Saals war hervorragend und trug die Klänge mühelos bis nach hinten, und die Musik war für Alena der wichtigere Bestandteil der Oper – auch wenn der berühmte Tenor Flammenio, der heute Abend singen würde, durchaus einen näheren Blick Wert gewesen wäre; Melissa hatte Alena erzählt, dass ihm die Damenherzen nur so zuflogen.

Um sie herum herrschte reges Treiben; ein Junge bot lauthals Getränke, Nüsse und Mandelplätzchen feil, hinter ihnen sangen ein paar Männer, die wohl etwas angetrunken waren, einen Gassenhauer, und das Pärchen neben ihnen war mit sich selbst beschäftigt. Normalerweise störte der Lärm sie vor dem Vorstellungsbeginn; heute war sie froh darüber, da so niemand ihre Unterhaltung belauschen konnte.

Nur in den ersten paar Reihen, die vom Rest der Oper durch ein rotes Band abgetrennt waren, ging es deutlich ruhiger und gesitteter zu; die Plätze dort waren um ein Vielfaches teurer. Wenn Alena ab und zu mit ihrem Vater in die Oper gegangen war, hatten sie immer in der zweiten oder dritten Reihe gesessen. Doch heute hatte Merin sie eingeladen, als nachträgliches Geburtstagsgeschenk. Auf dem Programm stand *Ophelia* – Alenas Lieblingsoper.

„Rosalia ist keine so gute Lügnerin. Ich glaube ihr nicht, dass Sarilla auf dem Schreibtisch ihres Mannes nichts gefunden hat."

Nach dem Besuch bei Rosalia war sie bei den anderen Frauen gewesen, deren Namen sie von Kim erhalten hatte. Eine von ihnen war eine alte Freundin von Alenas Mutter. Sie hatte einen guten Grund gehabt, Sarilla böse zu sein; diese hatte ihren Mann über ihre Untreue in Kenntnis gesetzt und so beinahe ihre Ehe zerstört. Während ihres Gesprächs hatte sich allerdings herausgestellt, dass sie ein wasserdichtes Alibi hatte – an dem Abend, an dem Sarilla ermordet wurde, war sie Gast bei Alenas Eltern gewesen.

Die andere Frau hatte sich über eine Stunde lauthals über Sarillas

Verhalten aufgeregt. Sarilla hatte nämlich durchsickern lassen, dass ihre „Freundin" ihrem jugendlichen Äußern nicht nur mit Hautcreme, sondern auch ab und zu mit einem Antifaltenzauber nachgeholfen hatte. „Als ob das nicht alle tun würden!", hatte sie sich aufgeregt.

„Was glaubst du denn, was sie auf dem Schreibtisch entdeckt hat?", fragte Merin und stellte sein linkes Bein wieder neben sein rechtes auf den Boden.

„Zum Beispiel etwas Ungesetzliches. Vielleicht etwas, womit Zorbas die beiden erpresst hat."

„Hm." Merin dachte einen Augenblick nach. „Wie wär's damit: Rosalia oder ihr Mann haben irgendetwas zu verbergen. Zorbas ist irgendwie dahintergekommen und hat die beiden nun erpresst. Sarilla findet auf dem Schreibtisch den Erpresserbrief. Sie kennt nun Zeit und Ort der Geldübergabe und taucht dann tatsächlich in der Kreuzgasse auf; wir wissen ja von ihrer Neugier. Rosalia entdeckt sie dort nach der Übergabe. Sie wird wütend, hat vielleicht auch Angst, dass Sarilla ihr Geheimnis verraten könnte, und tötet sie."

„Nicht schlecht." Alena nickte anerkennend. „Ich kann mir zumindest viel besser vorstellen, dass Rosalia den Mord begangen hat als Julne." Julne war die Frau, die Antifaltenzauber benutzte.

„Na ja, wer weiß", warf Merin augenzwinkernd ein, „Ich sage immer zu Leh: Unterschätze niemals die Eitelkeit der Frauen. Wenn ein Antifaltenzauber mal kein Mordmotiv ist!"

Alena lächelte und wollte etwas erwidern, doch in diesem Moment öffnete sich endlich der schwere Vorhang und gab die Bühne frei. Allmählich wurde es leiser um sie herum. Fackeln auf der Bühne wurden entzündet, welche ein warmes Licht auf das Bühnenbild warfen, das einen düsteren Wald zeigte. Der Dirigent, der zuvor auf einem Stuhl vor dem Orchester gesessen hatte, erhob sich nun. Sobald er mit einer dynamischen Bewegung beider Arme die

Ouvertüre initiierte, schloss Alena verzückt die Augen. Sie fand diese Ouvertüre den schönsten Teil der Oper, vom Trauermarsch im dritten Akt einmal abgesehen, und wollte sich nur aufs Zuhören konzentrieren. Einmal fing eine Frau eine Reihe hinter ihnen laut an zu lachen, worauf Alena ihr wütend bedeutete, still zu sein.

Die Oper umfasste drei Akte, die mit einer kurzen Pause etwa zwei Stunden dauerten. Es ging um die Geschichte des Gottes Solem, der als eine Mischung zwischen Löwe, Stier und Mensch auf die Erde kam und sich in die sterbliche Königstochter Ophelia verliebte. Wie so oft in der Oper endete die Liebesgeschichte tragisch. Im letzten Akt wurde die Prinzessin von ihrem eigenen Vater erdolcht und Solem kehrte mit gebrochenem Herzen zurück zu den anderen Göttern.

Die Aufführung war gelungen gewesen, was das Publikum zu würdigen wusste: Am meisten jubelte es den beiden Hauptdarstellern zu, die immer wieder auf die Bühne zurückkehrten und sich verneigten.

„Ich habe gar nicht gewusst, dass in der Oper die bekannte Sage der Ophelia vertont ist. Auch wenn es eigentlich naheliegend ist", sagte Merin während des nicht enden wollenden Applauses. Zum ersten Mal war Alena froh um ihre Verletzung; so würde ihr kaum jemand Vorhaltungen machen, weil sie nicht klatschte, bis ihr die Hände abfielen.

„Ich kenne die Sage nicht", gestand Alena. „Aber es würde zu Propowitsch passen. Ich glaube, er hat auch viele Märchen vertont."

Als Orchester, Dirigent und Sänger wirklich nicht mehr auftauchten, bildete sich ein träger Zuschauerfluss Richtung Garderoben. Alena hatte dort nach langem Hin und Her ihren Teppich abgegeben. Merin hatte sie ihres Zögerns wegen ausgelacht; in der Garderobe der Oper würde wohl kaum ein Teppich gestohlen werden, selbst wenn er wertvoll war. Auch der Garderobiere war Alenas Sorge um ihren

160

Teppich anscheinend im Gedächtnis geblieben: Sobald sie Alena und Merin sah, reichte sie Alena den Teppich über den Tresen, noch bevor diese ihre Garderobenmarke hervorgeholt hatte.

Merin und Alena traten nach draußen in die milde Nacht und setzten sich auf eine Sitzbank unter einer Pappel. Die Oper lag nur ein kurzes Stück westlich der Universität und grenzte an einen kleinen Wald – den einzigen im Stadtzentrum.

„Hat es dir gefallen?", fragte Merin.

„Ja. Vielen Dank nochmals. Dir auch?"

„Ja." Merin lächelte verschmitzt. „Aber mit Molinis *Drei Apfelkernen* kann sie es trotzdem nicht aufnehmen."

Alena schnaubte gespielt verächtlich. „Pah! Du hast keine Ahnung."

Dann, wieder ernst, fragte sie: „Welches ist eigentlich die Oper, die du zuerst gesehen hast?"

Merin dachte eine Weile nach. „Auch eine von Molini. Die *Sternenwanderer*, glaube ich. Das ist sehr lange her." Leise fügte er hinzu: „Meine Eltern haben mich mitgenommen, als ich Geburtstag hatte. Ich glaube, da war ich neun oder zehn."

Alena hielt den Atem an. Sie hatte sich schon oft gefragt, weshalb Merin und Leh allein in einer Wohnung wohnten. Sie hatte sich aber nie zu fragen getraut, ob es daran lag, dass ihre Eltern gestorben waren. Doch jetzt, wo er von ihnen sprach, musste sie fragen.

„Deine Eltern, sind sie ... tot?"

„Für mich schon." Er wandte sein Gesicht ab, doch Alena hätte der Dunkelheit wegen seine Miene ohnehin höchstens erahnen können. Eigentlich war sie ganz froh, dass umgekehrt auch er ihr Gesicht nicht sah: Seine Worte hatten ihr einen kleinen Schock versetzt. Für Alena war es normal, die Familie über alles zu lieben, egal, ob man sich stritt oder selten sah.

Merin schwieg eine ganze Weile. Alena wartete. Sie wollte ihn nicht drängen.

„Als ich klein war, war eigentlich noch alles in Ordnung", fuhr er schließlich fort, den Blick geradeaus in die Ferne gerichtet. „Sie haben sich wahrscheinlich zu wenig um uns gekümmert, aber sie haben halt gearbeitet. Das Mädchen, dass sich um den Haushalt gekümmert hat, hat manchmal auf uns aufgepasst. Sie hieß Janice." Alena glaubte, ein sehnsüchtiges Lächeln auf seinen Lippen zu sehen. Oder hörte sie es in seiner Stimme? „Als ich siebzehn war, bin ich eines Nachts aufgewacht. Geräusche aus dem Nebenzimmer haben mich geweckt. Das war das Schlafzimmer von Janice. Leh und ich haben uns damals ein Zimmer geteilt, also habe ich möglichst leise das Zimmer verlassen und dann an der Nebentür gelauscht. Ich hörte die gedämpfte Stimme meines Vaters. Einen Moment war ich zu geschockt und stand einfach nur da, dann habe ich die Tür geöffnet." Merin sprach immer schneller. „Mein Vater lag auf ihr und hielt ihr den Mund zu. Janice wimmerte. Er sagte ihr, sie solle endlich den Mund halten. Er ... er hatte die Kleider noch an. Zum Glück. Ich stand wie gelähmt in der Tür. Dann hat mein Vater mich gesehen. Er ist sofort aufgesprungen und hat mich angeschrien, was ich hier zu suchen habe. Dann hat er versucht, irgendeine billige Ausrede zu finden und mir gesagt, ich dürfe niemandem erzählen, was ich gesehen habe. Ich habe kein Wort gesagt. Schließlich ist er wieder in sein Schlafzimmer gegangen. Ich habe gehört, wie Janice im Bett geweint hat. Irgendwann habe ich mich an den Rand ihres Bettes gesetzt und versucht, sie zu trösten. Als sie sich etwas beruhigt hat, habe ich sie gefragt, ob mein Vater ... ob er das schon einmal getan hat." Er holte tief Luft. „Sie hat mir erzählt, dass er sie immer wieder anzüglich angesehen, ihr unter den Rock gegriffen oder etwas Ähnliches getan hatte. Dass er aber noch nie so weit wie an diesem Abend gegangen war. Dann hat sie schluchzend hinzugefügt, dass sie am nächsten Tag ihre Sachen packen und verschwinden würde. Und das hat sie getan." Er stieß ein bitteres

Lachen aus. „Meine Eltern haben einfach so getan, als wäre nichts passiert. Leh haben sie erzählt, dass Janice eine bessere Stelle gefunden hat und deshalb gegangen ist. Zwei Tage später habe ich das Nötigste zusammengepackt und bin mit Leh abgehauen." Eine Wolke schob sich vor den Mond und verschleierte sein Antlitz.

„Du bist einfach so gegangen?", fragte Alena fassungslos. Er nickte knapp. „Aber wie ... Ich meine, haben deine Eltern euch nicht gesucht?"

„Weiß nicht. Wahrscheinlich schon. Ich habe nämlich einen großen Teil ihres Geldes mitgenommen. Als vorgezogenes Erbe, sozusagen. Aber ich habe den ganzen Weg hierher darauf geachtet, unsere Spuren zu verwischen. Sie haben uns all die Jahre über nicht gefunden." *Den ganzen Weg hierher ...*

„Du stammst nicht aus Melante", stellte Alena fest.

„Örskmal ni yggä!", sagte Merin. Alena hatte keine Ahnung, was für eine Sprache das war. „Ich komme aus dem Norden. Nördlich des Kogalgebirges, um genau zu sein."

Alena starrte ihn mit offenem Mund an. Zwar hatte sie schon vom Kogalgebirge gehört, jedoch kannte sie absolut niemanden, der von so weit her kam. Sie selbst hatte Melante noch niemals verlassen. Sie fragte sich, wie Merin und Leh, der damals höchstens zehn gewesen sein konnte, den beschwerlichen Weg gemeistert hatten. Wahrscheinlich heimlich auf Wagen, die Waren transportiert hatten, oder ganz einfach zu Fuß.

„Was ist eigentlich mit deiner Mutter?" Die Frage beschäftigte Alena. Dass Merin seinem Vater nicht verzeihen konnte und deshalb abgehauen war, konnte sie verstehen. Aber seine Mutter trug an den Vorfällen doch keine Schuld?

„Ich habe ihr am nächsten Tag erzählt, was ich gesehen habe." Er verzog das Gesicht. „Sie hat mir nicht geglaubt. Sie hat dann Vater zur Rede gestellt. Dieser hat allen Ernstes behauptet, dass *er mich* mit Janice im Bett erwischt hat!"

„Und sie hat ihm geglaubt?", hakte Alena behutsam nach.

„Ja. Zumindest hat sie so getan. Heute bin ich mir ziemlich sicher, dass sie die ganze Zeit gewusst hat, was abgelaufen ist. Sie wollte es sich nicht eingestehen." Er rieb sich das Handgelenk. „Sie war nicht viel besser als mein Vater."

Das fand Alena sehr hart, doch sie behielt den Gedanken für sich. „Vermisst du deine Eltern nicht?", wollte sie wissen.

Merin zuckte die Schultern. „Warum? Ich bin glücklich hier."

„Und Leh?" Immerhin war dieser damals noch sehr jung gewesen.

„Am Anfang, vielleicht", räumte Merin ein. „Aber er hatte schon immer eine stärkere Bindung zu mir als zu ihnen." Er dachte einen Moment nach. „Ich glaube, es war richtig, was ich getan habe. Ich bereue es nicht. Aber die Bäume, die vermisse ich manchmal. Und im Winter den Schnee."

„Es gibt doch auch hier Bäume", sagte Alena verständnislos.

„Ja, Dummerchen", sagte Merin und lachte, „Aber nicht dieselben. Da, wo ich herkomme, gibt es fast nur Nadelbäume, zum Beispiel Arven oder Tannen. Ich glaube, ich habe sie eigentlich gar nie besonders schön gefunden. Erst jetzt, wo sie nicht mehr da sind, fehlen sie mir."

Alena versuchte, sich Nadelbäume vorzustellen. Wahrscheinlich handelte es sich dabei um Bäume mit nadelförmigen Blättern.

„Was ist Schnee?", wollte sie wissen.

„Gefrorenes Wasser."

„Das heißt doch Eis", widersprach Alena.

„Nein. Also doch, schon. Es ist nicht ganz dasselbe." Merin suchte eine Weile nach den richtigen Worten. „Schnee gibt es, wenn es sehr kalt ist und regnet. Er fällt dann vom Himmel. Er ist aber nicht so hart wie Eis, sondern weich. Und ganz weiß. Er besteht aus vielen, winzigen Kristallen, die Flocken bilden." Merin schaute träumerisch in die Ferne. „Wenn es schneit, sieht es aus, als hätte jemand eine Zuckerdecke über die Landschaft gelegt. Sehr schön."

Obwohl Alena sich redlich bemühte, sich ein Bild von Schnee zu machen, misslang es ihr.

„Wie habt ihr es geschafft, euch in Melante durchzuschlagen?", fragte sie stattdessen.

„Na ja, einerseits mit dem Geld, dass ich mitgenommen habe. Andererseits habe ich mich immer bemüht, neben der Uni noch ein bisschen Geld zu verdienen. Seit ich das Stipendium habe, ist es einfacher." Er zuckte die Achseln. „Bisher hat es immer gereicht, auch wenn wir nicht wie Könige leben." Einen Moment lang fühlte Alena sich beinahe schuldig, dass sie mit ihren Eltern, die sie liebten und reich waren, so viel Glück gehabt hatte, doch sie verdrängte den Gedanken. Er war unnütz.

Sie blieben noch eine Weile stumm nebeneinander sitzen. Dann breitete Alena vorsichtig ihren fliegenden Teppich auf dem Boden aus und schaute Merin erwartungsvoll an. Alena hatte ihn dazu überreden können, sie auf dem Teppich nach Hause zu fliegen; zur Oper hatte sie ihn getragen. Er hatte sich erst geziert, da er nach eigener Angabe nur über die absoluten Grundkompetenzen des Fliegens verfügte, doch Alena hatte seinen funkelnden Augen angesehen, dass er beinahe so begierig darauf war wie sie, über Melantes Dächer zu fliegen.

Merin seufzte gespielt auf und setzte sich auf den Teppich. Wie Alena es bereits gelernt hatte, nahm er die schwarzen Fransen zwischen die Finger.

„Worauf wartest du?", fragte Merin, weil Alena stehen geblieben war. Etwas verlegen setzte sie sich im Schneidersitz hinter ihn. Der Teppich war so klein, dass ihre Beine seinen Rücken berührten.

„Du musst dich schon festhalten", meinte Merin belustigt, „Sonst plumpst du zu Boden, sobald ich abhebe." Wie geheißen schlang

Alena ihre Arme um Merins Oberkörper und faltete ihre Hände, als würde sie beten. Zwischen ihrem rechten Daumen und dem Zeigefinger spürte sie den Verband, den sie heute Morgen gewechselt hatte. Die Wunde sah bereits besser aus; in ein paar Tagen würde sie den Verband wahrscheinlich abnehmen können. Trotzdem spürte sie manchmal einen pulsierenden Schmerz, selbst wenn nichts das Handgelenk berührte.

„Sanju ka melei." Merins Stimme klang wie das Flüstern des Windes. Der Teppich unter ihnen begann zu zittern. „Haleia nu." Mit seinen Worten erhob sich der Teppich ruckartig in die Luft. Alena klammerte sich fester an Merin, um nicht herunterzufallen. „Tut mir leid. Ich bin etwas aus der Übung", entschuldigte er sich. Als sie höher und höher schwebten, wurde Alena flau im Magen. In ihr stieg die Erinnerung an ihre erste verpatzte Übungsstunde hoch.

Als sie etwa zehn Meter über dem Boden erreicht hatten, gab Merin dem Teppich erneut Befehle. Alena glaubte, dass er etwas wie „Susli" und „Kliopa" sagte, doch sicher war sie sich nicht. Der Teppich schwebte einen Moment am selben Ort, bevor er langsam nach vorne flog. Vorsichtig lugte Alena über den Rand nach unten. Gerade flogen sie über den Hain. Einige Baumkronen waren so nahe, dass Alena beinahe die trockenen Blätter berühren konnte.

„Das ist aber nicht die richtige Richtung", sagte sie. Melissas Elternhaus lag in der entgegengesetzten Richtung.

„Ich weiß. Aber wenn du schon mal gezwungen bist, dich an mich zu klammern, nehme ich sicher nicht den direkten Weg." Obwohl Alena sein Grinsen nicht sehen konnte, konnte sie es in seiner Stimme hören.

„Ach so? Deshalb hast du zugestimmt, mich nach Hause zu bringen?", neckte sie ihn.

„Klar." Er ließ den Teppich beschleunigen, sodass Alena sich enger an ihn klammern musste. Der Flugwind an ihren Armen war nun deutlich spürbar und überzog sie mit einer Gänsehaut. Der Rest ihres Körpers war durch Merin vom Wind weitgehend geschützt.

Auf einer kleinen Wiese am Waldrand setzte Merin zur Landung an. Sobald sie am Boden waren, stand er auf und deutete auf den Teppich. „Nun du", sagte er.

Alena schaute ihn fassungslos an. „Wie jetzt?" Wollte Merin allen Ernstes, dass sie jetzt den Teppich flog?

„Na los, setz dich nach vorne. Wir machen eine Flugstunde."

„Du hast es doch selbst zum Teil wieder verlernt", sagte Alena, wobei sie sich an den holprigen Start erinnerte. „Außerdem ist es mitten in der Nacht."

„Na und?" Merin zuckte die Achseln. „Ob Tag oder Nacht – spielt keine Rolle. Außerdem kann dir niemand dabei helfen, ein Gefühl fürs Fliegen zu kriegen. Das musst du allein herauskriegen. Du musst nur die richtigen Worte kennen. Und die kann ich dir beibringen."

Alena rutschte nach vorn und klemmte sich die schwarzen Fransen zwischen die Finger. Merin deutete das ganz richtig als ihr Einverständnis und begann damit, ihr die grundlegenden Wörter beizubringen. Als sie sie ihm nachsprechen wollte, rief er erschrocken: „Nicht! Nimm erst die Finger von den Fransen. Sonst fliegst du davon, bevor du die wichtigsten Befehle in und auswendig kannst."

Merin war ein strenger Lehrer. Immer und immer wieder musste sie dieselben Worte wiederholen. Ab und zu maulte sie deswegen, doch insgeheim wusste sie, dass sein Vorgehen sinnvoll war; die Worte mussten in ihrem Langzeitgedächtnis gespeichert werden und ihr sicher und flüssig über die Lippen kommen.

Danach kam der praktische Teil. Erst übten sie nur, mit dem Teppich zu schweben und wieder zu landen. Hoch und runter. Hoch und runter. Dutzende Male, bis Alena den Teppich so sanft auf die Wiese setzen konnte, dass das Gras kaum noch raschelte.

„Sehr gut", lobte Merin. Vom vielen Reden war seine Stimme ein bisschen heiser geworden. „Ich glaube, für heute ist es genug."

Während Merin sie zu Melissas Haus flog, schwiegen beide, doch es war ein angenehmes Schweigen.

„Danke", sagte Alena, als er sie vor der Haustür absetzte.

„Gern geschehen." Selbst im fahlen Mondlicht konnte Alena sein Lächeln sehen. Er stieg ab und wollte den Teppich zusammenrollen, doch Alena hielt ihn davon ab.

„Nein, nein, nimm ihn nur, um damit nach Hause zu fliegen. Um diese Zeit ist es sicherer, nicht zu Fuß durch die Straßen zu gehen."

Merin hielt in der Bewegung inne. „Sicher?"

„Ja, klar. Du kannst mir den Teppich ja morgen zurückgeben." Merin nahm wieder auf dem Teppich Platz.

„Bist du sicher, dass du mir deinen geliebten Teppich anvertrauen willst?", zog Merin sie auf. „Ich habe keine Armee, um ihn zu verteidigen."

„Halt die Klappe." Alena schlug nach ihm, doch Merin wich geschickt aus, indem er mit dem Teppich nach oben flog, außerhalb von Alenas Reichweite.

„Feigling!", knurrte Alena.

Merin lachte. „Dann also … Gute Nacht."

„Gute Nacht." Alena schaute zu, wie die Nacht Merin und den Teppich verschluckte. Sie starrte auf den Mond am Himmel und unterdrückte die leise Sehnsucht, die in ihr aufstieg. Als sie die Haustür aufschloss und in ihr Zimmer ging, kreisten die Gedanken in ihrem Kopf. Hätte sie Merin anbieten sollen, hier zu übernachten? Oder wäre das zu aufdringlich gewesen? Sie war froh, dass der Schlaf sie von diesen nutzlosen Fragen erlöste, als sie sich in ihr Bett sinken ließ.

## Kapitel 10

*Montag*

Weil ihr Büro am Samstag wegen ihres Geburtstags geschlossen gewesen war, beschloss Alena, stattdessen am Montag ausnahmsweise geöffnet zu haben. So saß sie pünktlich um acht Uhr morgens an ihrem Pult und machte Abrechnungen. Alles war friedlich und ruhig.

Alena hatte sich in letzter Zeit manchmal gefragt, ob sie mit dem Auszug nicht überreagiert hatte. Zwar stellte die Ngarka eine Bedrohung dar – eine sehr ernstzunehmende Bedrohung – doch Alena hatte sich wie geheißen nicht mehr in der Kreuzgasse blicken lassen und seit dem Angriff hatte sie nichts mehr von der Ngarka gehört. Andererseits, ging es Alena durch den Kopf, hatte sie Trijana dazu gebracht, ihr von der Erpressung zu erzählen. Dies war sicher nicht im Sinne der Ngarka gewesen. Gerade legte sie das erste Blatt Papier beiseite, als es an der Tür klopfte.

„Herein", rief Alena. Eine junge Frau betrat den Raum. Sie trug schwarze, eher schäbige, vom Regen durchnässte Kleidung und wirkte sehr aufgeregt. Es dauerte einen Moment, bis Alena einfiel, woher sie die Frau kannte.

„Guten Tag. Setzten Sie sich. Sie sind eine Freundin von Trijana, nicht wahr?" Die Frau war dabei gewesen, als Alena Trijana vor der Bar angesprochen hatte.

„Wissen Sie eigentlich, was Sie angerichtet haben?", fragte die Besucherin aufgeregt, statt Alena zu antworten. Sie setzte sich nicht auf den Besucherstuhl, sondern umklammerte so fest dessen Lehne, dass ihre Knöchel weiß hervortraten. „Sie ist verschwunden, und das ist Ihre Schuld!", fuhr sie fort, noch bevor Alena sich eine passende Antwort hatte überlegen können.

„Setzen Sie sich!", wies Alena sie an. Die Besucherin funkelte sie noch immer wütend an, tat dann aber wie ihr geheißen.

„Wie heißen Sie?", fragte Alena in milderem Ton.

„Koshia." Die Wut auf Koshias Gesicht wich langsam tiefer Sorge. In ihren Augenwinkeln glitzerte es; sie bemühte sich, ihre Tränen zurückzuhalten.

„Gut. Nun sagen Sie mir, Koshia, wer verschwunden ist. Trijana?"

„Ja. Gestern. Ich weiß, dass ihr etwas zugestoßen ist. Die Ngarka hat sie ... hat sie getötet." Sie schluchzte auf. „Und das nur, weil sie *Ihnen* von den Geschäften der Ngarka erzählt hat. Das hätte sie nicht tun dürfen." Die ersten Tränen liefen über ihre Wangen. Bestürzt suchte Alena nach einem Taschentuch. Im Bücherregal fand sie schließlich ein sauberes, das sie Koshia reichte.

„Wie ist sie denn verschwunden?", fragte Alena behutsam.

„Wir übernachten oft in einem leer stehenden Haus, das in der Nähe des Tempels steht", begann Koshia zu erzählen. „Das haben wir auch vorgestern gemacht. Ich bin nach oben gegangen, um ... na ja, zu schlafen." Auf Alenas fragenden Blick hin fügte sie hinzu: „Sie wissen schon ... Ich musste am nächsten Tag Träume abliefern." Koshia war wie Trijana ein Traummädchen. Alena hätte gerne gewusst, wie die Träume gespeichert wurden, doch sie fragte nicht nach. Das tat jetzt nichts zur Sache. „Trijana und Faro, ihr Hund, sind unten geblieben. Als ich am nächsten Tag nach unten gegangen bin, war nur noch Faro da. Trijana war einfach weg!" Sie schnäuzte in das Taschentuch, das Alena ihr gegeben hatte. „Und am Boden da ... da waren Blutspuren."

Alena wurde schlecht. Trijana schien wirklich etwas zugestoßen zu sein. „Warum sind Sie sich sicher, dass die Ngarka etwas damit zu tun hat?", fragte sie.

„Weil Trijana es mir gesagt hat! Sie hatte an diesem Tag ein Treffen mit Zorbas. Als sie zurückgekommen ist, hatte sie eine Scheißangst. Sie hat geheult – ich habe sie noch nie heulen sehen, noch nie! Selbst wenn sie eine ihrer Stimmungsschwankungen hatte. Und sie hat gesagt, dass Zorbas herausgekriegt hat, dass sie mit Ihnen geredet hat. Und dass er wütend war deswegen." Das flaue Gefühl in Alenas Magen verstärkte sich.

„Wie haben Sie mich eigentlich gefunden?"

„Trijana hat mir alles von eurem Treffen erzählt, auch, dass Sie private Ermittlerin sind. Davon gibt es in der Stadt nicht gerade viele – vor allem keine Frauen."

„Können Sie mich zu dem Ort bringen, wo Trijana verschwunden ist?", bat Alena. Koshia nickte heftig. „Deswegen bin ich eigentlich hergekommen, und nicht, um Ihnen Vorwürfe zu machen", gab sie zu. An ihrem Tonfall erkannte Alena, dass sie die Vorwürfe dennoch für gerechtfertigt hielt.

„Die habe ich aber verdient", sagte Alena. Koshia wirkte überrascht von Alenas bitterem Tonfall. Wenn Trijana wirklich etwas zugestoßen war, nur weil sie sie dazu gebracht hatte, ihr von der Erpressung zu erzählen … Sie wusste nicht, ob sie sich das verzeihen könnte.

„Ich schwöre Ihnen, wenn ich auch nur einen Moment lang geglaubt hätte, dass ihr etwas zustoßen könnte, weil sie mit mir geredet hat, dann hätte ich es nicht getan." Aber sie hätte wissen müssen, dass so etwas passieren konnte, warf sie sich im Stillen vor. Auch wenn sie weit und breit niemanden gesehen hatte, der ihr Gespräch hätte belauschen können. Mit der Ngarka war nicht zu spaßen.

„Kommen Sie, ich bringe Sie hin", sagte Koshia und erhob sich. Die Trauer in ihrer Stimme setzte Alena noch mehr zu als die Vorwürfe. Alena verstaute ihre Papiere im Schreibtisch und schnappte sich ihre Tasche und ein Kopftuch; es regnete schon, seit Alena aufgewacht war, und es sah nicht danach aus, als ob es bald nachlassen würde. Nachdem sie die Tür hinter Koshia abgeschlossen hatte, gingen beide die Treppen hinunter. Bevor sie das Haus verließen, drapierte Alena sich das grau gemusterte Tuch um Kopf und Schultern. Draußen entfernte Alena den Zettel neben dem Eingang, auf dem stand, dass die Detektei heute geöffnet habe.

Sobald sie den Schutz des Dachs verließen, prasselten schwere Tropfen auf sie nieder. Alena war froh, dass der Stoff ihres Kopftuchs wasserabweisend war. Betreten warf Alena einen Blick auf Koshias nasse Kleidung. Sie hätte ihr etwas Trockenes zum Anziehen anbieten sollen, hatte aber nicht daran gedacht.

„Was ist?", schnauzte Koshia, als sie bemerkte, wie Alena ihre Kleidung anstarrte.

„Nichts." Rasch wandte Alena den Blick ab, während sie errötete.

„Bring mich hin."

Alena verstand, wieso das Haus leer stand, in dem Koshia und Trijana übernachtet hatten: Es war eine Bruchbude. Die wenigen Fenster, die noch Scheiben hatten, wirkten wie milchige, blinde Augen. Der vordere Teil des Dachs war eingestürzt, ebenso ein Teil der Ziegelmauer; das Loch war behelfsmäßig mit einigen Holzbrettern geschlossen worden. Nur die Tür war eindeutig neu; in ihrem glatten, noch unverwitterten Holz glänzte eine Türklinke aus Messing. Die Tür war unverschlossen. Natürlich, ging es Alena durch den Kopf; Koshia war nicht die Eigentümerin und hatte folglich wohl kaum einen Schlüssel.

Im Innern war es überraschend sauber; allerdings konnte es sein, dass Alena den Schmutz wegen des mangelnden Lichts einfach nicht sah. Sie schaute sich im Raum nach einer Lampe oder Fackel um, sah aber keine. Überhaupt herrschte eine gähnende Leere wie im zahnlosen Mund eines Greises: Keine Möbel, keine Decken, kein Essen – nichts. Plötzlich kam ein Schatten die schmale Treppe herunter gefegt, sprang an ihr hoch und warf sie fast um. Alenas Herz machte einen Satz, sie schrie erschrocken auf.

„Faro!", rief Koshia. „Hör auf!" Alena erstarrte. Als sie jedoch merkte, dass der Hund bloß an ihr hochsprang, um ihr Gesicht besser ablecken zu können, setzte sie sich zur Wehr.

„Pfui!", sagte sie streng und versuchte dabei, ihre Stimme so tief wie möglich klingen zu lassen. Widerwillig setzte Faro seine Vorderpfoten wieder auf den Boden.

„Der war letztes Mal aber nicht so zutraulich", wunderte sich Alena. Koshia zuckte ratlos die Schultern. „Seit Trijana verschwunden ist, ist er wie ausgewechselt. Außer ihr konnte ihn fast niemand berühren."

Vorsichtig strich Alena über den Kopf des schönen Hundes; als Antwort wedelte Faro mit dem Schwanz und drückte seinen Körper fest an ihre Beine.

„Ich weiß nicht, was ich mit ihm machen soll, falls Trijana nicht wieder auftaucht. Wollen Sie ihn vielleicht haben?", fragte Koshia.

„Ich?", fragte Alena überrascht.

„Na, er scheint Sie doch zu mögen."

„Ich habe keine Zeit für einen Hund. Und meine Wohnung ist zu klein. Warum wollen Sie ihn nicht?"

„Ich mag Hunde nicht so", gestand Koshia. „Aber wenn ihn niemand nimmt, behalte ich ihn schon. Das bin ich Trijana schuldig."

Koshia durchquerte den Raum und kniete sich in der rechten Zimmerecke auf den Boden. Erstaunt beobachtete Alena, wie sie eine lockere Diele hochhob und in ein Loch darunter griff. Sie brachte eine weiße Kerze und Streichhölzer zum Vorschein.

„Wir bewahren die wenigen Sachen, die wir hier lassen, in diesem Versteck auf. Sonst sind die Sachen weg, wenn wir nächstes Mal wiederkommen." Nachdem Koshia die Kerze angezündet hatte, legte sie die Streichhölzer wieder in das Loch, klappte die Diele nach unten und ging mit der Kerze in der Hand zu einer Stelle neben der Treppe.

„Hier ist der Blutfleck", sagte sie, während sie die Kerze tiefer hinunter hielt. Alena trat zu ihr und kniete sich hin. Der Fleck war groß, stellte Alena bestürzt fest. Faro nutzte die Gelegenheit, dass Alena sich auf einmal auf seiner Augenhöhe befand, und versuchte erneut voller Enthusiasmus, ihr Gesicht abzuschlecken. „Pfui!" Alena musste es dreimal wiederholen und ihn immer wieder wegstoßen, bis er endlich aufgab. „Sie hatten recht: Es ist Blut", teilte Alena Koshia mit, die bei ihren Worten erbleichte.

„Scheiße." Koshias Stimme klang heiser. „Es ... es ist wirklich Trijanas Blut?"

„Das weiß ich nicht. Man glaubt, dass jeder Mensch eine Art individuellen Code hat, den man zum Beispiel in seinem Blut, seinen Haaren oder Nägeln findet. An der Universität wird viel darüber geforscht, aber zurzeit gibt es noch keine Tests, mit denen man so etwas nachweisen kann", erklärte Alena.

„Ein individueller Code?" Koshia hob skeptisch die Augenbrauen.

„Warum nicht? Fingerabdrücke sehen auch alle anders aus", meinte Alena. „Wo hat Trijana üblicherweise geschlafen?", wechselte sie dann das Thema.

„Genau hier, wo das Blut ist."

„Hat sie auf dem nackten Boden geschlafen?", fragte Alena ungläubig.

„Nein, nein. Sie hatte schon eine Decke. Ich habe sie weggeräumt. Ich glaube, es war kein Blut dran, aber sicher bin ich nicht. Die Decke ist schwarz."

„Sie wurde also wahrscheinlich im Schlaf überrascht", murmelte Alena mehr zu sich selbst. „Mit einem Messer oder etwas Ähnlichem verletzt, dem vielen Blut nach. Und Sie haben nichts gehört?"

Koshia schüttelte den Kopf. „Wie gesagt, ich habe meine Träume gespeichert. Man kann nicht aufwachen, während man das macht."

„Dann haben Sie auch nicht gehört, ob Faro gebellt hat?", hakte Alena nach.

„Nein. Aber das hat er sicher getan. Er hat Trijana immer verteidigt." Alena erinnerte sich, wie Faro Merin und sie bei ihrer letzten Begegnung angeknurrt und ersteren sogar gebissen hatte.

„Das glaube ich gern. Umso mehr erstaunt es mich, dass es ihm so gut geht." Alena rief Faro zu sich, der sofort angestürmt kam. „Ich kann keine Verletzung feststellen", sagte Alena, nachdem sie ihn abgetastet hatte. „Wenn er Trijana verteidigt hat, warum hat ihn der Eindringling nicht einfach niedergestochen? Warum riskieren, dass er ihn verletzt oder durch sein Gebell Trijana weckt oder sonst jemanden auf sich aufmerksam macht?"

„Keine Ahnung. Vielleicht war er ein Hundefreund, und statt ein Messer zu nehmen, hat er ihm einfach eins über den Kopf gezogen. Das würde vielleicht erklären, warum er jetzt so komisch drauf ist."

„Na ja", meinte Alena wenig überzeugt, da Faro am Kopf keinerlei Schmerz zu verspüren schien oder auch nur empfindlich war. „Könnte es nicht sein, dass er den Eindringling gekannt hat?", fragte sie, während sie ihre Tasche öffnete.

„Vielleicht." Koshia wirkte ratlos. Alena holte eine kleine Flasche mit Wasser und ein Reagenzglas aus der Tasche. Vorsichtig gab sie ein paar Tropfen Wasser auf das getrocknete Blut, um es ein bisschen zu verflüssigen, und nahm eine kleine Probe in das Reagenzglas, das sie danach mit einem Pfropfen verschloss.

„Ich dachte, Sie können nicht nachweisen, dass es Trijanas Blut ist", sagte Koshia stirnrunzelnd.

„Richtig", sagte Alena. „Ich werde nur überprüfen, ob es wirklich *Blut* ist." Diesbezüglich hatte Alena zwar keine großen Zweifel: Sie hatte oft genug welches gesehen. Doch sicher war sicher; sie wollte nicht schlampig arbeiten. Sie verstaute die Probe in ihrer Tasche und stand auf. Faros wedelnder Schwanz schlug in regelmäßigen Abständen gegen ihre Beine.

„Wollen Sie gehen?", fragte Koshia.

„Ja. Das heißt, kommen Sie klar? Oder kann ich noch etwas für Sie tun?"

Koshia schüttelte den Kopf. „Mir kann niemand helfen", sagte sie traurig. Mitgefühl und Schuldgefühle stiegen in Alena hoch. Doch sie wusste, dass Koshia recht hatte.

„Was ist mit dem Hund?", fragte Koshia, als Alena sich Richtung Tür drehte. Alena schaute nach unten. Faro sah sie aus seinen schönen, braunen Augen an.

„Er gehört Trijana", sagte Alena. „Und ich halte es für möglich, dass sie noch am Leben ist. Warum sollte jemand ihre Leiche entfernen?" Um Spuren zu verwischen, sagte eine leise Stimme in Alenas Kopf, aber sie sprach die Worte nicht laut aus. „Es kann sein, dass der Angreifer sie nur verletzt und mitgenommen hat. Vielleicht will er eine Information von ihr."

„Sie haben recht." Der Hoffnungsschimmer auf Koshias Gesicht drehte Alena den Magen um; selbst wenn Trijana tatsächlich noch am Leben war: Für wie lange würde das so bleiben? „Falls sie zurückkommt, können Sie ihr Faro doch einfach zurückgeben."

„Ich kann ihn nicht behalten", wiederholte Alena. Doch Koshia hörte den Zweifel in ihrer Stimme.

„Ach kommen Sie!", rief sie. „Sie lieben doch Hunde. Das steht Ihnen ins Gesicht geschrieben."

„Schon", begann Alena, „Aber ich habe doch gar …"

„… keine Zeit", beendete Koshia den Satz für sie. „Das sagten Sie bereits. Und ich glaube Ihnen, dass Sie viel arbeiten. Aber Sie arbeiten doch oft draußen, oder? Dann können Sie Faro einfach mitnehmen."

„Meine Wohnung ist wirklich winzig", entgegnete Alena schwach.

„Das ist doch egal, solange Faro genug Auslauf hat. Kommen Sie, geben Sie sich einen Ruck."

„Und?", fragte Alena, bemüht, ihre Ungeduld nicht zu zeigen. Der Juwelier warf ihr einen leicht pikierten Blick zu, bevor er wieder durch seine Lupe den Ring betrachtete. Alena hatte sich endlich die Zeit genommen, den seltsamen Ring, der plötzlich an ihrem Finger gesteckt hatte, einem Fachkundigen zu zeigen. Die Farbwechsel, die der Ring immer wieder vollzogen hatte, hatten sie leicht beunruhigt. Sobald sie ihn ausgezogen hatte, um ihn dem Juwelier zur Untersuchung zu geben, war er durchsichtig geworden, fast wie Glas. „Zweifellos aus Sternstein", murmelte der Juwelier. Alena beugte sich vor, um ihn besser zu verstehen. „Wer hat den Zwilling?", fragte er.

„Zwilling?", wiederholte Alena verständnislos. Der Juwelier stieß ein kleines Schnauben aus. „Den Zwillingsring." Als er sah, dass Alena noch immer von keinem Erkenntnisblitz getroffen wurde, legte er überrascht die Lupe vor sich auf die Theke. „Sie haben keine Ahnung?"

„Nein", sagte Alena leicht verärgert. „Was ist ein Zwillingsring?"

„Zwillingsringe werden aus Sternstein hergestellt. Sternstein ist recht selten. Er hat die Fähigkeit, gewisse Arten von Magie zu speichern. Zumindest, wenn er zuvor in Wichtelmagie getränkt worden ist."

Alena nickte. Davon hatte sie schon gehört. „Ihr Ring und ein Gegenstück – eben sein Zwilling – wurden aus demselben Stein gefertigt und in derselben Magie getränkt. Sie besitzen den Überträgerring. Wenn Sie ihn tragen, zeigt der Ring Ihre Stimmung oder Ihren Lebenszustand an. Ändert sich eines von beiden, wechselt der Ring seine Farbe."

„So etwas gibt es?" Erstaunt musterte Alena den schmalen, unscheinbaren Ring. Der Juwelier nickte. „Aber was bringt mir das? Ich weiß doch selbst, wie es mir geht."

„Der Witz ist", erklärte der Juwelier, „dass sein Zwilling – der Empfängerring – die genau gleichen Farben anzeigt wie Ihr Ring.

Das heißt, derjenige, der den anderen Ring besitzt …"

„Kennt meine Gefühle?", beendete Alena den Satz schockiert.

„Genau. Aber machen Sie sich keine zu großen Sorgen", wiegelte der Juwelier ab, als er Alenas Gesichtsausdruck sah, „So gut sind die Ringe nicht, als dass sie ein detailliertes Bild Ihrer Seele widerspiegeln könnten. Man kann mit dem Zwilling zum Beispiel nicht feststellen, ob Sie eifersüchtig oder verlegen sind oder etwas in der Art. Das ist viel zu spezifisch."

„Was kann er denn anzeigen?", fragte Alena.

„Braun bedeutet, dass Sie traurig, bedrückt, melancholisch sind. Gelb ist das genaue Gegenteil. Dann sind Sie ausgelassen und fröhlich. Orange ist etwas dazwischen. Der Ring wechselt aber nur zwischen diesen Farben, wenn es Ihnen gut geht. Körperlich, meine ich", fügte er an, bevor Alena fragen konnte. „Sind Sie krank oder verletzt – ich spreche natürlich nicht von einem kleinen Kratzer – wird der Ring grau. Rot heißt, dass Sie Panik haben. Zum Beispiel, wenn Sie in Gefahr sind. Und schwarz … der Tod."

„Habe ich das richtig verstanden: Der Ring funktioniert nicht in die andere Richtung?", fragte Alena. Mit einem Kopfschütteln gab der Juwelier ihr den Ring zurück. „Nein, tut er nicht. Beide Ringe zeigen Ihren Zustand an, nicht den der Person, die den Zwilling trägt." Nachdenklich steckte Alena den Ring zurück an ihren Ringfinger. Sofort nahm der Ring einen hässlichen Braunton an. Der Juwelier hatte recht. Sie fühlte sich schlecht, weil Trijanas Verschwinden sie belastete.

Wer hatte ein Interesse daran zu wissen, wie es ihr ging? Und es über den Ring zu erfahren, statt sie einfach zu fragen? Sie zog den Ring wieder vom Finger. Sollte sie ihn dem Juwelier verkaufen? Nach kurzem Zögern steckte sie ihn wieder an. Sie würde ihn behalten, bis sie wusste, von wem sie ihn hatte. Einen Verdacht hatte sie bereits.

„Vielen Dank", sagte Alena, entlohnte den Juwelier für seine Mühe und verließ das kleine Geschäft. Sobald Faro sie sah, bellte er und wollte auf sie losstürmen, doch die Leine, die Alena von Koshia bekommen hatte, hielt ihn zurück. Alena hatte ihn an einer Straßenlaterne angebunden, während sie beim Juwelier gewesen war. Der Regen hatte endlich aufgehört, doch der Boden war noch immer nass.

„Aus!", befahl Alena, und zu ihrer Überraschung gehorchte Faro und hörte auf zu bellen. Hoffentlich war das kein Zufall gewesen. Während sie mit Faro durch die Straßen ging, hielt sie seine Leine so kurz, dass er dicht neben ihr gehen musste; überall gab es interessante Düfte, denen Faro folgen wollte. Es fühlte sich gut an, Faro neben sich zu wissen; ein großer Hund schreckte unangenehme Menschen ab, selbst wenn er ungefährlich war.

In einem kleinen Laden in der Nähe des Juweliergeschäfts besorgte Alena für Faro eine Packung Hundefutter sowie eine dicke Wolldecke, auf der er schlafen konnte; einen Napf hatte Koshia ihr bereits mitgegeben.

„Ein schönes Tier haben Sie da", meinte die Verkäuferin bewundernd. „Diese Rasse wird immer beliebter. Aber so schöne Exemplare findet man trotzdem selten." Bei dem Lob konnte Alena sich ein Lächeln nicht verkneifen. Sie rief sich in Erinnerung, dass der Hund gar nicht ihr gehörte, sondern Trijana. Der Gedanke wischte ihr das Lächeln im Nu vom Gesicht. Rasch verabschiedete sie sich und verließ den Laden.

Als sie nach Hause – das heißt, zu Melissa – kam, blieb sie zögernd vor der Tür stehen. Durfte sie den Hund mit hinein nehmen? Sie wusste, dass Melissa Hunde liebte und keiner aus ihrer Familie allergisch war. Trotzdem band sie Faro im Schatten an, bevor sie das Haus betrat. Sie wollte Melissa erst um Erlaubnis fragen.

Alena folgte den schönen Klängen einer Violine zu Melissas Zimmer. Als sie leise die Tür öffnete, blickte Melissa kurz auf, ignorierte sie und wandte sich wieder ihren Noten zu. Alena setzte sich auf einen Stuhl, bis Melissa das Stück zu Ende gespielt hatte. Melissa setzte das Instrument ab und funkelte sie aus ihren dunklen Augen an.

„Was willst du?", fragte sie. Alena erschrak über ihren barschen Ton.

„Bist du sauer?", fragte Alena.

„Das ist nicht dein Ernst, oder?" Melissa starrte sie ungläubig an.

„Natürlich bin ich sauer! So was von sauer! Ich habe zwei Stunden im Badehaus auf dich gewartet!"

Alena wurde knallrot. Nachdem Koshia zu ihr ins Büro gekommen war und ihr von Trijanas Verschwinden berichtet hatte, hatte sie überhaupt nicht mehr daran gedacht, dass sie den wöchentlichen Badehausbesuch mit Melissa ebenfalls auf Montag verschoben hatte.

„Es tut mir leid", sagte sie.

„Na, hoffentlich." Plötzlich wirkte Melissa besorgt. „Dir ist nichts zugestoßen, oder?"

„Nein. Ich habe es vergessen. Es tut mir leid."

„Du siehst nicht gut aus", fand Melissa. „Ist etwas passiert?"

„Nein. Doch. Jemand ist verschwunden. Vielleicht wurde sie getötet, weil sie uns geholfen hat", erklärte Alena. Eigentlich erzählte sie Melissa kaum je etwas von ihrer Arbeit. Doch sie hatte das Bedürfnis, mit ihr darüber zu sprechen. Sie war ihre beste Freundin.

„Oh." Melissa legte ihre Violine beiseite. Ihr Ärger war wie weggeblasen, als sie spürte, dass es Alena schlecht ging. Dann nahm sie einen anderen Stuhl und setzte sich Alena gegenüber, um ihr zuzuhören.

**Kapitel 11**

*Dienstag*

Kurz nach dem Klingeln öffnete Plinia ihnen die Tür. Die Begrüßung fiel etwas kühl aus; Alena konnte es ihr nicht verübeln, nachdem Merin sie hatte abblitzen lassen. Sobald sie die beiden ins Wohnzimmer geleitet und alle Platz genommen hatten, erkundigte sich Plinia, ob es irgendwelche Fortschritte gab.

„Sie sind ja jetzt schon eine ganze Weile am Ermitteln." Trotz des ungezwungenen Tonfalls entging Alena der leichte Tadel nicht.

„Na ja, so etwas dauert eben seine Zeit." Alena gab sich größte Mühe, nicht säuerlich zu klingen. „Und natürlich geben uns nicht alle Leute so bereitwillig Auskunft, wie sie es vielleicht der Polizei gegenüber tun würden." Dafür gab es auch andere Leute, die gerade deshalb mit ihr sprachen, weil sie keine Polizistin war. Doch das musste sie Plinia ja nicht unter die Nase binden.

„Verstehe", sagte Plinia lapidar. „Nun, deswegen sind Sie ja jetzt nicht hier. Wie kann ich Ihnen helfen?"

„Wir würden zu ein paar Dingen gern Ihre Meinung hören." Alena wartete, bis Plinia ihr auffordernd zunickte, bevor sie fortfuhr. „Können Sie sich vorstellen, dass Sarilla in eine Erpressung involviert war?" Plinia starrte sie entgeistert an.

„Wie bitte? Sarilla hätte niemals jemanden erpresst!", sagte sie mit inbrünstiger Überzeugung.

„Das vielleicht nicht." Merin ließ sich durch Plinias Vehemenz nicht einschüchtern. „Aber wäre es möglich, dass sie irgendwie erfahren hat, dass jemand anders erpresst wurde?"

„Na ja", meinte Plinia, „So etwas kann man doch nie ausschließen."

„Was, glauben Sie, hätte Sarilla in so einem Fall getan?", fragte Alena. Als Plinia zögerte, setzte sie nach: „Können Sie sich vorstellen, dass Sarilla die Sache in die eigene Hand genommen hätte? Zum Beispiel, dass sie der Person gefolgt wäre oder sie zur

181

Rede hätte stellen wollen?"

„Das würde zu ihr passen", gab Plinia zu. „Warum?" Merin ignorierte ihre Frage und fuhr weiter: „Wissen Sie, in welchem Verhältnis Sarilla zu Rosaria stand?"

„Nicht, dass wir irgendetwas andeuten wollen", fügte Alena schnell hinzu, wobei sie Merin einen kurzen, giftigen Blick zuwarf. Auf eine Verleumdungsklage konnte sie gern verzichten.

„Rosaria war eine gute Freundin von Sarilla", sagte Plinia. „Aber warten Sie: Hatten die beiden nicht wegen irgendetwas Streit?"

Alena versuchte, ihre Enttäuschung zu verbergen. „Sie wissen nicht, worum es ging?", fragte sie. Wie erwartet schüttelte Plinia den Kopf.

„Wissen Sie, wer Xeny ist?" Xeny war die Frau, die mit Rosalia und Sarilla den Unabhängigkeitstag gefeiert hatte.

„Ja, natürlich. Sie ist – war – auch eine von Sarillas Freundinnen." Auf Alenas Bitte hin suchte sie Xenys Adresse aus einem kleinen Notizbuch heraus und gab sie ihr. „Eigentlich habe ich nicht mehr viel Zeit …"

„Natürlich", fiel Alena ihr ins Wort. „Danke, dass Sie uns weitergeholfen haben. Ihr Bruder ist nicht zufälligerweise auch zu Hause?" Alena spürte, wie ihr die Röte ins Gesicht stieg. Sie spürte, dass sie Plinia auf die Nerven ging, und sie ging Leuten nicht gern auf die Nerven. Doch schließlich waren Merin und sie hauptsächlich deswegen hergekommen, um mit Domengo über die Drohbriefe zu sprechen. Sie wollten ihm mitteilen, dass ihrer Meinung nach kein Zusammenhang zwischen den Drohungen und Sarillas Tod bestand und er sich keine Sorgen zu machen brauchte.

„Doch", sagte Plinia wenig begeistert, „Aber Sie haben doch bereits mit ihm gesprochen."

„Während der Ermittlungen ergeben sich immer wieder neue Fragen. Um diese zu klären, müssen wir uns an diejenigen Personen wenden, die Sarilla gut gekannt haben", sprang Merin Alena bei.

„Ich frage nach, ob er Zeit hat." Mit diesen Worten verließ Plinia den Raum.

„Was sollte dieser *Ich-werde-dich-in-den-nächsten-fünf-Sekunden-töten-Blick?*", fragte Merin, sobald die Tür ins Schloss fiel.

„Es war nicht das Klügste, Rosarias Namen ins Spiel zu bringen. Vor allem nicht, weil wir gerade von Erpressung gesprochen haben. Bis jetzt haben wir nicht mehr als einen vagen Verdacht."

„Es war bloß eine Frage." Merin verdrehte genervt die Augen.

„Außerdem wird Plinia kaum jemandem erzählen, dass wir uns für Rosaria interessieren. Also krieg dich ein." Alena betrachtete Merin genauer. Eine seltsame Blässe überzog sein eigentlich gebräuntes Gesicht und seine normalerweise klaren Augen erinnerten an angelaufene Münzen, die im Licht nur noch matt glänzten.

„Geht es dir gut?", wollte sie wissen, was ihr bloß ein zweites Augenrollen einbrachte. Plinia kehrte zurück und erklärte, Domengo habe sich zu einem Gespräch bereit erklärt, allerdings war er gerade in einer wichtigen Besprechung mit einem anderen Politiker und hatte daher erst in einer halben Stunde Zeit. Sie selbst müsse jetzt wirklich gehen, aber Kim würde sie in der Zwischenzeit gern empfangen. Daraufhin folgten sie Plinia eine schmale Treppe hoch ins zweite Stockwerk. Durch einen mit Bildern behangenen Flur gelangten sie zu einer karmesinrot gestrichenen Holztür, die offen stand und den Blick auf Kims Privatgemach freigab.

„Sie sind da", rief Plinia in den Raum, bevor sie wieder nach unten ging.

„Kommt nur herein", bot Kim ihnen an. Sie stand vor einem verschnörkeltem Schminktisch, durch dessen Spiegel sie Alena und Merin zulächelte, und legte gerade eine blassrosa Perlenkette um ihren weißen Hals.

Sie traten ein und schlossen die Tür hinter sich. Alena ließ ihren Blick durch den Raum schweifen. Grüne, transparente Tücher verwehrten dem Tageslicht, in seiner vollen Intensität hineinzuscheinen und gaben Alena das Gefühl, sich unter dem lichten Blätterdach eines Waldes zu befinden. Neben dem Schminktisch waren auch alle anderen Möbelstücke – ein Himmelbett mit danebenstehendem Nachttisch, ein geräumiger Wandschrank sowie eine kleine Polstergruppe – aus demselben, dunklen Holz geschnitzt. Rechts neben der Tür stand ein silbriger Kleiderständer, an dem zwei elegante Roben hingen.

„Kann es sein, dass ich euch gestern, nein, vorgestern Abend in der Sonnenallee gesehen habe?", fragte Kim, während sie ihnen deutete, auf der Polstergruppe Platz zu nehmen. Hier in ihren eigenen vier Wänden wirkte sie selbstsicherer und weniger schüchtern. Vielleicht lag es auch daran, dass sie Alena und Merin inzwischen etwas besser kannte.

„Wahrscheinlich. Da sind wir durchgegangen, als wir auf dem Weg zur Oper waren", sagte Alena.

„Zur Oper? Was lief denn?"

„Propowitschs *Ophelia*", antwortete Merin. Kims rundes Gesicht begann zu leuchten.

„Oh! *Ophelia* wollte ich mir schon lange mal anschauen. Unsere Mutter hat mir die Geschichte manchmal erzählt, als ich noch klein war. Am Ende bin ich immer in Tränen ausgebrochen, wenn Ophelia und ihr Prinz gestorben sind."

Verwirrt schüttelte Alena den Kopf. „Was für ein Prinz?"

Jetzt war es an Kim, Alena irritiert anzuschauen. „Na, Ophelias große Liebe, Prinz Sarasin. Wer sonst?"

„In der Oper gibt es keinen Prinzen. Es ist eine Liebesgeschichte zwischen Ophelia und Solem. Sie stirbt am Schluss, er nicht. Ein Gott kann ja nicht sterben", erklärte Alena.

„Dann hat mir meine Mutter eine abgeänderte Version erzählt", meinte Kim achselzuckend.

„Es gibt häufig verschiedene Versionen der gleichen Sage", warf Merin ein. „Vor allem, wenn sie alt sind und in unterschiedlichen Regionen oder von unterschiedlichen Völkern weitergegeben wurden."

„Na ja, es spielt keine Rolle. Ach, übrigens, wollen wir uns nicht duzen? Ich weiß, dass ist unüblich in unseren Kreisen, aber –"

„Gute Idee", fiel Merin ihr ins Wort. „Das ist mir auch viel lieber."

Kim schenkte ihm ein breites Lächeln. „Wunderbar. Möchtet ihr etwas zu trinken?"

Eine Dreiviertelstunde später fand Domengo die Zeit, sie zu empfangen. Gegenüber seines Schreibtischs stand ein Holzstuhl, den Merin Alena überließ. Für sich zog er einen Hocker heran, der neben einem Bücherregal stand.

„Tut mir leid, dass Sie so lange warten mussten", entschuldigte Domengo sich. Unter seinen schönen, dunklen Augen zeichneten sich Augenringe ab und Alena bemerkte Falten in seinem Gesicht, die ihr zuvor nie aufgefallen waren. Er wirkte abgespannt.

„Kein Problem. Ihre Frau hat sich sehr nett um uns gekümmert", sagte Merin. In der Tat war Kim eine viel warmherzigere Gastgeberin als Plinia, sodass die Wartezeit wie im Fluge vergangen war.

„Halten Sie Ihre Besprechungen öfter hier ab statt im Parlamentsgebäude?", wunderte sich Alena.

„Ja. Ich bin so oft wie möglich hier. Vor allem jetzt, wo Kim schwanger ist." Er holte tief Luft. „Ehrlich gesagt hätte ich Sie gern schon früher empfangen. Aber ich konnte nicht ... Es wäre sehr unhöflich gewesen, das vorherige Treffen zu beenden." Domengo fuhr sich mit der Hand durch das Haar. „Wie haben Sie so schnell davon erfahren?", fragte er. Seine Stimme zitterte leicht. Alena warf einen Seitenblick auf Merin, doch dieser wirkte ebenso ratlos wie sie.

„Wovon sprechen Sie?", erkundigte sie sich.

„Sie wissen es nicht?", fragte er verdutzt. „Ich dachte, Sie sind deswegen hergekommen."

„Eigentlich sind wir wegen der Briefe gekommen", erklärte Merin. Alena wollte soeben beruhigend hinzufügen, dass er sich deswegen keine Sorgen zu machen brauche, als Domengo herausplatzte: „Genau darum geht es doch! Diese verdammten Briefe. Es ist wieder einer gekommen!" Alena verstand Domengos Aufregung nicht.

„Regen Sie sich deswegen bitte nicht zu sehr auf. Diese Briefe darf man nicht zu ernst nehmen." Domengo schaute sie an, als käme sie von einem anderen Stern. „Aber Sie selbst haben mich doch auf den Zusammenhang zwischen den Briefen und Sarillas Tod hingewiesen!"

Alena setzte dazu an, ihm zu erklären, das Ganze sei lediglich eine vage Theorie gewesen, doch bei seinen nächsten Worten blieben ihr die ihrigen im Hals stecken. „Und Sie hatten verdammt noch mal recht damit! Ich fand es erst etwas weit hergeholt. Aber dann ist heute dieser Brief angekommen."

Er zog einen Schlüssel aus der Tasche, öffnete damit die unterste rechte Schublade seines Schreibtischs und zog einen aufgerissenen Umschlag hervor. Er reichte ihn Alena, die näher bei ihm saß; Merin rückte mit seinem Hocker heran, um ihr über die Schultern schauen zu können. Vorsichtig zog Alena den Brief heraus und faltete ihn auseinander. Er war mit dunkelblauer Tinte geschrieben und äußerst kurz gehalten.

*Herr Belcante,*

*wir haben Sie gewarnt, Sie wollten nicht hören. Das, was mit Ihrer Schwester passiert ist, ist folglich Ihre Schuld, nicht unsere. Der Kampf für die Freiheit fordert Opfer. Wenn Sie nicht wollen, dass dasselbe auch mit Ihrer anderen Schwester und Ihrer Frau*

*geschieht, sollten Sie Ihre Initiative besser zurückziehen.*
H

Nachdem Alena den Brief gelesen hatte, blickte sie hoch in Domengos erwartungsvolles Gesicht. Offensichtlich wünschte er zu wissen, wie sie darüber dachten und wie sie nun vorgehen würden, doch Alenas Kopf fühlte sich im Moment einfach nur leer an. Es war, als hätte jemand die Bruchstücke eines Spiegels, die sie gerade Stück für Stück richtig zusammengesetzt hatte, in beide Hände genommen, einmal kräftig durchgeschüttelt und wieder auf dem Boden verstreut. Zum Glück war Merin noch da.

„Wo haben Sie den Brief gefunden?", fragte er.

„Er lag wieder vor der Haustür. Ich habe ihn heute Morgen gefunden, als ich zum Parlament musste."

„Wissen Ihre Schwester und Ihre Frau schon davon?"

„Nein." Domengo senkte den Blick. „Ich wollte ihnen keine Angst einjagen."

Merin runzelte die Stirn. „Ich rate ihnen dennoch, es ihnen möglichst bald zu sagen. Sie und Ihre Familie müssen in nächster Zeit vorsichtig sein."

„Ja. Und das alles wegen diesem verdammten Abschaum unserer Gesellschaft!" Plötzlich schien Domengo seine Furcht in Wut zu kanalisieren. „Wie können die es eigentlich wagen, mir zu drohen?" Er schlug mit der Hand so fest auf sein Pult, dass ein Tintenfass umkippte. Zum Glück war es verschlossen. „Und solche Barbaren glauben, sie seien uns ebenbürtig?" Er stieß ein hartes Lachen aus. „Nein, sie sind nicht wie wir. Mörder, Diebe, Gesindel, das sind sie!" Mit jedem seiner Worte sank Domengo in Alenas Achtung. Egal, wie aufgewühlt er war: Sein Gerede war widerlich. „Ich werde mich von denen nicht einschüchtern lassen!"

„Sollten Sie aber!" Überrascht von Merins scharfen Ton drehte Alena den Kopf zu ihm. Seine Wangen waren gerötet vor Wut. „Ist Ihnen Ihre bescheuerte Initiative wirklich mehr wert als das Leben Ihrer Familie?"

Zornig öffnete Domengo den Mund, um zu antworten, hielt dann aber inne, um nachzudenken. „Nein", gab er zu. Seine Schultern sackten nach vorn, als seine Wut verpuffte. „Nichts ist mir mehr wert als meine Frau." Bevor Merin etwas sagen konnte, stand Alena hastig auf. „Wir müssen jetzt gehen. Können wir den Brief haben? Dann können wir ihn untersuchen und mit den anderen vergleichen." Als Domengo apathisch nickte, schnappte sich Alena den Brief mit den Fingern ihrer bandagierten Hand.

„Lass uns gehen", sagte sie zu Merin und zog ihn mit der freien, linken Hand aus dem Zimmer. Sobald sie die Tür hinter sich geschlossen hatte, atmete sie erleichtert auf. Merin hingegen ließ seiner angestauten Wut freien Lauf.

„Unfassbar!", rief er. „So ein –" Alena schlug ihm die Hand vor den Mund und brachte ihn so zum Verstummen.

„Nicht so laut!", herrschte sie ihn an, während sie ihn Richtung Treppe zog.

„Warum? Ist mir doch egal, ob er hört, was ich sage!" Er riss seinen Arm aus Alenas Griff, folgte ihr aber zu ihrer Erleichterung weiter auf dem Weg nach draußen. „Hast du gehört, was er gesagt hat?" Eilig traten sie durch die Haustür.

„Ja", meinte Alena lapidar, als sie auf dem Kiesweg zur Straße entlangschritten.

„Wie kannst du so ruhig sein?", fragte er fassungslos. „Lässt dich das einfach kalt?" Abrupt blieb Alena stehen und drehte sich ihm zu.

„Nein!", sagte sie verärgert. „Ganz und gar nicht. Ich verachte Leute wie Domengo." Merins Miene wurde milder. Grimmig setzte Alena ihren Gang fort. „Aber es bringt nichts, herumzuschreien. Menschen wie Domengo kann man nicht ändern."

„Du hast wahrscheinlich recht", gab Merin nach einer Weile zu. Seine Stimme klang wieder normal. „Aber ein Arschloch ist er trotzdem."

„Ja", stimmte Alena ihm zu. Inzwischen hatten sie die Straße erreicht. „Aber ein Arschloch, das bedroht wird und das unsere Hilfe braucht." Sie seufzte frustriert. „Das ergibt doch alles keinen Sinn!" Sie versuchte, ihre Gedanken zu sortieren. „In einem Haus, das Zorbas gehört, fand eine Übergabe von Erpressungsgeld statt. Sarilla war in dem Haus. Nach der Übergabe war sie tot. Können wir immer noch davon ausgehen, dass die andere Frau, von der Trijana uns erzählt hat, die Mörderin ist? Hat sie Sarilla irgendwie in das Haus gelockt, um sie da zu ermorden? Aber wie?" Frustriert raufte sie sich ihre schwarzen Locken. „Oder hat Trijana gelogen? Gehört sie zu den Leuten, die Domengo den Brief geschrieben haben? Vielleicht gab es gar keine Erpressung!"

„Stopp!" Merin hob die Hände, als wolle er so der Wortflut aus ihrem Mund Einhalt gebieten. „Immer schön langsam", sagte er, wobei er jedes Wort einzeln betonte. „Was ist mit dir los? Warum bist du so aufgewühlt? Noch vor ein paar Augenblicken hast *du mich* beruhigt."

„Ach, mir geht's einfach nicht so gut", sagte Alena missmutig. Merins Miene verdüsterte sich.

„Ist es wegen Trijana?" Alena antwortete nicht, doch das genügte, um Merin wissen zu lassen, dass er ins Schwarze getroffen hatte.

„Es ist nicht unsere Schuld", sagte Merin, doch er klang nicht überzeugt.

„Doch, natürlich." Sie hatten bereits vor dem Besuch bei Domengo ein kurzes, nervenaufreibendes Gespräch darüber geführt. „Wir haben sie praktisch dazu gezwungen, uns zu sagen, was sich im Haus abgespielt hat. Und jetzt bestraft Zorbas sie für ihren Verrat!" Alena biss sich auf die Unterlippe, um die Tränen zurückzuhalten.

„Vielleicht ist sie noch nicht tot! Hast du eine Ahnung, wo Zorbas sich normalerweise aufhält? Wir müssen versuchen, sie zu befreien!"
„Nein!" Alle Farbe war aus Merins Gesicht gewichen. „Den Gedanken vergisst du ganz schnell wieder. Das wäre der reinste Selbstmord. Und es würde nichts bringen. Trijana ist tot. Du hast selbst gesagt, dass da jede Menge Blut war. Selbst wenn sie nicht gleich gestorben ist, ist sie mittlerweile wahrscheinlich verblutet oder hat eine Infektion."

Alena wusste, dass er recht hatte, doch es widerstrebte ihr zutiefst. „Aber wir können doch nicht einfach nichts tun", meinte sie verzweifelt.

Merin schaute sie hilflos an. „Ich weiß, wie du dich fühlst", sagte Merin. Obwohl er leise sprach, hörte sie den Schmerz in seiner Stimme. „Aber es gibt nichts, was wir für Trijana tun können." Einen Augenblick senkte sich bedrücktes Schweigen über sie, während sie langsam nebeneinanderher gingen. „Komm, wir gehen in die Stadt", schlug Merin schließlich vor und drehte sie um hundertachtzig Grad, sodass sie nun Richtung Markt gingen. „Ich lade dich zum Essen ein." Alena drehte ihn wieder in die andere Richtung. „Ist gut. Aber erst zu Melissa, um Faro abzuholen."


„Ich hoffe, es stört Sie nicht, dass ich meinen Hund am Zaun angebunden habe", sagte Alena in entschuldigendem Tonfall. Sobald sie die Worte ausgesprochen hatte, bemerkte sie ihren Fehler. Sie biss sich auf die Unterlippe. Sie hatte „*meinen* Hund" gesagt.

Xeny verschob sich auf dem Sofa, um an Alena vorbei aus dem Fenster sehen zu können. „Tatsächlich, jetzt sehe ich ihn. Ich habe nicht einmal gemerkt, dass dort ein Hund ist. Eigentlich mag ich Hunde, aber ehrlich gesagt, ist es mir trotzdem lieber, dass er draußen ist. Hunde sind doch recht schmutzig, und die Teppiche ..."
„Natürlich." Alena betrachtete den bunten Teppich, der den Boden

des Wohnzimmers zierte. Außer einer blauen Blütengirlande waren auf dem Teppich statt Gegenständlichem abstrakte Muster abgebildet: pfeil- und ankerähnliche Symbole, gleichmäßige Kreuze mit Punkten in jedem der vier Arme, Körper mit acht Strahlen, die Alena an Kugelfische erinnerten. Der aufwändige Bodenschmuck hatte bestimmt ein Vielfaches der Jahresmiete von Alenas Wohnung gekostet.

„Na dann, schießen Sie mal los mit Ihren Fragen." Alena hatte Xeny bereits erklärt, weswegen sie hier war, und im Gegensatz zu Rosaria war Xeny nicht im Geringsten misstrauisch.

„Stimmt es, dass Sie und Sarilla am letzten Unabhängigkeitstag bei Rosaria eingeladen waren?"

„Ja, natürlich. Das haben wir die letzten paar Jahre immer so gemacht."

„Erinnern Sie sich daran, dass es zu einem Streit zwischen Sarilla und Rosaria gekommen ist?"

Xeny legte die Stirn in Falten. „Ja. Warum?"

„Worum ging es bei dem Streit?", fragte Alena weiter, Xenys Frage ignorierend.

„Ich weiß nicht, ob ich Ihnen das sagen darf", meinte Xeny zweifelnd.

„War es, weil Sarilla am Schreibtisch von Rosarias Mann herumgeschnüffelt hatte, während Sie beide draußen waren?"

Xeny seufzte. „Sie wissen es ja schon." Leichter Tadel lag in ihrer Stimme.

„Natürlich weiß ich Bescheid." Alena täuschte Selbstsicherheit vor. „Ich überprüfe nur, ob sich Ihre Aussage mit den anderen deckt."

„Ach so. Ja, also, Rosaria war deswegen natürlich sehr aufgebracht. Wäre ich auch gewesen, wenn es in meinem Haus passiert wäre. Obwohl mein Mann natürlich nichts Derartiges auf seinem Schreibtisch liegen hat", fügte sie schnell hinzu. „Und auch sonst nirgendwo." Xeny wurde rot. Alena versuchte, ihre Aufregung zu verbergen. Xeny dachte offensichtlich, dass sie darüber Bescheid wusste, was Sarilla auf dem Schreibtisch entdeckt hatte; dabei war sie sich vor Xenys Worten nicht einmal sicher gewesen, ob Sarilla überhaupt etwas Interessantes gefunden hatte.

„Für Rosaria war die Situation natürlich … schwierig", meinte Alena vage. Xeny nickte, wobei ihr mächtiger Haarturm auf und ab wippte. „Ja, die Arme", meinte sie mitfühlend. „Sie kann ja nichts dafür, dass ihr Mann etwas Illegales macht. Aber sie steht natürlich trotzdem zu ihm." Alenas Puls beschleunigte sich bei ihren Worten. „Wie ist es weitergegangen? Hat Sarilla Rosaria gedroht, die Geschichte auffliegen zu lassen?"

„Nein. Ja. Das heißt …" Xeny hielt einen Augenblick inne, um nachzudenken. „Sie haben sich angeschrien und sich gegenseitig Vorwürfe gemacht. Beide waren total wütend. Schließlich hat Sarilla Rosaria geraten, ihren Mann anzuzeigen. Ihren eigenen Mann! Können Sie sich das vorstellen? Dann ist sie gegangen."

„Sarilla hat nicht gedroht, selbst Anzeige zu erstatten?", hakte Alena nach.

Xeny schüttelte den Kopf. „Nein."

„Sie selbst wollten Rolf auch nicht anzeigen?"

„Bei Elem, nein", rief Xeny und zeigte damit die Reaktion, die Alena von ihr erwartet hatte. „Rosaria ist doch meine Freundin. Und es ist ja nicht so, als hätte Rolf einen Mord begangen. Illegale Wahlkampffinanzierung ist ja nicht so schlimm", fügte sie mit gesenkter Stimme hinzu.

„Natürlich", pflichtete Alena ihr bei. Innerlich jubelte sie. Geschwätzigen Frauen sei Dank! „Sie haben mir wirklich sehr geholfen!"

## Kapitel 12

„Es passt zusammen!", schloss Alena. An Merins Miene konnte Alena erkennen, dass ihre Überzeugung noch nicht auf ihn übergegangen war. Auch in seiner Stimme schwang Zweifel mit, als er fragte: „Du glaubst wirklich, dass Rosaria die Mörderin ist?"

Alena nahm ihr Kopfkissen und legte es hinter sich, um ihren Rücken vor der harten Bettlehne zu schützen, gegen die sie sich im Sitzen lehnte. Merin saß am Fußende ihres Bettes, während Faro beleidigt in der Nähe des Fensters auf der Decke lag, die Alena für ihn gekauft hatte. Er hatte unbedingt auch auf das Bett kommen wollen, seine Versuche jedoch aufgegeben, nachdem Alena ihn etwa zehn Mal hinuntergestoßen hatte. Sie wusste, dass Faro ihr auf der Nase herumtanzen würde, wenn sie ihn schon jetzt seinen Willen durchsetzen ließ.

„Ja! Schau: Irgendjemand hat Rolfs Wahlkampf finanziert, der das nicht hätte tun dürfen. Wenn das herauskommt, ist seine politische Karriere beendet. Sarilla hat es herausgefunden, und damit sie den Mund hielt, hat Rosaria sie getötet."

„Ach? Und sie hat keinen besseren Zeitpunkt dafür gefunden als eine Erpressungsübergabe?"

„Das war natürlich nicht geplant. Sarilla ist ihr gefolgt und hereingeplatzt. Oder sie hat auf dem Schreibtisch den Erpresserbrief gesehen."

„Davon hat Xeny aber nichts gesagt."

„Vielleicht wusste sie nichts davon. Kann doch sein, wenn Sarilla davon nichts gesagt hat."

„Und weshalb hat Zorbas – oder sonst jemand aus der Ngarka – Rosaria erpresst?", fragte Merin mit hochgezogenen Augenbrauen. „Auch wegen der illegalen Wahlkampffinanzierung?"

„Klar."

„Ah. Und wie passt der nette, kleine Drohbrief in deine Theorie, den

Domengo uns heute Morgen gegeben hat?" Sein spöttischer Tonfall ging Alena allmählich auf die Nerven.

„Gar nicht", gab sie zu. Sie merkte allmählich selbst, dass ihre Theorie alles andere als wasserdicht war. „Vielleicht haben sich die Briefschreiber Sarillas Tod einfach zunutze gemacht. Ich meine, mittlerweile ist es ja bekannt, dass es Mord war. Vielleicht bluffen sie, damit Domengo die Initiative zurückzieht, und haben in Wirklichkeit gar nichts mit Sarillas Tod zu tun."

„Merkst du nicht, wie zusammengeschustert das klingt?", fragte Merin. Alena setzte zu einer Erwiderung an, hielt sich dann aber zurück und atmete einmal tief durch. Er hatte ja recht.

„Lass uns den Brief mit den anderen vergleichen", schlug sie müde vor.

„Na gut. Aber lange habe ich nicht Zeit", sagte er nach einem Blick nach draußen. Wahrscheinlich wollte er die Zeit am Stand der Sonne ablesen. „Weil wir am Sonntag in der Oper waren, haben Leh und ich unser gemeinsames Abendessen auf heute verschoben. Er kocht Milchreis." Merin verzog das Gesicht. „Hoffentlich verwechselt er dieses Mal nicht Zucker und Salz."

Alena holte die beiden älteren Briefe, die Domengo ihr schon vor einiger Zeit überlassen hatte, und legte sie neben den neuen Drohbrief auf die Bettdecke.

„Dieser hat höchstwahrscheinlich nichts mit den anderen zu tun", meinte Alena und legte den Brief, der unflätige Ausdrücke und Beschimpfungen auflistete, etwas zur Seite. „Er ist sprachlich und inhaltlich überhaupt nicht wie die anderen. Anrede und Absender sind anders, und das Papier ist viel dunkler." Merin beugte sich über den Brief. Während er las, zogen sich seine Augenbrauen in die Höhe. „Ich stimme dir zu", sagte er lapidar, bevor beide ihre Aufmerksamkeit den anderen Briefen zuwandten.

„Die Schrift ist nicht die gleiche", merkte Alena im gleichen Moment an, in dem Merin erklärte: „Das Papier ist anders."

„Wirklich?", fragte Alena. Für sie sahen die beiden schneeweißen Bögen gleich aus.

„Du merkst es, wenn du sie berührst. Dieses Papier", Merin deutete auf den neuen Brief. „fühlt sich rauer an." Alena fuhr mit den Fingerspitzen über beide Briefe, um seine Worte zu überprüfen. Er hatte recht; die Textur des neuen Briefes war tatsächlich etwas gröber.

„Das mit der Schrift ist offensichtlich", sagte Merin, und Alena stimmte ihm im Stillen erneut zu. Der ältere Brief war in einer geschwungenen Schrift verfasst, während der zweite Brief in geraden, runden Buchstaben geschrieben war.

„Die Briefe wurden also nicht von der gleichen Person geschrieben", stellte Alena fest.

„Außer, der Schreiber hat beim zweiten Mal absichtlich anders geschrieben", wandte Merin ein. Alena wollte schon fragen, warum er das getan haben sollte, als sie innehielt. Sie zog den neuen Brief nahe vor ihr Gesicht und musterte ihn genau. „Ich glaube, hier hat der Schreiber tatsächlich seine Schrift verstellt", rief sie überrascht.

„Woher willst du das wissen?", fragte Merin.

„Ich kenne ein paar Grundlagen der Schriftanalyse", erklärte Alena.

„So? Du steckst voller Überraschungen."

„Blödsinn", murmelte Alena, wobei sie hoffte, dass sie nicht rot wurde.

„Hier hat der Schreiber seine Schrift also verstellt? Und im anderen Brief nicht?", hakte Merin nach.

Alena schaute nochmals hin. „Ich glaube, ja."

„Dann ist es also die gleiche Person? Einmal hat sie mit ihrer normalen Handschrift geschrieben, und einmal hat sie sie absichtlich verstellt?"

„Ob es eine Person oder ob es zwei verschiedene Personen sind, kann ich nicht sagen. Aber was soll es bringen, die Schrift nur einmal zu verstellen?", fragte Alena. Merin zuckte ratlos die Schultern. „Vielleicht, um Verwirrung zu stiften", schlug er vor. Nachdenklich schwiegen sie einen Augenblick.

„Hast du irgendeine Idee, für wen oder was das H am Schluss stehen könnte?", fragte Alena.

Merin brauchte einen Moment, bis er verstand, was sie meinte. „Das ist kein H", sagte er zu ihrer Überraschung. „Siehst du, der zweite Strich ist viel kürzer als der erste. Das ist das Zeichen eines alten Bundes von Magiebegabten. Vor vielen Jahrzehnten, als die Magiebegabten noch unterdrückt wurden, hat dieser Bund manchmal Widerstand geleistet. Hat sich im Geheimen getroffen, ab und zu Anschläge verübt und so Zeugs."

„Was?", rief Alena entgeistert. „Das sagst du mir erst jetzt?"

„Ich dachte, das sei dir klar", verteidigte sich Merin. „Du hast gesagt, dass du die Briefe analysiert hast."

„Habe ich auch", sagte Alena zerknirscht und schlug sich mit der Hand auf die Stirn. Sie war wütend auf sich selbst. Warum war sie dem nicht nachgegangen? Sie hatte das Zeichen im ersten Moment doch merkwürdig gefunden.

„Aber hier sieht es doch wirklich aus wie ein H", meinte Alena, wobei sie auf den neuen Brief deutete. Merin zog den Brief näher zu sich.

„Du hast recht", sagte er. „Verdammt, das ist mir dafür entgangen! Das hier ist wirklich ein H." Es dauerte einen Moment, bis Alena verstand. Als sie Merin aufgeregt ins Gesicht blickte, sah sie, dass es ihm ebenfalls dämmerte.

„Der, der den zweiten Brief geschrieben hat, hat versucht, es aussehen zu lassen, als wäre er vom gleichen Schreiber wie der erste Brief", sagte Alena.

„Und weil er – genau wie du – nicht gewusst hat, dass das ein

spezielles Zeichen ist, hat er es einfach für ein großes H gehalten",
fuhr Merin fort. „Dazu passen das andere Papier ..."

„... und die andere Schrift", vollendete Alena seinen Satz. „Und wer
könnte ein Interesse daran haben, uns mit diesem gefälschten Brief
auf eine falsche Fährte zu locken?"

Merins Augen funkelten, als er aussprach, was sie beide dachten.
„Sarillas Mörder."

„Das ist ... lecker", lobte Alena und gab sich größte Mühe, ihr
Gesicht nicht zu verziehen.

„Danke." Leh strahlte bei dem Kompliment; Merin jedoch, der
merkte, dass sie log, verkniff sich ein Grinsen. Sie saß neben ihm auf
seinem Bett, Leh ihnen gegenüber auf seinem eigenen. Zu Alenas
Füßen hatte Faro es sich bequem gemacht; obwohl Alena ihn schon
gefüttert hatte, schaute er sie unverwandt an. Er hoffte wohl, dass ihr
etwas vom Teller fiel. Möglichst unauffällig schob Alena die
Sauerrüben mit der Gabel an den Rand des Tellers, wo sie nicht mit
dem Reis in Berührung kamen. Sie überlegte, ob sie – ganz zufällig,
natürlich – ein paar Rüben mit der Gabel über den Teller schieben
sollte, damit Faro sie am Boden fressen konnte, doch sie verwarf den
Gedanken wieder. Faro mochte sicher keine Sauerrüben.

Es lag nicht an Lehs Kochkünsten, dass ihr die Rüben nicht
schmeckten; sie hatte den bittersauren Geschmack des gegärten
Gemüses noch nie gemocht. Alena wandte sich dem Milchreis zu. Er
hatte eine perfekte Konsistenz und Leh hatte Vanille
daruntergemischt, was ihm eine besonders feine Note verlieh. Wieso
bei Elem hatte er gedacht, dass Sauerrüben dazu passen würden?

„Ihr gehört zu den wenigen Männern, die ich kenne, die kochen
können", sagte Alena. Eigentlich waren sie die einzigen überhaupt,
von denen sie es wusste. In den Haushalten ihrer Verwandten
kochten Angestellte, und in ihrem weniger gut situierten

Bekanntenkreis kochte entweder die Frau oder der Mann aß ausschließlich auswärts.

„Am Anfang fand ich es nicht so toll", gestand Leh. „Aber Merin hat mal gesagt, dass man damit Frauen gut um den Finger wickeln kann." Er zwinkerte Alena zu. „Das hat mich motiviert."

„Das habe ich nie gesagt!", protestierte Merin.

„Doch, hast du." Leh schob trotzig die Unterlippe hervor. Merin verdrehte die Augen.

„So? Du hast also schon viele Frauen mit Essen um den Finger gewickelt?" Alenas Tonfall war neckend, doch sie wartete seine Antwort gespannt ab.

„Nein", antwortete Merin verächtlich, „Ich muss nicht kochen können, um das zu tun." Bei seinem selbstbewussten, gar selbstgefälligen Tonfall zog sich Alenas Magen zusammen. Oder waren es die Sauerrüben?

„Wie bescheiden", spottete Leh. „Merin, der Frauenheld, dem die ganze Frauenwelt zu Füßen liegt."

„Halt den Mund", schnaubte Merin, „Wetten, dass du in den nächsten Jahren nicht halb so viele …" Er brach mitten im Satz ab. Offensichtlich wurde er sich Alenas Anwesenheit wieder richtig bewusst. „Ach, nichts", murmelte er. Alena legte das Besteck auf den Teller, obwohl sie den Milchreis noch nicht aufgegessen hatte. Ihr war der Appetit vergangen.

„Wie habt ihr eigentlich den Hund hier heraufgebracht?", fragte Leh. „Habt ihr ihn die Leiter hochgetragen?" Alena spürte, wie sich Merin neben ihr bei dem Themenwechsel etwas entspannte.

„Nein", antwortete Merin. „Obwohl wir das zuerst versucht hatten. Aber der Hund ist schwerer als er aussieht. Wir haben ihn schließlich mit dem Teppich hochgekriegt."

Leh verzog ungläubig das Gesicht. „Mit deinem kleinen, fliegenden Teppich?", fragte er bei Alena nach. Sie nickte.

„Merin ist ganz langsam zum Fenster hochgeschwebt, Faro zwischen seine Beine und Arme geklemmt, damit er nicht herunterspringt. Ich habe im Zimmer gewartet und Faro dann durch das Fenster herein gehoben."

„Hatte der Hund keine Angst?" Beeindruckt sah Leh auf Faro. Dieser merkte, dass über ihn gesprochen wurde, und wedelte mit dem Schwanz.

„Ich glaube nicht", sagte Merin mit einem Schulterzucken. „Vielleicht hat er auch gar nicht begriffen, was passiert ist. Es war ja schon dunkel." Alena strich Faro, der noch immer schwänzelte, über den Kopf.

Leh räusperte sich. „Du, Merin, ist es in Ordnung, wenn ich heute bei Hoolji übernachte?", fragte er angespannt. Merin dachte kurz darüber nach.

„Hoolji ist der Kerl, neben dem du in Mathe sitzt?", fragte er.

„Ja."

„Schmeißt er eine Fete?"

„Nein." Lehs Nacken wurde rot. „Wir wollten einfach ein bisschen zusammen abhängen."

„Lüg mich nicht an." Alena war überrascht von Merins scharfem Tonfall, der Leh kurz zusammenzucken ließ.

„Na gut", gab er zu. „Es ist wirklich eine Fete. Bitte, sei kein Arschloch und lass mich gehen!"

„Ich bin kein Arschloch, nur weil ich streng bin", sagte Merin mit eisiger Stimme. „Ich bin für dich verantwortlich. Wenn ich entscheide, dass du nicht gehst, dann gehst du auch nicht!"

Frustriert schlug Leh mit der Hand auf den Bettpfosten, nur um dann vor Schmerz das Gesicht zu verziehen. Doch er traute sich nicht, Merin zu beschimpfen oder ihm Vorwürfe zu machen und hielt den Mund.

„Du kannst nur gehen, wenn du dich an folgende Regeln hältst", setzte Merin an, was Lehs Augen hoffnungsvoll leuchten ließ. „Keine Drogen, keine Träume, kein Alkohol, kein Sex", zählte Merin auf.

„Ach, komm schon", flehte Leh. Alena fragte sich, welchem Verbot sein schwacher Protest galt. Obwohl er schon sechzehn war, fiel es Alena schwer, Leh nicht als Jungen, sondern als jungen Mann zu sehen. Er strahlte etwas Unschuldiges aus. „Ein, zwei Bier sind doch nicht so schlimm. Du warst in meinem Alter auch nicht heilig." Und er war es immer noch nicht, fügte Alena im Stillen hinzu.

„Stimmt, war ich nicht. Und ich sorge jetzt dafür, dass du es besser machst", sagte Merin. „Aber ich denke, ein Bier geht in Ordnung", fügte er nach einer kurzen Pause an.

„Danke." Ein Grinsen breitete sich auf Lehs Gesicht aus.

„Aber nur eins." Merin hob mahnend den Zeigefinger.

„Isst du das nicht mehr?", fragte Leh mit Blick auf Alenas halbvollen Teller.

„Eigentlich habe ich keinen Hunger", sagte Alena. Als sie sah, wie ein enttäuschter Ausdruck über Lehs Gesicht huschte, fügte sie eilig hinzu: „Aber ein paar Bissen esse ich trotzdem noch." Während Merin sein und Lehs Geschirr in ein großes Becken stellte, um es morgen abzuwaschen, aß Alena den Milchreis auf. Sie überlegte, ob sie es sich aus Höflichkeit antun sollte, noch ein wenig Sauerrüben zu essen, doch Merin nahm ihr die Entscheidung ab, indem er ihr augenzwinkernd Teller und Besteck abnahm. Er kippte die Rüben in den Mülleimer, bevor er Alenas Geschirr ebenfalls ins Becken stellte. Leh zog sich unterdessen eine dünne Jacke an und packte das Nötigste in einen Stoffbeutel.

„Ich gehe dann mal", verabschiedete er sich, bevor er durch die Falltür verschwand.

„Tschüss", riefen Alena und Merin ihm hinterher. Die Falltür fiel ins Schloss und für einen Moment herrschte Stille.

„Ich wusste gar nicht, dass du so streng mit ihm bist", sagte Alena, als Merin sich wieder neben sie aufs Bett setzte. Merin zuckte die Schultern.

„Ich muss streng sein. Sonst landet er in diesem Viertel schnell auf der schiefen Bahn."

„Ach? So wie du?", zog Alena ihn auf, wobei sie sich hinten an die Wand lehnte. Merin hob fragend die Augenbrauen. „Du hältst dich ja nicht gerade vorbildlich an die vier Regeln, die du Leh aufgestellt hast." Merin lachte und beugte sich näher zu ihr. Alenas Herz begann schneller zu schlagen, als sie seinen amüsierten Blick sah.

„Ich bin nicht so schlimm, wie du denkst. Ich trinke wenig Alkohol, und andere Drogen nehme ich nicht. Außer Träume, das weißt du schon." Er seufzte. „Ich hätte nie damit anfangen sollen."

„Warum nicht?", wollte Alena wissen. „Klar, ich weiß, dass Leute den Verstand verlieren, wenn sie richtig viele Träume konsumieren. Aber wenn man es nur ab und zu macht? Letztes Mal, als du mir davon erzählt hast, hat es sich aufregend angehört."

„Ist es auch", gab Merin zu. „Aber es ist eben schwierig, nicht zu viel zu konsumieren. Es macht süchtig." Sein Blick verdüsterte sich. „Wenn ich längere Zeit keinen mehr hatte, werde ich launisch und gereizt. Wie heute." Alena wusste nicht, was sie sagen sollte. Beide schwiegen einen Moment.

„Warum hast du es nie ausprobiert?", wollte Merin wissen. Alena dachte darüber nach.

„Einerseits, weil ich weiß, wie gefährlich es sein kann. Aber der Hauptgrund ist ein anderer." Sie bemühte sich, die richtigen Worte zu finden. „Mich stört, dass es die Träume von jemand anderem sind. Das ist irgendwie falsch. Träume sind so persönlich. Ich habe schon Dinge geträumt, die ich nie, wirklich niemals jemand anderem erzählen würde." Sie holte kurz Luft. „Ich finde, unsere Träume und Gedanken sollten nur uns selbst gehören."

„So habe ich das noch gar nie betrachtet", meinte Merin, nachdem er einige Zeit über ihre Worte nachgedacht hatte. „Verdammt, hätte mir das jemand früher gesagt, hätte ich es nicht ausprobiert. Dann hätte ich jetzt ein Laster weniger."

„Bei so vielen spielt eins mehr oder weniger doch keine Rolle", neckte Alena ihn.

„Was ist heute los mit dir? Du bist richtig frech!" Er drehte seinen Körper und stützte seine Hand neben Alenas Kopf an der Wand ab, sodass sie zwischen seinen Armen gefangen war. Sein Gesicht war nur Zentimeter von ihrem entfernt. Alena bemerkte, dass seine hellblaue Iris von einem dunkleren Ring umgeben war. Ihr Kopf verabschiedete sich von allen klaren Gedanken und füllte sich stattdessen mit duseliger Aufregung. „Wenn du mich weiter so provozierst, muss ich dich zum Schweigen bringen", hauchte Merin ihr ins Ohr.

„Dazu müsstest du ..." Merin unterbrach sie, indem er sanft seine Lippen auf ihre legte und sie lange küsste.

„Du hast mich schon zum Schweigen gebracht, bevor ich eine Chance hatte, dich zu provozieren", sagte Alena, als ihre Lippen sich trennten. Merin lachte.

„Willst du dich beschweren?" Alena tat, als müsse sie darüber nachdenken.

„Nein", sagte sie entschlossen, schlang ihre Arme um seinen Rücken und küsste ihn, dieses Mal leidenschaftlicher. Dann schob sie mit ihren Händen seine Schultern zurück, um ihn rückwärts auf das Bett zu drücken. Sobald er auf dem Rücken lag, setzte sie sich auf seinen Bauch, die Knie an seinen Oberkörper gepresst, und beugte sich hinunter, um ihn erneut zu küssen.

„Du bist der dominante Typ?", fragte Merin, als sich ihre Lippen voneinander lösten.

„Ist mir eigentlich egal", meinte Alena. Merin wollte sie wieder auf den Mund küssen, doch sie wandte ihren Kopf ab und nahm stattdessen sanft sein Ohrläppchen zwischen ihre Zähne. „Solange es Spaß macht", raunte sie ihm ins Ohr. Sie hörte, dass ihre Stimme anders klang, irgendwie rauer. Merin schob sie ein Stück von sich.

„Den werden wir haben", versprach er, während er den obersten Knopf ihrer Bluse öffnete. „Dann sind wir jetzt offiziell zusammen?", fragte er. Seine geschickten Finger hatten bereits den dritten Knopf geöffnet; Alena schoss durch den Kopf, dass er das wohl schon oft gemacht hatte. Und wenn schon.

„Sicher. Wenn du es auch möchtest", antwortete sie. Sie war überrascht, dass er diese Frage stellte; eigentlich war er es gewesen, der Hemmungen gehabt hatte, eine feste Beziehung einzugehen. Plötzlich kam ihr Jonas in den Sinn, der vielleicht noch immer dachte, dass ihre Beziehung eine Chance hatte. Sie hatte einfach noch keine Zeit gefunden, mit ihm darüber zu reden. Bei dem Gedanken versteifte sie sich.

„Was ist los?", wollte Merin wissen und hielt inne bei dem Versuch, die nun offene Bluse über ihre Schultern zu streifen. Alena überlegte, ob sie es ihm sagen sollte, entschied sich dann aber dagegen. Sie wusste nicht, wie Merin reagieren würde, wenn er wusste, dass sie noch nicht mit Jonas gesprochen hatte. Und sie wollte den Augenblick nicht zerstören.

„Nichts", sagte sie also, während sie ihre Schuldgefühle zurückdrängte. Sie wollte nicht riskieren, dass Merin aufhörte. Merin wollte etwas sagen, doch Alena legte ihm einen Finger an die Lippen.

„Sch", sagte sie und küsste ihn, um ihn am Reden zu hindern. Merin zog endlich ihre Bluse aus. Sofort glitten seine Hände als Nächstes tiefer zum Bund ihrer Stoffhose, um auch diese auszuziehen. Alena hielt seine Hände fest, um ihn daran zu hindern.

„Erst du", sagte sie und zog ihm dann mit seiner Hilfe sein Hemd über den Kopf. Auf seiner rechten Brust kam eine sichelförmige, lange Narbe zum Vorschein. „Woher hast du die?", fragte sie, während sie sanft mit ihrem Zeigefinger die rote Linie nachzog. Obwohl sie vollständig verheilt war, sah sie noch nicht alt aus.

„Ein Unfall", sagte Merin abweisend.

Alena lachte. „Na klar." Sie küsste das obere Ende der Narbe, das knapp über Merins Brustwarze lag. „Bist du in ein Küchenmesser gelaufen?" Nach jedem Wort küsste sie ihn ein Stück tiefer.

„Halt den Mund", knurrte er. Er war nicht wirklich verärgert, doch in seiner Stimme schwang ein drohender Unterton mit.

„Schon gut", meinte Alena etwas gekränkt. Mittlerweile war sie am unteren Ende der Narbe angelangt. Merin, der den beleidigten Tonfall bemerkt hatte, seufzte tief.

„Wenn du es unbedingt wissen willst –", setzte er gequält an, doch Alena unterbrach ihn schnell.

„Nein. Du kannst es mir ein anderes Mal erzählen. Wenn du willst." Mit der Narbe waren sicherlich keine schönen Erinnerungen verknüpft; Alena wollte Merin nicht dazu bringen, diese jetzt heraufzubeschwören.

„Gut", lenkte Merin erleichtert ein. Alena zuckte zusammen, als hinter ihr etwas aufs Bett sprang. Ihr Schreck ließ nach, als weiches Fell ihren Knöchel berührte.

„Faro! Geh runter!", befahl sie in barschem Ton, doch Faro dachte nicht daran und schob sich stattdessen mit angelegten Ohren an Alena vorbei nach vorne. Merin konnte gerade noch die Hände vors Gesicht halten, als Faro versuchte, sein Gesicht abzuschlecken.

„Nein! Lass das!", rief Merin, während er Faro zurückschob. „Runter!" Sein Tonfall war so scharf, dass Faro zusammenzuckte. Er hielt inne in seinem Versuch, wieder zu Merins Gesicht zu gelangen, und starrte ihn stattdessen aus seinen großen, braunen Augen an.

„Runter", wiederholte Merin und zeigte mit der Hand auf den Boden.

Langsam und mit eingezogenem Schwanz sprang Faro vom Bett verzog sich in die Ecke neben dem Küchenherd, von wo aus er Merin Mitleid erregend ansah.

„Brav", sagte Merin, woraufhin Faro sofort wieder aufstand.

„Nein", riefen Merin und Alena gleichzeitig. Faro ließ sich abrupt wieder zu Boden sinken.

„Vielleicht muss er ja raus", meinte Alena. Es war ein, zwei Stunden her, seit sie das letzte Mal mit ihm Gassi war. Wie oft mussten Hunde hinaus?

„Blödsinn", schnaubte Merin. „Er muss nicht jede Stunde raus. Er ist kein kleiner Welpe mehr. Wahrscheinlich will er ausprobieren, wie weit er bei uns gehen kann. Wir müssen ihm zeigen, dass wir die Meister sind, nicht er."

„Na, das hast du eindeutig klargestellt", meinte Alena trocken.

„Ja. Und ab jetzt darfst du mir jedes Mal zutiefst dankbar sein, wenn Faro uns nicht stört, während wir … beschäftigt sind", sagte er, ohne mit der Wimper zu zucken.

Alena lachte, bevor sie ihr Gesicht so nahe an seines brachte, dass sie auch kleine Fältchen und feine Härchen auf seiner Haut erkennen konnte. Von so Nahem sah er beinahe fremd aus. „Ich werde dir gleich zeigen, wie dankbar ich bin", versprach sie.

## Kapitel 13

*Mittwoch*

Alena wurde durch eine raue Zunge geweckt, die über ihren linken Handrücken fuhr.

„Lass das, Faro", murmelte sie verschlafen. Das Schlecken hörte auf, dafür begann Faro zu winseln. Das Geräusch ließ Alena sofort hellwach werden und sie setzte sich auf. Draußen strahlte die Morgensonne. Ein Blick auf die Uhr sagte Alena, dass es zehn Uhr war. Sicherlich musste Faro Gassi gehen. Doch wie sollte sie ihn nach draußen bringen? Die Leiter in die Wohnung war nicht weniger steil als gestern, und ihn mit dem Teppich nach unten zu fliegen dürfte sich als ebenso schwierig gestalten, so wenig Flugerfahrung, wie Alena bis jetzt gesammelt hatte. Hoffnungsvoll drehte sie den Kopf, um zu sehen, ob Merin schon wach war, doch der schlief noch. Sein Mund war leicht geöffnet und aus seinem Mund drang ein Geräusch zwischen Schnarchen und Atmen. Als sie ihn betrachtete, verzog sich ihr Gesicht zu einem Lächeln.

„Sch", flüsterte sie, als Faro wieder winselte. Sie wollte nicht, dass der Hund Merin weckte. Nicht nur aus Rücksicht auf ihn; sie hatte sich vorgenommen, so bald wie möglich Jonas aufzusuchen und die Angelegenheit zwischen ihnen zu klären. Und so feige es war, es wäre ihr lieber, sich jetzt davonzuschleichen, ohne Merin etwas davon zu erzählen. Denn wenn er fragen würde, wo sie hinging, würde sie ihn nicht anlügen.

Doch hatte sie nicht mit Faro gerechnet. Dieser setzte wieder zu einem herzzerreißenden Winseln an. Merin drehte den Kopf auf die andere Seite. Sie war eine schlechte Hundehalterin, schoss es Alena schuldbewusst durch den Kopf. Rasch zog sie die Sachen vom Vortag an und setzte sich dann wieder vorsichtig aufs Bett. Verzweifelt blieb ihr Blick an ihrem Teppich haften, der zusammengerollt in der Ecke stand. Sollte sie es riskieren, selbst zu fliegen? Die Entscheidung wurde ihr abgenommen, als sie spürte, wie Merin eine Hand um ihre Taille legte.

„Morgen", sagte er verschlafen. „Kann der Hund nicht still sein?"

„Ich glaube, er muss mal raus", erklärte Alena. Merins linkes Auge war noch halb zu, auf seiner Wange zeichnete sich der Abdruck des Kissens ab.

„Oh", sagte er, als er verstand, und erhob sich, ohne zu klagen, um Faro nach unten zu bringen. Alena bewunderte den Anblick seines Körpers, der bloß in einer Unterhose steckte. Er war sehr schlank, hatte jedoch genug Muskeln, um nicht schwächlich zu wirken. Alena fragte sich, wieso seine Haut auch dort braungebrannt war, wo tagsüber Kleider seinen Körper bedeckten. Nur das Gewebe seiner Narbe war deutlich heller. Als sie sah, dass Merin ihre Blicke bemerkt hatte, wandte sie sich verlegen ab.

„Du darfst schon schauen. Nichts, was du nicht schon gesehen hättest", sagte Merin, während er sich eine Stoffhose und ein Hemd überzog. Ihre plötzliche Schüchternheit schien ihn zu amüsieren. Er holte den Teppich aus der Ecke, rollte ihn am Boden aus und nahm darauf Platz. Noch bevor er Faro zu sich rufen konnte, war dieser schon zu ihm gerannt. Ob es daran lag, dass er wusste, dass Merin ihn mit dem Teppich nach draußen bringen würde, oder daran, dass Merin ausnahmsweise auf gleicher Augenhöhe war und er ihm so leichter das Gesicht würde abschlecken können, konnte Alena nicht sagen.

„Sanju ka melei. Haleia nu", murmelte Merin, Arme und Beine fest um Faro geschlungen, ohne dabei die Teppichfransen loszulassen. Alena eilte zum Fenster, um es zu öffnen. Langsam flog Merin hinaus. Mit angehaltenem Atem schaute Alena ihm dabei zu, während sie bangte, dass Faro stillhalten und nicht in Panik verfallen würde. Doch Faro blieb ganz ruhig. Erst als beide unversehrt am Boden ankamen, fiel Alena ein, dass Merin keine Leine hatte.

„Verdammt", fluchte sie, während sie sich suchend im Zimmer umblickte. Wo hatte sie Faros Leine hingelegt?

„He! Bleib hier!", hörte sie Merin unten rufen, was sie noch hektischer suchen ließ. Neben der Tür war sie nicht, ebenso wenig auf einem der Betten oder bei der Küche. Schließlich fand sie sie hinter einem von Merins Bücherstapeln. Schnell las sie sie auf und trat ans Fenster. Von Merin und Faro keine Spur.

„Merin?", rief sie.

„Hier!" Er trat aus einer schmalen Gasse neben dem Nachbarhaus hervor. Mit einer Hand hielt er Faro am Halsband fest, sodass er nicht aufrecht gehen konnte. Alena warf ihm die Leine zu. Sie fiel ein, zwei Meter vor ihm auf den Boden. Sobald Merin dort war, hob er sie auf und legte sie Faro an.

„Zum Glück musste er so dringend sein Geschäft verrichten. So konnte ich ihn wieder einfangen, bevor er über alle Berge war", sagte Merin. Alena kletterte die Leiter nach unten und trat aus dem Haus, um sich zu ihnen zu gesellen.

„Guten Morgen, übrigens."

„Guten Morgen." Merin hauchte ihr einen Kuss auf die Stirn.

„Ich gehe jetzt mit ihm spazieren", sagte Alena und nahm Merin die Leine aus der Hand. Sie hatte ein schlechtes Gewissen, weil sie so lange nicht mit Faro draußen gewesen war.

„Ich komme mit", meinte Merin spontan.

„Lieber nicht", entfuhr es Alena. Merin setzte eine ausdruckslose Miene auf. „Nicht deinetwegen. Ich muss noch etwas erledigen", fügte Alena eilig an. Bei ihrem Besuch bei Jonas wollte sie Merin wirklich nicht dabeihaben.

„Ah." Er sah sie erwartungsvoll an. Sobald er merkte, dass sie nichts mehr hinzufügen würde, fragte er nach kurzem Zögern: „Dann sehen wir uns später?"

„Sicher." Alena nickte, um ihre Worte zu bekräftigen. Sie streckte sich, um ihn auf den Mund zu küssen, doch er drehte im letzten Moment den Kopf weg, sodass ihre Lippen auf seiner Wange landeten.

„Hab die Zähne noch nicht geputzt", erklärte Merin.

„Na dann, bis später." Alena drehte sich um, um sich mit Faro auf den Weg zu machen.

„Was musst du eigentlich erledigen?" Seine Stimme klang beiläufig, aber Alena war klar, dass er sie das gleich hatte fragen wollen.

Sie holte tief Luft. „Ich gehe zu Jonas", gestand sie. Merin sagte nichts, stand nur regungslos da. „Du weißt schon, um ihm zu sagen, dass es zwischen uns definitiv aus ist."

„Ich dachte, das hättest du längst getan", sagte er, während er näher zu ihr trat. Alena merkte, dass er verärgert war.

„Wollte ich ja! Aber ich hatte keine Zeit", verteidigte sie sich. Sie wusste, dass es nur die halbe Wahrheit war; sie hatte das Gespräch auch hinausgezögert, weil es unangenehm werden würde. Merin rang eine Weile nach Worten. „Du hast mit mir geschlafen, bevor du mit ihm Schluss gemacht hast? Ist dir klar, dass du ihn betrogen hast?" Obwohl er sich sichtlich aufregte, sprach er leise; immerhin standen sie noch immer am Straßenrand.

„Blödsinn!" Alena warf ihm einen bösen Blick zu. „Du weißt genau, dass wir nicht mehr richtig zusammen sind."

„Ach ja? Warum gehst du dann jetzt, um mit ihm Schluss zu machen?"

Alena spürte, wie ihr Röte ins Gesicht schoss. „Das ist doch bloß eine Formalität! Mach nicht so ein Theater deswegen."

„Na schön." Er ging zum Haus zurück. An der Tür drehte er sich noch einmal zu ihr um. „Ich hoffe, dass du mit mir Schluss machst, *bevor* du mit einem anderen schläfst", sagte er mit kalter Stimme, bevor er im Haus verschwand. Mit einer Mischung aus Schock über Merins letzte Worte und Gewissensbissen starrte Alena noch einen

Augenblick auf die Tür, bevor sie mit dem Fuß aufstampfte und sich umdrehte.

„Los, Faro. Gehen wir!"

Als sich eine hohe Mauer vor ihr erhob, fluchte Alena leise. Sie war in einer Sackgasse gelandet. Eigentlich hatte sie ja so schnell wie möglich mit Jonas reden wollen, doch nach dem Streit mit Merin hatte sie sich erst abreagieren müssen, bevor sie ein ähnlich erfreuliches Gespräch mit ihrem Exfreund führen würde. Sie hatte nicht auf ihre Umgebung geachtet und hatte sich bloß von ihren Füßen führen lassen. Und von Faro, fiel ihr im Nachhinein auf. An den meisten Kreuzungen hatte er an der Leine in eine bestimmte Richtung gezogen, und Alena hatte ihm, ohne nachzudenken, seinen Willen gelassen.

Jetzt stand sie also in einer Sackgasse und fühlte sich, als würde sie nach einem langen Schlaf erwachen, während sie ihre Umgebung musterte. Wo war sie hier nur gelandet? Die Gebäude, die die Gasse rechts und links von ihr säumten, waren hässliche, fast fensterlose Kästen. Zusammen mit der Mauer sperrten sie einen Großteil des Tageslichts aus. Vor ihr an der Mauer türmten sich Berge von Abfall. Der faulige, teils ranzige Geruch der Lebensmittel war so ekelerregend, dass Alena durch den Mund atmete. Am wenigsten behagte ihr allerdings die Stille.

Schritte hinter ihr ließen sie herumfahren. Als sie den Mann erkannte, spürte sie Adrenalin in ihre Adern schießen. Es war der Mann, der die Warnung an ihrer Wohnung angebracht und sie mit einem Messer verletzt hatte. Was tat er hier? Nachdem sie tagelang nichts von der Ngarka gehört hatte und nicht mehr verfolgt worden war – zumindest hatte Alena Letzteres geglaubt –, hatte sie sich allmählich wieder sicher gefühlt. Jetzt verfluchte sie sich für ihre Sorglosigkeit. Wahrscheinlich war sie seit der Messerattacke kontinuierlich beschattet worden, ohne sich dessen bewusst gewesen zu sein.

Panisch drehte sie sich einmal im Kreis, doch sie sah keinen Ausweg. Die meisten Gebäude hatten keine Tür, die auf diese Straße führten; die einzige, die Alena sah, war viel zu weit weg. Auch an der Mauer konnte sie nicht hochklettern, es gab viel zu wenig Stellen, an denen sie sich hätte festhalten können – schon gar nicht mit einer verbundenen rechten Hand. Außerdem, selbst falls es ihr gelingen würde, die vier Meter ohne Absturz zu überwinden – was wäre mit Faro? Froh, dass wenigstens dieser bei ihr war, zog sie ihn an der Leine ganz nahe zu sich, während der Mann näher kam. Er schien es nicht eilig zu haben, da er wusste, dass sie nicht entkommen konnte. Alena widerstand dem Impuls, zurückzuweichen, um selbstbewusst zu wirken. Der widerliche Abfall vor der Mauer half ihr dabei.

„Wo ist sie?", fragte der Mann barsch, als er wenige Meter vor ihr stehen blieb. Er zog ein Messer aus der Scheide; dasselbe, mit dem er Alena verletzt hatte. Seine hellen, braunen Augen glichen denen eines Raubvogels. Nervös leckte Alena sich die Lippen.

„Wer?", fragte sie ratlos. Der Mann kniff verärgert den Mund zusammen und trat einen Schritt vor.

„Ich weiß nicht, wen du meinst! Wirklich", sagte Alena hastig. Zu ihrer Erleichterung blieb der Mann wieder stehen.

„Trijana natürlich", sagte er. Er hatte eine schöne, volle Stimme.

„Trijana?" Alena verstand überhaupt nichts mehr. Soweit sie wusste, arbeitete der Mann, der vor ihr stand, für Zorbas und die Ngarka. Bis jetzt war sie davon ausgegangen, dass diese Trijana entführt oder gar ermordet hatten.

„Tu nicht so, als würdest du sie nicht kennen!" Drohend zeigte er mit dem Messer in ihre Richtung. „Das da ist doch ihr Köter! Und wir wissen, dass sie dir von der Erpressung erzählt hat, obwohl sie das nicht hätte tun dürfen."

„Ich habe nicht gesagt, dass ich sie nicht kenne", sagte Alena schnell. „Das mit der Erpressung, ja, das stimmt. Ich dachte, ihr hättet sie deswegen bestraft!" Für einen Augenblick wirkte der Mann verwirrt, dann fasste er sich wieder.

„Du behauptest also, nichts mit ihrem Verschwinden zu tun zu haben?"

„Nein!", sagte Alena vehement. „Ich dachte, ihr, also die Ngarka, hätte sie überfallen."

„Überfallen?"

„An ihrem Schlafplatz war Blut. Viel Blut." Bei dem Gedanken krampfte sich Alenas Magen zusammen. Wahrscheinlich würde bald ein hässlicher, roter Fleck auch diese Gasse beschmutzen.

Der Mann dachte einen Augenblick nach.

„Ich glaube dir", sagte er schließlich zu ihrer Erleichterung und grinste. „Du hast zu viel Angst, um zu lügen. Trotzdem, du bist ein Ärgernis für Zorbas. Du schnüffelst noch immer in seinen Geschäften herum, obwohl ich dich gewarnt habe." Fast bedauernd zuckte er die Schultern, bevor er auf sie zukam. „Ich muss dich wohl oder übel töten."

„Nein! Bleib stehen, oder der Hund wird dich angreifen!" Alena hatte keine Ahnung, ob Faro das wirklich tun oder ob er nur mit dem Schwanz wedeln würde, aber sie war verzweifelt. Tatsächlich zögerte der Mann, schließlich blieb er wieder stehen. Er war jetzt weniger als zwei Meter von ihr entfernt.

„Ich bin gar nicht an Zorbas Geschäften interessiert." Die Worte sprudelten aus ihrem Mund. „Ich habe nur den Auftrag, den Mörder von Sarilla Belcante zu finden. Das ist die Frau, die in eurem Haus gefunden wurde. Und ich weiß, dass Zorbas nichts mit ihrem Tod zu tun hatte." Zumindest hoffte sie es inständig. „Alles andere interessiert mich nicht! Die Erpressungen und was auch sonst für Geschäfte in diesem Haus abgewickelt werden, scheren mich nicht im Geringsten. Ich komme Zorbas nicht in die Quere." Ein Teil von ihr schämte sich ihrer Feigheit, der andere Teil dachte jedoch nur daran, diese Sache ohne ein Messer zwischen den Rippen zu überstehen. Der Mann kniff die Augen zusammen und starrte sie prüfend an. Plötzlich hörten sie Stimmen, die lauter wurden. Der Mann wirbelte kurz herum. Zwei Frauen gingen entlang der Straße, in die die Sackgasse mündete, schauten jedoch nicht in ihre Richtung. Drohend hielt der Mann seinen linken Zeigefinger an die Lippen. Alena wagte es nicht, um Hilfe zu rufen; selbst wenn die Frauen versuchen würden, ihr zu helfen, könnten sie gegen die Waffe nichts ausrichten. Außerdem würde sie mit einem Hilferuf vermutlich den Zorn des Mannes heraufbeschwören und wäre innerhalb der nächsten Sekunden tot.

Die Frauen verschwanden aus ihrem Blickfeld, ohne auch nur einmal in ihre Richtung geblickt zu haben. Als ihre Stimmen in der Ferne verklangen, verzogen sich die Lippen des Manns zu einem Grinsen. „Braves Mädchen." Nach einer kurzen Pause fügte er gönnerhaft hinzu: „Ich glaube, ich werde dich nicht töten. Du bist wirklich keine Gefahr." Alena hatte sich noch nie über eine Beleidigung so gefreut. Als er sich umdrehte und davonschritt, rührte sie sich nicht und starrte ihm nur fassungslos hinterher. Ließ er sie wirklich gehen? Oder war es nur ein Trick?

Erst, als er um die linke Ecke gebogen war und sie ihn nicht mehr sehen konnte, befahl Alena ihren zitternden Beinen, sich in Bewegung zu setzen. Sie hielt sich möglichst nahe an der rechten Wand. Bevor sie aus der Gasse trat, vergewisserte sie sich, dass er ihr wirklich nicht auflauerte. Doch er war nirgends zu sehen. Sie wandte sich nach rechts und rannte los, so schnell sie konnte. Faro, der wohl dachte, es sei ein Spiel, lief freudig bellend neben ihr her und biss hin und wieder in die Leine. Glücklicherweise wusste Alena schon bei der nächsten Kreuzung, wo sie sich ungefähr befand; sie war überrascht, dass sie sich so weit von Merins Wohnung entfernt hatte. Erst als sie auf eine belebte Straße kam, an deren Seiten Händler ihre Waren verkauften, verlangsamte sie ihre Schritte. Ein Schuhverkäufer zeigte ihr den Vogel.

„Bei dieser Hitze Sport machen! Euch jungen Leuten ist nicht mehr zu helfen!", rief er. Alena ging an ihm vorbei, ohne ihn eines Blickes zu würdigen. Sie verspürte das Bedürfnis, ins Badehaus zu gehen und frische Sachen anzuziehen; die Hose und die Bluse, die sie trug, waren beide zerknittert und unter ihren Achseln hatten sich Schweißflecken gebildet. Doch Jonas arbeitete ganz in der Nähe, während Melissas Haus ein ganzes Stück entfernt lag. Also lenkte sie ihre Schritte in Richtung des Firmensitzes des *„KUK-Imports"* – der Firma, die Alenas Vater gehörte und wo Jonas unter anderem für Lieferungen aus Indola zuständig war, dem wichtigsten Textilien herstellenden Land überhaupt. Etwas nervös betrat sie das Gebäude, das trotz seiner Größe unauffällig zwischen den anderen Gebäuden in der belebten Straße stand.

Der Mann am Empfangstresen hielt sie auf, als sie an ihm vorbei wollte, um direkt zu Jonas Büro zu gehen. Sie hatte ihn noch nie gesehen, allerdings war sie schon lange nicht mehr hier gewesen.

„Sie sind keine Mitarbeiterin! Sie können hier nicht einfach rein!", rief er entsetzt. „Und Tiere haben hier erst recht nichts zu suchen."

„Ich muss nur kurz mit Jonas Donski sprechen. Und das geht schon in Ordnung. Ich bin die Tochter von Mephis Kurkuma."

Der Angestellte lachte. „Das kann jeder sagen."

Alena hielt ihm ihren Ausweis unter die Nase. Als er den Nachnamen sah, wurde er eine Spur bleicher.

„Oh! Entschuldigen Sie, ich –"

„Schon gut", unterbrach Alena ihn. „Ist ja Ihre Aufgabe, Unberechtigten den Zutritt zu verwehren. Hat Herr Donski noch immer dasselbe Büro? Und ist er dort?"

„Ja. Zweimal ja."

„Danke. In der Zwischenzeit können Sie auf meinen Hund aufpassen." Er wollte protestieren, als sie ihm die Leine in die Hand drückte, doch Alena ignorierte es einfach. Während sie durch den engen Flur zu Jonas Büro ging, hoffte sie, dass sie ihrem Vater nicht begegnen würde. Sie wollte ihm nicht erklären, weshalb sie hier war. Doch sie wusste, dass ihr Vater um diese Zeit üblicherweise zu Mittag aß.

Nachdem sie angeklopft und das obligate „Herein" abgewartet hatte, betrat Alena das Büro. Als Jonas aufblickte und sie erkannte, legte er rasch seine Arbeit beiseite und stand auf, um sie mit drei Wangenküssen zu begrüßen.

„Was für eine Überraschung! Was führt dich her?", wollte er wissen und blieb neben ihr stehen.

„Ich muss mit dir reden." Bessere Worte kamen Alena nicht in den Sinn.

„Gut." Bei ihrem ernsten Ton verschwand die Freude aus seinem Gesicht. „Willst du dich setzen?" Dankend nahm sie im Stuhl ihm gegenüber Platz. Sie faltete ihre Hände und legte sie auf ihren Schoß, damit sie ihrer Nervosität wegen nicht mit ihren Fingern herumspielte.

„Es geht um ... unsere Beziehung", begann sie. Sie hoffte eigentlich, dass Jonas ihr erklären würde, dass sie keine Beziehung mehr führten, doch er schwieg. Unbehaglich rutschte Alena auf dem Stuhl hin und her. „Als wir uns getrennt haben ..."

„Wir haben uns nicht getrennt." Jonas verzog das Gesicht. „Wir haben nur eine Pause eingelegt."

„Das ist Wochen her! Ich meine, uns war doch beiden klar, dass wir ... na ja, dass es aus ist zwischen uns?"

„Du hast nie Schluss gemacht", beharrte Jonas. Er rang sichtlich um Fassung.

215

„Das stimmt", gestand Alena. „Aber als ich so lange nichts von dir gehört habe, und auch ich mich nicht bei dir gemeldet habe, dachte ich, es sei offensichtlich."

Jonas holte tief Luft. „Es ist dieser andere Kerl, stimmt's? Dieses eingebildete Arschloch?" Seine Stimme war hart.

„Ich mache nicht seinetwegen Schluss", erklärte Alena. „Unsere Beziehung hatte schon vorher keine Chance mehr."

„Ach ja? Schön, dass du mir das auch endlich mitteilst!" Wütend schlug Jonas mit der Hand auf den Schreibtisch. „Du bist mit ihm zusammen, stimmt's?" Alena konnte es nicht leugnen.

„Ja", gestand sie und hob beschwichtigend die Hände, „Aber wie gesagt, das hat nichts mit der Sache zwischen uns zu tun." Jonas setzte gerade zu einer Erwiderung an, als sein Blick auf ihre rechte Hand fiel. Er wurde kreidebleich.

„Du hattest schon was mit ihm, bevor wir diese „Beziehungspause" eingelegt haben?", stammelte er.

„Nein!", versicherte Alena ihm, doch Jonas glaubte ihr nicht.

„Ich bin so ein Idiot! Ich habe das mit der Auszeit wirklich geglaubt! Ich habe wirklich geglaubt, dass unsere Beziehung eine Chance hat! Dabei wolltest du mich nur loswerden, um mit diesem Scheißkerl zusammen zu sein!"

„Nein!" Entsetzt starrte Alena ihn an. „Das stimmt nicht!"

Jonas machte mit dem Kopf eine Bewegung zu ihrer Hand. „Dann hast du dich also mit einem Kerl verlobt, den du erst seit ein paar Wochen kennst?" Er schüttelte ungläubig den Kopf. „Ich kenne dich. Das würdest du nicht tun."

Alena begriff gar nichts mehr. „Ich kenne Merin erst seit ein paar Tagen! Ich bin sicher nicht mit ihm verlobt! Wie kommst du darauf?" Jonas, der merkte, dass Alena die Wahrheit sagte, beruhigte sich etwas.

„Du bist nicht verlobt?", hakte er nach. Alena schüttelte den Kopf.

„Aber du trägst *nie* Ringe", sagte Jonas. „Warum trägst du einen Ring, wenn du nicht verlobt bist?" Überrascht schaute Alena den Zwillingsring an ihrem rechten Ringfinger an. Er glänzte wie sehr dunkles Harz. Was hatte der Juwelier nochmals gesagt? Dass bei der Farbe Braun ihre Laune trüb sei? Das würde auf jeden Fall stimmen. „Ich trage nie Ringe, das stimmt. Doch dieser Ring ist … besonders. Aber es ist *kein* Verlobungsring." Sie war erstaunt, dass Jonas nur wegen des Rings überzeugt gewesen war, dass sie verlobt sei. Bei dem Gedanken stieg eine Erinnerung in ihr hoch. Eine Kleinigkeit, die sie bemerkt, aber dann wieder vergessen hatte. Plötzlich sah Alena klar.

„Ich muss gehen." Aufgeregt stand sie auf, der Stuhl kippte nach hinten. Wie hatte sie das nur vergessen können? Sie stellte den Stuhl wieder auf und fiel Jonas, der soeben etwas sagen wollte, ins Wort.

„Tut mir leid, wirklich, aber ich muss gehen!" Damit eilte sie durch die Tür, durch den Flur und am Tresen vorbei. Ein Bellen brachte sie schlitternd zum Stehen und ließ sie umkehren. Fast hätte sie Faro vergessen. Der Angestellte hielt Faro an der Leine; ihm war anzusehen, dass er sich dabei alles andere als wohlfühlte. Alena bedankte sich, als sie ihm den Hund abnahm. Gerade als sie mit Faro das Haus verlassen wollte, lief sie ihrem Vater in die Arme.

„Alena!", rief er überrascht. „Was tust –"

„Ich erklär's dir später!" Sie wollte an ihm vorbeistürmen, hielt dann jedoch inne. „Kannst du mir etwas Geld leihen? Ich geb's dir bei der nächsten Gelegenheit zurück."

„Natürlich, Schatz." Er zog seine Geldbörse hervor. „Wenn du Geldprobleme hast, dann …"

„Nein", winkte Alena energisch ab. „Aber ich brauche eine Droschke. Und ich habe zu wenig Geld dabei." Kaum hatte ihr Vater ihr einige Münzen in die Hand gedrückt, lief sie nach einem kurzen „Danke" nach draußen und hielt die erste Droschke an, die sie erspähte.

„Innenstadt, Grünes Viertel", teilte sie dem Fahrer mit, sobald sie sich auf den Sitz geschwungen hatte. „Zu den Belcantes."

## Kapitel 14

„Was wünschen Sie?", fragte das Dienstmädchen. Bevor Alena antworten konnte, erschien Domengo in der Tür, hinter ihm drei Männer. Zwei von ihnen glaubte Alena als Stadträte zu erkennen. Wahrscheinlich hatten sie bei Domengo eine Besprechung abgehalten und waren nun im Begriff zu gehen.

„Ah, guten Tag, Frau Kurkuma!", grüßte er. „Tut mir leid, aber Plinia ist nicht da." Er war voller Energie.

„Guten Tag. Ich möchte nicht zu Plinia. Eigentlich möchte ich Ihre Frau sprechen." Alena warf einen Blick auf seine Hände. An seinem Ringfinger steckte ein goldener Ehering. „Ist sie hier?"

„Kim? Ja, sie ist oben in ihrem Zimmer. Geht es um … die Sache, wegen der meine Schwester Sie kontaktiert hat?" Alena begriff, dass er sich seiner Gäste wegen so kryptisch ausdrückte.

„Genau."

„Dann wird Seli Sie zu Kims Zimmer führen", meinte Domengo, wobei er das Dienstmädchen auffordernd anschaute. Seli nickte eifrig. Nachdem Alena sich bedankt und von den Herren verabschiedet hatte, folgte sie Seli ins Obergeschoß. Seli klopfte an Kims Tür, meldete den Besuch an und verschwand mit einem Knicks wieder in das Untergeschoß. Alena trat ein. Wie beim letzten Mal ließen Tücher vor den Fenstern das hereinfallende Licht grün erscheinen. Kim erhob sich soeben von ihrem Bett und legte das Buch, in dem sie gelesen hatte, zur Seite.

„Alena! Wie schön, dich zu sehen." Strahlend trat sie ihr entgegen. Bei ihren Worten fiel Alena wieder ein, dass sie sich beim letzten Mal auf Duzen geeinigt hatten. „Was führt dich her?"

„Leider nichts Angenehmes." Als sie ihre Miene sah, blieb Kim abrupt stehen. Sie sahen sich schweigend an. Nach einer Weile fragte Kim leise: „Du weißt es?" Ihre Stimme klang ängstlich, doch lag darin auch eine Spur Erleichterung. Alena nickte. Kim ließ sich auf das Bett sinken und verharrte eine Weile regungslos, beide Hände auf ihren dicken Bauch gelegt.

„Wie hast du es herausgefunden?", fragte sie schließlich.

„Nun, einerseits wegen des Briefs. Ich meine den letzten, den Domengo erhalten hat. Als Merin und ich ihn untersucht haben, haben wir gemerkt, dass er gefälscht ist. Bei dem ersten, echten Brief stand als Absender ein Symbol. Es steht für einen alten Bund von Magiebegabten, die für ihre Rechte kämpfen." Alena trat einen Schritt näher. „Als Domengo dir den Brief vor Monaten gezeigt hat, dachtest du, es sei ein großes H, richtig? Das habe ich zuerst auch geglaubt." Kim senkte schweigend ihren Blick. „Du wusstest von Domengo, dass wir es für möglich hielten, dass die Briefe mit dem Mord in Verbindung standen. Mit deinem Brief wolltest du uns in dieser falschen Spur bestätigen und von dir selbst ablenken. Aber damit hast du dich selbst verraten. Der Brief war eindeutig vom Stil her möglichst ähnlich wie der erste Brief geschrieben. Nur die Handschrift war ganz anders: Die konntest du nicht nachmachen, weil Domengo den Brief in der Zwischenzeit mir gegeben hatte." Kim schwieg weiterhin, nickte aber leicht mit dem Kopf. „Jedenfalls war klar, dass der Verfasser den ersten, echten Brief gelesen haben musste", folgerte Alena. „Und ich glaube nicht, dass Domengo den Brief vielen zum Lesen gegeben hat. Seiner Schwester vielleicht. Aber warum sollte Plinia Sarilla umbringen und nachher mich auf den Mörder ansetzen?" Alena schüttelte den Kopf. „Nein, Plinia scheidet als Verdächtige aus. Außerdem hat sie kein Motiv."

„Und ich? Was ist mein Motiv?" Kims Stimme klang abwesend. Ihr Blick war noch immer auf ihre Hände gerichtet.

„Die Ngarka hat dich erpresst. Sarilla ist dahintergekommen. Sie ist zum Haus gegangen, in dem die Übergabe stattfand. Wahrscheinlich kannte sie die Adresse aus dem Erpresserbrief. Dort hat sie sich versteckt, vermutlich hinter den Vorhängen. Sobald Trijana mit dem

Geld verschwunden ist, hat Sarilla dich zur Rede gestellt." Kim hob den Kopf, um Alena anzuschauen. Diese erschrak, als sie den verzweifelten Ausdruck in ihren Augen sah.

„Ich wollte sie nicht töten. Aber was hätte ich tun sollen? Sie hätte es Domengo erzählt." Eine Träne lief über ihre Wange. „Ich konnte doch nicht zulassen, dass sie es ihm erzählt." Alena war sich nicht sicher, wovon sie sprach.

„Du wolltest nicht, dass sie ihm von der Erpressung erzählt?"

Kim nickte. „Er hätte mich verlassen, wenn er es erfahren hätte! Und Sarilla war so wütend ... Als Trijana weg war, ist sie hinter dem Vorhang hervorgekommen und hat mich beschimpft. Hat mich Mitternachtshure genannt. Hat gesagt, sie würde ihm alles erzählen. Dass er eine Elfe geheiratet hatte. Eine Magiebegabte!" Kim schluchzte laut. „Als sie sich dann umgedreht hat, um zu ihm zu laufen ... Ich weiß nicht, wie es genau passiert ist. Irgendwie habe ich ihr die Luft weggenommen. Alle Luft, die um ihren Kopf war, zu mir gezogen. Ich habe keine Magie mehr benutzt, seit ich Domengo kennengelernt habe, aber da ... ich war in Panik. Ich weiß nicht, wie lange sie dagestanden ist und versucht hat, Luft zu bekommen. Ich glaube, sie hat gar nicht begriffen, dass *ich* ihr die Luft genommen habe. Irgendwann ist sie auf den Boden gesunken."

Alena versuchte, Kims Worten zu folgen. „Sarilla hat gewusst, dass du eine Elfe bist?"

Kim wollte antworten, doch als sie etwas hinter Alena erblickte, wurde ihr Gesichtsausdruck auf einmal panisch. Alena drehte sich. Hinter ihr stand Domengo. Alena hatte nicht gehört, dass er die Türe geöffnet hatte. Hatte sie sie vorhin überhaupt geschlossen, als sie das Zimmer betreten hatte? Domengo wirkte wie ein Stein, still, stumm, grau im Gesicht.

„Schatz?", fragte Kim, als sie sich etwas gefangen hatte. „Was machst du hier? Wolltest du nicht mit deinen Kollegen ins Parlament gehen?"

„Ist das wahr?" Beim Klang seiner Stimme lief Alena ein Schauer über den Rücken. Ein hilfloses, zu hohes Krächzen, wie Fingernägel, die über eine Tafel strichen. „Du bist eine Elfe?"

„Es tut mir leid", schluchzte Kim verzweifelt und brach noch heftiger in Tränen aus.

„Eine Elfe?", murmelte Domengo immer wieder. „Ich habe eine schmutzige Elfe geheiratet? Ich bekomme ein unreines Kind?" Alena hoffte inständig, dass Kim seine Worte, die mehr an ihn selbst gerichtet waren, neben ihrem lauten Weinen nicht hörte. Am liebsten hätte sie Domengo den Mund zugehalten, doch sie glaubte nicht, dass das etwas gebracht hätte. Außerdem fühlte sie sich völlig fehl am Platz, ein Eindringling in dieser privaten Szene. Endlich verfiel Domengo wieder in Schweigen.

„Domengo?" Alena trat einen Schritt näher zu ihm. Ruckartig richtete er seinen Blick auf sie. Als sie den Hass in seinen Augen sah, wich Alena erschrocken wieder zurück.

„Es ist Ihre Schuld! Wieso mussten Sie herumschnüffeln?" Er griff sich den Kleiderständer, der neben der Tür stand, wobei Kims daran hängende Kleider zu Boden fielen. Er hielt ihn am oberen Ende, sodass das massive Stativ in Alenas und Kims Richtung zeigte.

„Ohne Sie wäre mein Leben noch immer perfekt!", rief Domengo. Seine dunklen, irren Augen fixierten Alena. Diese trat so weit zurück, bis ihre Beine direkt neben Kim an das Bett stießen, und hob abwehrend die Hände.

„Bitte, beruhigen Sie sich", bat sie, doch Domengo schwang den Kleiderständer hinter seinen Kopf, um auszuholen. Kim krabbelte mit einem Schrei auf die andere Seite des Bettes, doch Alena wusste, dass er es nicht auf seine Frau, sondern auf sie abgesehen hatte. Er stürmte auf sie zu und schwang den Ständer nach unten, direkt auf ihren Kopf zu. Im letzten Moment trat Alena zitternd einen Schritt nach rechts. Der Ständer traf mit voller Wucht aufs Bett, wo er einen Riss im hölzernen Bettgestell hinterließ. Panik überkam Alena. Ihr Ausweichschritt hatte sie zwar gerettet, doch nun war sie in der Falle. Hinter ihr waren Wände, vor ihr versperrte Domengo den Weg. Die einzige Richtung, in die sie fliehen konnte, war über das Bett. Und sie wusste, dass sie nicht schnell genug über das Bett klettern konnte, um nicht erschlagen zu werden. Domengo wusste es auch. Er grinste breit.

„Du kannst mir nicht entkommen!"

„Nein!", schrien Kim auf der anderen Seite des Zimmers und Alena gleichzeitig, doch Domengo holte erneut mit dem Ständer aus. Reflexartig hob Alena ihre Arme über den Kopf. Der Ständer sauste auf sie herab, wurde dann aber im letzten Moment zur Seite abgelenkt. Jemand hatte Domengos Arm zur Seite gezogen. Statt ihren Kopf zu zertrümmern, streifte der Ständer bloß ihre linke Schulter.

„Merin?" Alena konnte es kaum glauben, als sie begriff, dass Merin hier war. Und ihr das Leben gerettet hatte. Er stand hinter Domengo und hielt noch immer dessen rechten Arm fest, während er versuchte, auch den anderen zu fassen zu kriegen, um ihm die Arme hinter dem Rücken zu verschränken. Domengo wehrte sich wie ein wilder Stier. Sobald sie sich wieder rühren konnte, kam Alena Merin zu Hilfe und bemühte sich, Domengo den Ständer aus den Händen zu reißen. Aber Domengo hielt verbissen fest und er war viel stärker als Alena. Dass sie nur eine Hand richtig benutzen konnte, war auch nicht zu ihrem Vorteil. Er schrie auf, als sie ihre Fingernägel in seine Handrücken grub, lockerte seinen Griff jedoch nicht. Erst als sie ihm ihr Knie so fest sie konnte zwischen die Beine rammte, ließ er los. Vor Schmerzen krümmte er sich nach vorn. Merin gelang es endlich, Domengos Arme auf seinem Rücken festzuhalten, sodass dieser sich nicht mehr rühren konnte, ohne zu riskieren, dass Merin ihm die

Schulter auskugelte.

„Halt schön still", knurrte Merin, obwohl Domengo im Moment wahrscheinlich ohnehin nichts anderes getan hätte; sein Gesicht war noch immer schmerzverzerrt. Da Merin und Domengo den ganzen Durchgang zwischen dem Bett und der Wand versperrten, stieg Alena über das Bett an ihnen vorbei.

„Hast du irgendwo eine Schnur? Oder einen Schal?", fragte Alena Kim. Es dauerte einen Augenblick, bis Kim reagierte. Dann schritt sie wortlos zu ihrem Kleiderschrank, wo sie einen schmalen, grauen Schal hervorholte.

„Danke", sagte Alena, als Kim ihn ihr reichte, und eilte damit zu Merin. Er schien keine Mühe zu haben, Domengo festzuhalten, obwohl dieser angefangen hatte, sich zu wehren. Aber jedes Mal, wenn Merin seine Arme ein Stück nach oben zog, fluchte Domengo vor Schmerzen und hörte wieder auf. Alena trat neben Merin und knotete den Schal um Domengos Handgelenke. Wegen des Verbandes dauerte es eine Weile. Sie bemühte sich, möglichst fest anzuziehen, doch sie wusste, dass Domengo seine Hände vielleicht trotzdem befreien konnte. Aber die Fessel war ohnehin nur provisorisch und diente als Sicherheitsmaßnahme; Merin würde Domengo nicht loslassen.

„Seli!", rief Alena laut. Leider hatte sie ihre Handschellen nicht dabei. Einen Augenblick später erschien das Dienstmädchen im Türrahmen, traute sich jedoch nicht, das Zimmer zu betreten. Offensichtlich war sie ganz in der Nähe des Schlafzimmers gewesen, alarmiert durch die Schreie.

„Geh und hol die Polizei", wies Alena sie an. Seli warf Kim einen fragenden Blick zu, aber diese bemerkte es nicht; sie stand da und starrte auf die grünen Tücher vor den Fenstern.

„Nun mach schon!", herrschte Alena Seli ungeduldig an. Seli errötete, nickte hastig und verschwand. Alena ging wieder zu Merin und half ihm dabei, Domengo festzuhalten. Nicht, dass es nötig gewesen wäre, doch Alena fühlte sich dadurch sicherer.

Erst, als nach einer Viertelstunde zwei Polizisten erschienen, die Domengo Handschellen anlegten, atmete Alena erleichtert auf. Ihre Knie wurden weich, sie musste sich auf die Polstergruppe setzen. Merin setzte sich neben sie und legte ihr den linken Arm um die Schulter. Als er sie dort berührte, wo der Kleiderständer sie getroffen hatte, zuckte sie zusammen. Sofort zog Merin seinen Arm zurück. „Bist du verletzt?", fragte er und wollte sich ihre Schulter anschauen, doch sie winkte ab. Sie trug eine Bluse mit Kragen; um ihre Schulter anschauen zu können, musste sie diese ausziehen. Vor den beiden männlichen Beamten wollte sie das nicht unbedingt tun.

„Nicht so schlimm", erklärte sie. „Es gibt wahrscheinlich einen hässlichen, blauen Fleck." Sie ließ ihren Kopf auf seine Schulter sinken und schloss die Augen. Als vor ihrem geistigen Auge die Erinnerung an Domengos wahnsinnigen Gesichtsausdruck erschien, öffnete sie sie schnell wieder.

„Wie bist du hierhergekommen?", fragte sie.

„Zu Fuß", antwortete Merin. Alena schlug ihm mit der linken Hand auf das Bein.

„Schon gut, schon gut", sagte Merin lachend. „Nachdem ich gesehen habe, was du mit Domengo gemacht hast ... Ich werde brav sein."

Ungläubig hob Alena eine Augenbraue. „Ach? Für wie lange?"

„Ähm, na ja, jetzt zumindest." Wieder wollte er seinen Arm um sie legen und zog ihn ruckartig zurück, als er sich an ihre Schulter erinnerte. „Du willst wissen, wie ich hergekommen bin?", fragte er gedehnt. Alena nickte auf seiner Schulter. Merin räusperte sich unbehaglich. „Dazu muss ich dir erst ein Geständnis machen. Bitte, werde nicht gleich sauer ...", begann er. Alena hob ihren Kopf und schaute ihn an. In diesem Moment trat einer der Polizisten an sie heran, um ihre Aussagen aufnehmen. Alena hielt alle Finger ihrer linken Hand hoch – in fünf Minuten. Nach kurzem Zögern nickte der Beamte und ging zu Kim, die verloren herumstand und noch immer zu den Fenstern starrte. Sein Räuspern nahm sie nicht wahr, er musste ihr auf die Schultern tippen, um ihre Aufmerksamkeit zu erlangen.

„Der Ring, den du trägst, ist von mir", sagte Merin, sobald der Beamte gegangen war. Er klang schuldbewusst. „Du hast bestimmt gemerkt, dass er manchmal die Farbe ändert ..."

„Je nachdem, wie ich mich fühle", unterbrach Alena ihn. Merin öffnete verblüfft den Mund.

„Woher weißt du –"

„Bei Ilia, ich bin private Ermittlerin! Hast du wirklich geglaubt, ich würde nicht herausfinden, was der Ring kann?" Sie hatte von Anfang an vermutet, dass Merin ihr den Ring angesteckt hatte. Aber warum wollte er durch den Ring wissen, wie sie sich fühlte? Das fragte Alena sich schon die ganze Zeit. Eigentlich ging es niemanden etwas an, wie sie sich fühlte, selbst Merin nicht. Das gehörte zu ihrer Privatsphäre. „Warum hast du mir den Ring gegeben? Damit du immer das Richtige sagen kannst, je nachdem, wie ich mich fühle?", fragte sie.

„Nein, wirklich nicht", versicherte Merin. „Das mit den Gefühlen war nicht der Grund. Er kann mir eh nur sehr grob deine Stimmung anzeigen. Und die erkenne ich auch, wenn ich in dein Gesicht schaue."

Seine Worte brachten Alena zum Lächeln. „Warum dann?", fragte sie.

„Der Ring zeigt auch an, wenn du verletzt oder in Gefahr oder tot bist", sagte Merin. Alena nickte. Das wusste sie schon. „Und nach dem, was in deiner Wohnung passiert ist ... Verdammt, ich wusste, dass ich nicht immer da sein konnte, um dich zu beschützen. Da dachte ich, der Ring sei eine gute Idee. Dass ich durch ihn wissen würde, wenn du wieder in Lebensgefahr bist."

Seine Sorge rührte Alena. „Warum hast du mir nicht einfach von dem Ring erzählt?"

„Ich habe befürchtet, dass du ihn nicht tragen würdest. Weil er eben auch Gefühle anzeigt", gestand er und kratzte sich verlegen hinter dem Ohr.

„Jedenfalls, nachdem ich mich nach unserem Streit etwas beruhigt hatte, bin ich heute Morgen in die Bibliothek gegangen, um etwas nachzuschauen." Merins Schuldbewusstsein war einer Aufregung gewichen, die Alena mittlerweile bekannt war.

„Lass mich raten: Es hatte etwas mit unserem Fall zu tun?", fragte sie.

„Ja. Und zwar ging es um diese Sage. Du weißt schon, die mit dem Gott Solem und der Prinzessin, auf der auch die Oper *Ophelia* beruht. Kims Version der Geschichte lautete ja ganz anders. In einem der Sagenbücher habe ich gefunden, dass die Version, die sie uns erzählt hat, diejenige der Elfen ist! Elfen glauben nicht an unsere Götter. Daher ist es logisch, dass in ihrer Geschichte ein Prinz vorkommt und kein Gott! Da wurde mir natürlich klar, dass Kim eine Elfe oder Halbelfe sein musste. Sie hat uns ja selbst erzählt, dass sie die Geschichte von ihrer Mutter gehört hatte." Alena fand es erstaunlich, dass sie beide etwa zur gleichen Zeit auf die Lösung des Rätsels gekommen waren – wenn auch aufgrund anderer Hinweise.

„Bei mir hat es Klick gemacht, als Jonas mich auf meinen Ring angesprochen hat", sagte sie. „Erinnerst du dich, dass ich Kim darauf angesprochen habe, dass sie keinen Ehering trägt? Sie ist der Frage damals irgendwie ausgewichen. Erst heute ist es mir wieder eingefallen – auch, dass Domengo sehr wohl einen Ehering trägt. Warum also nur Kim nicht? Sicher nicht, weil sie Domengo nicht liebt, das war mir sofort klar. Kim trägt den Ring nicht, weil er aus Metall ist – und Halbelfen mögen kein Metall auf ihrer Haut.

Deshalb zieht sie ihn so oft wie möglich ab, wenn Domengo nicht da ist. Entschuldigung." Alena räusperte sich verlegen. „Ich bin abgeschweift. Erzähl weiter: Du hast also herausgefunden, dass Kim die Mörderin ist. Und dann? Bist du zu ihr gefahren?"

„Nein." Er griff in seine Tasche und zog einen Ring hervor, der haargenau so aussah wie derjenige von Alena. Beide hatten im Moment einen leicht trüben Orangeton angenommen. „Mein Zwillingsring hat plötzlich rot zu leuchten begonnen." Rot war die Farbe für Gefahr. „Ich bin sofort los, um dich mithilfe des Ringes zu suchen. Aber natürlich dauerte es ziemlich lange ..."

„Was meinst du mithilfe des Ringes?", unterbrach ihn Alena.

„Je nachdem, wie nahe die beide Ringe beieinander sind, hat meiner eine andere Temperatur", erläuterte Merin. „Wenn wir wie jetzt nebeneinandersitzen, ist er sehr warm." Als Beweis drückte er Alena den Ring in die Hand. Sie zuckte kurz zusammen; der Ring war fast schon heiß, als hätte er lange in der Sonne gelegen. „Bist du weit weg, wird er kälter."

„Wo hattest du den Ring eigentlich die ganze Zeit? Du hast ihn nie getragen", sagte Alena.

„Ich habe ihn immer in meine Tasche getan, wenn du da warst. Jedenfalls war das Suchen mühsam, weil ich immer ein Stück in eine Richtung laufen musste, um festzustellen, ob es die richtige oder die falsche ist. Und bevor ich dich gefunden habe, hat der Ring plötzlich wieder eine normale Farbe angenommen. Was war da eigentlich los?" Alena war klar, dass es sich dabei nur um die Minuten gehandelt haben konnte, in denen Zorbas Handlanger sie in der Sackgasse bedroht hatte. „Erzähl ich dir später", sagte Alena.

„Gut. Jedenfalls habe ich meine Suche dann nicht abgebrochen. Ich wollte schließlich wissen, was passiert ist und mit dir reden. Endlich wurde der Ring wirklich warm, ich wusste, dass du irgendwo in der Nähe bist. Das war in der Sonnenallee." Alena nickte unbewusst.

Dort hatte sie mit Jonas geredet. „Ich habe gerade noch gesehen, wie du in eine Droschke gesprungen und davongefahren bist. Dann habe ich die nächste Droschke genommen und bin dir gefolgt. Bei den ersten Kreuzungen musste ich aussteigen und mit dem Ring ein Stück in die verschiedenen Richtungen rennen, damit ich dem Fahrer sagen konnte, wohin es weiterging." Er lachte. „Er war nicht sehr erfreut darüber, wahrscheinlich hielt er mich für verrückt. Natürlich habe ich dadurch Zeit verloren. Als der Ring dann wieder rot wurde, bin ich gerannt, als wäre der Teufel hinter mir her. Fast wäre ich zu spät gekommen."

„Bist du zum Glück nicht." Alena klemmte die Hände zwischen ihre Schenkel, um ihr Zittern zu verbergen.

„Warum bist du einfach allein losgegangen?", fragte er vorwurfsvoll. „Warum hast du nicht erst die Polizei oder mich verständigt?"

Das fragte Alena sich mittlerweile auch. Ihr wurde allmählich bewusst, wie verantwortungslos sie gehandelt hatte.

„Ich konnte irgendwie nicht klar denken. Mein Plan war es, meine Theorie zu überprüfen und Kim dazu zu bringen, sich der Polizei zu stellen."

Merin schnaubte ungläubig. „Einfach so? Hast du nicht daran gedacht, dass es gefährlich werden könnte?"

„Ich kann Menschen gut einschätzen. Ich war mir sicher, dass Kim mir nichts getan hätte", verteidigte Alena sich. „Dass Domengo lauschen und durchdrehen würde, konnte ich ja nicht ahnen."

Der Polizist von vorhin kam zurück und beendete damit ihr Gespräch. Er nahm ihre Aussagen auf und beantwortete Alena auch ein paar Fragen; er hatte Kim schon vernommen und immerhin hatte Alena sie überführt.

Kim hatte den Mord an Sarilla bereitwillig gestanden. Bevor sie Domengo geheiratet hatte, war sie eine Mitternachtstänzerin gewesen. Für Domengo hatte sie ihr altes Leben komplett hinter sich gelassen und alles in ihrer Macht Stehende getan, damit er nicht herausfand, dass sie eine Elfe war. Doch die Ngarka hatte ihr Geheimnis gekannt und sie damit erpresst.

Wie sie dastand, verloren und mit leerem Gesicht, tat sie Alena furchtbar leid. Sie hatte alles verloren. Alena glaubte ihr, dass sie Sarilla nicht wirklich hatte töten wollen. Es war eine Kurzschlussreaktion gewesen. Was würde wohl mit ihrem ungeborenen Kind geschehen?

Als die Beamten sowohl Domengo als auch seine Frau abführen wollten, kehrte Plinia zurück. Sie begriff natürlich nicht, weshalb ihre Familie verhaftet werden sollte, und es gab einen ziemlichen Tumult. Hätte Plinia geahnt, dass die Wahrheit über den Tod ihrer Schwester noch den Rest ihrer Familie zerstören würde, hätte sie bestimmt nicht so hartnäckig versucht, sie ans Licht zu bringen.

Als Merin und Alena endlich gehen konnten, waren einige Stunden vergangen. In der Zwischenzeit war die Sonne gewandert und mit ihr auch der Schatten des Baumes, wo Alena Faro angebunden hatte. Hechelnd lag der arme Hund in dem schmalen Streifen, der ihm noch geblieben war. Sofort holte Alena im Haus eine Schüssel mit frischem Wasser. Faro schlabberte gierig fast das ganze Wasser leer, was Alenas schlechtes Gewissen noch verstärkte, ihn so lange angebunden gelassen zu haben.

„Wohin?", fragte sie Merin, als sie losgingen.

„Zum Arzt", antwortete dieser. „Deine Schulter untersuchen."

„Bestimmt nicht!", erwiderte Alena. „Doch nicht wegen so einem Kratzer. Ich habe eine bessere Idee: Wir gehen in *meine* Wohnung."

Ein Glücksgefühl überkam sie, als sie sich vorstellte, wieder sorglos in ihren winzigen, aber eigenen vier Wänden zu wohnen. Sie war sich ziemlich sicher, dass sie von der Ngarka nichts mehr zu befürchten hatte, solange sie sich aus ihren Geschäften heraushielt. Und genau das würde sie tun, auch wenn es feige war und eigentlich gegen ihre Moralvorstellung ging. Ihr Leben war ihr wichtiger.

Bald wurden ihre Gedanken düsterer. „Wir haben eine ganze Familie zerstört", sagte sie, während sie nebeneinander hergingen. „Domengo, Kim, ihr ungeborenes Kind."

„Wir haben ihre Familie nicht zerstört", widersprach Merin. „Das haben sie selbst getan."

„Aber ohne uns wären sie noch immer glücklich. Vielleicht wäre es manchmal besser, nicht die Wahrheit herauszufinden. Domengo würde nicht ahnen, dass Kim eine Elfe ist. Er würde sie noch immer lieben."

Merin schnaubte. „Wenn er sie jemals wirklich geliebt hat, dann liebt er sie auch noch, wenn sie eine Elfe ist."

Alena dachte darüber nach. „Ich weiß nicht. Ich kann mich nicht in ihn hineinversetzen", sagte Alena.

„Zum Glück nicht!", sagte Merin. „Dieser Mann ist ein Scheusal." Mit einem Seitenblick fügte er hinzu: „Du brauchst keine Schuldgefühle zu haben. Du hast eine Mörderin überführt. Daran ist beim besten Willen nichts Falsches."

„Ich weiß", sagte Alena. „Ich fühle mich trotzdem irgendwie schuldig."

Nach einer kurzen Pause gestand Merin: „Ich auch."

231

## Epilog

„Zapple nicht so herum!", sagte Melissa, während sie Alenas Haare zu einem Zopf flocht. „Warum bist du so nervös?" Alena schaute ihr durch den Spiegel in die Augen.

„Merin kommt heute zum Essen."

„Na und?"

„Ich stelle ihn heute meinen Eltern vor."

Melissa hielt inne. „Jetzt erst? Sie haben sich noch nie gesehen?" Alena nickte. „Verdammt, ihr seid doch schon seit Wochen zusammen. Bei uns hat der Typ schon herumgehangen, als du ihn gerade kennengelernt hast!"

„Aber nur, weil ich zu der Zeit bei dir gewohnt habe", sagte Alena. Auch wenn sie sehr dankbar dafür war, dass sie damals bei Melissa hatte wohnen dürfen, hatte sie Freudensprünge gemacht, als sie wieder in ihre alte Wohnung umgezogen war. Entnervt ließ Melissa den begonnenen Zopf los und löste den Teil, den sie schon gemacht hatte.

„Das hat keinen Zweck! Dein Haar ist viel zu kraus. Ich müsste es erst glätten, bevor ich einen schönen Zopf machen könnte."

„Ist doch egal." Alena wuschelte in ihrem Haar, während sie aufstand. Sie sah aus wie ein Struwwelpeter. „Es ist Zeit. Lass uns nach unten gehen."


Alenas Nervosität legte sich, als der Teil überstanden war, in dem Alenas Eltern Merin höflich über dieses und jenes ausfragten. Endlich wandten sie sich Melissa zu, um mehr über das Kammerorchester zu erfahren, indem sie seit Neustem mitspielte. Im Gegensatz zu Alena wirkte Merin den ganzen Abend über völlig entspannt.

Beim Dessert legte Faro Alena den Kopf auf den Oberschenkel und schaute sie bettelnd an. Alena hob warnend die Augenbrauen, woraufhin Faro seinen Kopf wieder wegzog. Merin lachte.

„Vor ein paar Wochen wäre Faro wahrscheinlich noch auf den Tisch gesprungen", sagte er. „Ehrlich: Ich hätte nicht gedacht, dass du es schaffst, ihn zu erziehen."

„Nicht Faro", sagte Alena gedämpft.

„Hm?" Merin sah sie verständnislos an.

„Das ist eigentlich nicht Faro." Sie sah sich um, doch alle anderen am Tisch – ihre Eltern, Melissa sowie deren Eltern – waren in ihr eigenes Gespräch vertieft und hörten nicht hin. „Ich habe das Blut untersucht, das ich in der Wohnung gefunden habe, wo Trijana verschwunden ist. Es war Schweineblut."

„Schweineblut? Bist du sicher?"

Alena nickte. „Es gibt Tests, mit denen man das herausfinden kann. Schweineblut und Menschenblut enthalten andere Körperchen", erklärte Alena. „Außerdem habe ich die Schäferhundezüchter der Stadt abgeklappert. Beim dritten hatte ich Glück. Er markiert seine Hunde mit einer kleinen, schwarzen Tätowierung am Ohr." Sie nahm Faros linkes Ohr in die Hand und klappte es vorsichtig um. Drei kleine, schwarze Kreise kamen zum Vorschein. „Das hier ist nicht Faro, sondern Hildegrund von Wüstenmetz. Der Züchter ist sich absolut sicher, dass er den Hund vor ein paar Wochen an eine hübsche, junge Blondine verkauft hat."

„Trijana", sagte Merin.

„Ja", bestätigte Alena. „Willst du meine Theorie hören?" Merin nickte.

„Trijana wusste, dass die Ngarka wahrscheinlich wütend auf sie war, weil sie uns geholfen hatte. Sie hatte Angst. Angst um ihr Leben. Also beschloss sie, aus der Stadt zu verschwinden. Um auch in Zukunft sicher zu sein, hat sie ihren Tod vorgetäuscht. Deshalb das Schweineblut auf dem Boden."

„Und ihren Hund – den richtigen Faro – hat sie durch diesen hier ausgetauscht?", fragte Merin.

„Genau. Es wäre auffällig gewesen, wenn Faro ebenfalls verschwunden wäre. Ihn zurücklassen wollte sie aber auch nicht. Also hat sie einen Hund gekauft, der ihm möglichst ähnlich sieht, und ihn in dem Haus zurückgelassen. Dann hat sie auf eine günstige Gelegenheit gewartet, um zu verschwinden – nämlich dann, als Koshia im oberen Stock ihre Träume abzapfte."

„Und sie hat Koshia nichts von ihrem Vorhaben erzählt?", wollte Merin wissen.

„Nein. Ich habe ihr heute dasselbe erzählt wie dir jetzt. Sie ist aus allen Wolken gefallen. Aber sie glaubt, dass ich recht habe. Es erklärt zum Beispiel, wieso der Hund plötzlich wie ausgewechselt war."

„Du wirst sie nicht suchen, oder?", fragte Merin nach einer Weile.

„Nein", sagte Alena. „Ich tue so, als wäre Trijana wirklich tot. So ist sie am sichersten. Immerhin ist sie nur unseretwegen in diesen Schlamassel geraten." Alena war froh, so froh, dass sie kein Menschenleben auf dem Gewissen hatte.

Merin lachte plötzlich auf. Alena sah ihn fragend an.

„Hildegrund von Wüstenmetz", gluckste er. „Was für ein scheußlicher Name!"

Lächelnd kraulte Alena den Hund hinter den Ohren. „Ich denke, wir bleiben bei Faro."